浅草集

赵赴散文选

赵 赴 ◎ 著

长春出版社

全国百佳图书出版单位

图书在版编目（CIP）数据

浅草集：赵赴散文选 / 赵赴著. -- 长春：长春出
版社, 2025. 1. -- ISBN 978-7-5445-7573-7

Ⅰ. I267

中国国家版本馆CIP数据核字第2024L237H5号

浅草集——赵赴散文选

著　　者　赵　赴
责任编辑　孙　楠
封面设计　宁荣刚

出版发行　长春出版社
总 编 室　0431-88563443
市场营销　0431-88561180
网络营销　0431-88587345
地　　址　吉林省长春市南关区长春大街309号
邮　　编　130041
网　　址　www.cccbs.net

制　　版　长春出版社美术设计制作中心
印　　刷　长春天行健印刷有限公司

开　　本　880mm×1230mm　1/32
字　　数　210千字
印　　张　9.875
版　　次　2025年1月第1版
印　　次　2025年1月第1次印刷
定　　价　59.80元

序

　　在春天里，结下这本小集，心中有些不安，甚至连个书名也起不出来。将它托在手上，禁不住问自己：这就是我在文学创作这条路上留下的足迹吗？如果说这也算足迹的话，那么步子迈得太小了，又是稀疏的，浅浅的，甚至很难连成行列。

　　走出屋子，登上房后的山坡，呀，春深了！山花开得团团簇簇，挤挤拥拥，各有风韵，惹人眼目。花下，是一片片碧茵茵的春草，短短的，浅浅的。不由得想起白居易的《钱塘湖春行》中的一联："乱花渐欲迷人眼，浅草才能没马蹄。"不就是眼前春景的写照吗？细细看去，慢慢想来，也是我国文学创作盛景的写照。百花齐放，争芳竞艳，真有"乱花渐欲迷人眼"之势（"乱"字应是繁多、旺盛之意）。在这繁花佳葩面前这本小集子只是一片浅浅的小草而已。

　　草，虽然浅浅，但也是阳光抚照的结果。"寸草春晖"四个字，说得多么恰切呀！这片浅草，是在党的文艺路线、方针和政策的抚照下萌生出来的。即或不能长得高大，开不出俏丽的花朵，但它同样得到了春晖的温暖和爱抚。寸草之心，不仅要牢记春晖的恩情，更要敞开心扉，让春晖照彻心田，吸取光和热，长，快些长，不负春晖之望。

草，虽然细小，但也是无边大地的儿女。如果没有沃土，小草怎么会长得出来呢？如果没有这波澜壮阔的时代，没有这丰富多彩的生活，没有这朴实勤劳的人民，怕是连一个字也写不出来的。浅浅的春草，也是大地滋育的。是草，就该把根子扎在泥土之中，汲取营养，长，快些长，不负母亲之心。

草，虽然柔嫩，但也是饱含风儿雨儿的深情厚谊的。没有和风的吹拂，没有细雨的润洒，就不会鲜绿。浅浅之草，怎么会忘记那些把见识作为和风，把心血化作雨滴的编辑同志！现在，出版社将这片小草放在百花园内，为了映衬姹紫嫣红的花朵，更为了让浅草长高长茂。是草，愿和风频吹，盼细雨勤洒，长，快些长，不负师友之意。

想过这些，那种不安的心情去了，倒是添了几分力量和勇气，连书名也有了，就叫作《浅草集》吧。集一片浅浅的春草，能为大花园添一点绿意也好。

作　者

1983 年春于通化玉皇山下

目　录

2 | 浅草集 赵赴散文选

长白山描绿

小学生写大楷，一只稚气的手。
精心地描下了那些绿色的大字，
可是，描得再像，也不及原来。

——摘自日记

珍珠的故乡

这封信不用启封，我就知道是从故乡寄来的。信皮上的山水画跳动起来，山是故乡的山，水是故乡的水。哪一座山不使我神往？哪一条水不叫我缅怀？于是，藏在长白山怀里的双龙村，就在这个小小的信皮上跃然活现了……

双龙村是个美好的地方。背依着金龙山，银龙河又从它的脚下静静地流过，显得十分秀逸。金龙山上的土地油一样肥，银龙河里的东珠星一样亮，可那时候，双龙村人的生活，却像黄连一样苦。我忘不了金龙山下朝南开的三四十个洞口，那就是我们的"地窨子"住屋；我也忘不了东头第三个黑洞里的土炕上，饿得哇哇乱叫的那个蓬头垢面的方兰丫头，我更忘不了人们在昏沉沉的松明下，满脸苦愁地剥着蛤蜊（蚌）……这一切自然是过去，可是现在的双龙村该会变得怎样了呢？于是，我把信扯开了。

突然，从信里滚出个圆滚滚的东西来，白莹莹的，闪着皎月般的寒光。说它像玉石，它比玉石更光滑；说它像琥珀，它比琥珀更透亮。我把它托在掌上，贴在胸口，恨不得含在嘴里。二十年没见到了，这是我们故乡的东珠！

东（北）珠是在蛤蜊里长成的。老辈人说，蛤蜊张开壳时，灌进去小沙粒；沙粒慢慢长在壳壁上，天长日久，长得圆圆的，亮晶晶的，这就是珍珠。因为南海也有珍珠，也就有了"南珠"与"东珠"之名了。珍珠是很好的装饰品，也是极贵重的药材。特别是银龙河的东珠，在清朝就是贡品，与长白山里的人参、虎骨同样负有盛望。也正因为这样，旧社会的"珠子捐"，压得双龙村的人喘不过气来。

我一口气把信读完，这信原来就是方兰丫头写来的。信虽不长，却带来了家乡人深厚的情意。我望着眼前晶莹的东珠，一时思潮汹涌起伏，当年银龙河上的情景，又萦回心头。我决定回家乡探望一次。一路上换了几次车，又步行了四十来里路，终于来到了朝思暮想的故乡。

一眼望见银龙河，心里热乎乎的。我在金龙山上长大，我在银龙河畔学会说话。我没有走桥，脱了长裤蹚了过去。一拐弯，就看见金龙山下一排排整整齐齐的房屋了。新苫的麦秸屋顶，在日光下金霍霍的，那一方方玻璃窗，反着剔亮的光彩。进得村来，家家屋檐吊着药材、山果、干菜，好不丰富！哪里去找昔日穷困的痕迹？我当然有些扑朔迷离之感，亏得一个孩子把我领到方兰家。

方兰的妈妈——方大嫂虽然脸上添了皱纹，可每一条皱纹里都堆满了新生活的喜悦；虽然她的青丝染上了霜雪，可每一根白发都放着亮光。她用好饭好菜招待我，又急切切地告诉我她这二十年的生活。我无意间发现墙上有一张画儿，画着几个人在一条河上打珠子。看那河流和两岸的山势，以及那光光的石壁，很像"吊水湖"。"吊水湖"可不是个平常的地方啊！

银龙河上有三个珠场，一个叫鸡冠砬子，一个叫鸭子巴掌；这两个地方容易去，蛤蜊被打得少了。还有一个珠场，就是吊水湖。离村子四十来里地，全是降烟起雾的深山老林，成年见不到太阳，连野花都没有红的。河水本来是在一条不怎么宽的沟里流的，到了这儿山冷不丁断了下去，有一条大沟，二里多地长，沟帮全是明晃晃的石砬子。水从这儿一下子跌落二十余丈，气势可大了！水猛然冲到湖底，带着黄豆粒大的沙子返上来，腾起一片黑黝黝的浪花。这浪一人多高，一冲一丈多远，这便是七七四十九级黑牛浪。下边浪花变白，叫五十一蓬白马浪。白马浪下水才平静些，可是石砬却又高出十数丈，人若要想下湖，非得过黑牛浪、白马浪不可。从古至今，就是方兰的父亲方山大哥下去过一回。我心里暗暗叫道："好大胆的兰子啊！"突然，我发现，那幅画上还嵌着两颗又大又亮的东珠，我惊喜地问道："大嫂，兰子到底打上来这样的好珠子？"我知道，除了吊水湖，出不来这样的珠子。

方大嫂立时收敛了笑容，稀稀的眉毛压了下来，我的心也顿时一紧。她瞅瞅我，又瞅瞅那珠子，好半天，才惨然一笑："这还是你从洪家大院拿回来的。"

我再也说不出话来，二十年前的事儿清清楚楚地兜上心来。

那一年，我的邻居方山大哥的庄稼长得格外好，眼看要熟了，洪二鬼子又逼人打珠子了。方大哥为了尽快地交上珠子，好把庄稼收拾回来，执意要下吊水湖。方大嫂一想，那两个珠场也没啥打的了，到了大雪封河再缴不上珠子，方山就得去给日本鬼子打劳工，那是死路一条，方山大哥也只好下吊水湖了。

方大嫂用吊筐把方山送了下去，坐在石砬子上等着，心在水皮上荡着。方山的水性虽好，可是在吊水湖里也分外吃劲。他钻进水底摸蛤蜊，摸上来放在筐里，方大嫂拉上来剥。真是珠子湖啊，头一筐就打到六颗。

打到半过响，打了二十四颗珠子。方大嫂扔了三次石头，叫方山上来。这时，方山已筋疲力尽了，身子有点做不了主。他试着往上游漂，身子却向下沉。他立时醒悟：这是漩涡！猛一翻身，手脚一齐用力，拿出看家本事——扛水，漂出水面，向前挣扎。相持了一会儿，便被漩涡带了进去。方大嫂在上面看得真切，哭叫起来。这时，方山又钻出了水面，微微扬起头来，嘶声喊道："兰子她妈，想办法领着孩子过吧。有难处找她孙成叔……"方山沉了下去，方大嫂呼天叫地。到底是方山，第三次钻出水面，尽管声音小了，方大嫂还是听清了："千万别心窄……"

方大嫂失魂落魄地拿着二十四颗珠子，一步步挨回家来，抱住兰子，哇的一声，昏了过去。洪二鬼子得信赶来，假惺惺的挤了两个眼泪瓣儿，说："皇军又有文告，男子凡不是病死的，得交三年的珠捐，三八二十四……"就这样，方山用生命换来的珠子，白白地到了洪二鬼子的手里。

我一看，穷人没活路了。当晚，我跳进洪家大院，劈了二鬼子，夺回了二十四粒珠子。又怕连累别人，用手指蘸着二鬼子的血，在墙上写下"孙成杀的"四个字，把珠子交给方大嫂，流了一回泪，连夜逃跑了……

我抬头瞅瞅墙上的珠子，说不出话来。

"孙成兄弟，那珠子可有用了。我三年交了九粒，送给别人十三粒，救了五家人哪！还剩这两粒，一粒，我自己留着，这就是你的方大哥；一粒，留给方兰，那是父亲唯一的遗产……"

我没想到这二十四粒珠子，又做了这么多事情。

"大嫂，兰子到底下了……"下边的三个字我没说出来。

方大嫂擦擦眼睛，语重心长地说："她叔，你去看看吧，吊水湖也不是过去的吊水湖了。"

难道说吊水湖变得没有过去那么险了？

第二天，我就跟着给兰子她们送米的大车，奔吊水湖去了。这条路我是熟悉的。山水依旧，情景一新。一路上柳欢花笑，鸟唱枝头。赶车的青年人，向我述说了以下事迹：

"这事儿是方兰她们几个人发起的。

方兰是俺的团支部书记。那天她到团县委去开会，听说有人抓中药抓不起来，就是少一味东珠。她回来和我们一说，我们就想干一场。团支部就写了份建议书，递了上去。头几年我们搞生产恢复和建设，后来又连续三年和自然灾害斗争，很少打珠子。这两年，我们修的水利有用了，不怕什么灾害了，珠子也养得不大离儿了。所以，我们的建议一提出来，嘿！社员个个举手赞成！一挂锄，我们就组织了打珠队。

我们要下吊水湖，上了年纪的人却要去鸭子巴掌。到那儿去，好处多还不是明摆的嘛！组长李相和说：'吊水湖，鬼门关。'方兰回答：'鬼门关人也敢闯。'李相和把头一摇：'你还年轻，不知啥是高山啥是道？'方兰把胸脯一挺：'不怕山高只怕腿懒！'你听，说的好吧。我们喊出了个口号：'下不得吊水湖，算不得双龙村的后代。'

这下子，可把村子闹腾起来了，见面就谈打东珠，逢人就讲吊水湖。有人支持，有人反对。这时候，公社马书记来了，叫他一讲，蛤蜊壳是工业原料，肉可以做罐头，珠子更不用说了，简直一点废物都没有。马书记给我们鼓劲，我们像添上一双翅膀，真要高高地飞一程。马书记问我们：'下吊水湖得有一套稳妥的办法，光有热劲还不够。'他和我们要办法，这还不容易，我们的水性都好，大伙儿下水，互相照应，还有啥？可是马书记却说：'不成，还得动动脑子，最好是不用下水。'不用下去能在吊水湖打珠子吗？几丈长的叉都没有用！

我们憋了一下晌，也没弄出个主意。马书记却和李相和来了，原来他俩想出了门道。大伙儿再一想，你一嘴我一舌，妙计想出来了。方兰高兴地说：'真是人多办法多呀！'我们经过三天的准备，就下湖打珠子了。"

我们来到吊水湖的时候，日头已挂在西山大松树枝上了。老远就听见了跌水的声响；此时，这水声不再是恶煞煞的，而是脆生生的。

来到石壁上，首先闯入眼帘的是青徐徐的炊烟升腾。熏风扑面，送来了煮蛤蜊肉的香味儿。野荒林深的吊水湖，有了人烟，有了生机。

可是，这一切我都顾不得细看，顾不得深思，跑到石壁边上，把头伸过去，俯视湖面，搜寻那些勇敢的打珠人。

　　哎呀！真是了不起！他们哪里是在吊水湖上，是在稻田里插秧，是在柳荫下描花。湖里一长串大木槽盆，肩并肩密实实从南沿摆到北沿，两边又有粗粗的铁丝绳儿拴牢。这座坚实的木桥压住了黑牛浪，而下边的白马浪连日猪浪也够不上了。这边儿，顺着石壁用粗绳子结成了三道软梯，上上下下，倒也便利。不过也要有些胆量。

　　"哗啦啦……"一阵响声从头顶上压下来。蓦地一抬头，嗬！他们可真会想办法，架了一架小吊车，打上来的蛤蜊，稳稳当当地吊上来，不再像方大嫂那么拽了。可是方大嫂拽上来的是愁苦和艰难，吊车吊上来的却是真正的东珠和劳动的喜悦。

　　一个脆生生的声音从湖底传来："孙叔回来啦，快下来吧！"原来是赶车的那个青年下了湖，把我回来的消息告诉她们了。

　　我向湖底放眼望去，颤巍巍一湖鲜花，是哪一朵在向我招手？是哪一朵在告诉我吊水湖绽开了花朵？啊，还有这么多女人下了湖。

　　我顺着软梯一磴磴走下去。

　　"孙叔，系上保险绳！"这口气简直是命令。

　　我扭头一看，身旁有条垂着的小绳。我只好系在腰上。就是不慎失手，也不至于掉到湖里去。

　　一到大木槽盆上，大伙儿都围上来。青年人我不认识，提起小名我却知道。三十五六岁的能认个差不多。眼前站着个健美的女子，脸色如彩云，透着红润润的光。那又黑又长的睫毛下，闪动着一双东珠一样亮的眼睛。那眼神儿犹如湖水一样深邃；

那身条，宛如亭亭玉立的小白桦树。她对我无声地笑笑，一对浅浅的酒窝，配着薄薄的嘴唇，多么像方大嫂啊！那微微上翘的鼻翼，宽宽的额头，高高的鼻梁，又多么像方山大哥啊！我嘴唇一颤，迸出了两个字儿：

"兰子。"

"孙叔——"她一头扑在我的怀里。

老伙伴李相和走过来，我们又抱在一起。一切尽在不言中，让脚底的流水去述说吧。

方兰说："咱们再打几兜好不好？"

"好——"声音落到水上，大伙儿都跳上了大木槽盆下边拴的小槽盆。木桨一动，槽盆就像条大鲤鱼似的，游去了。方兰拉我上了槽盆，把桨递给我："你划，快慢听我的。"

我们航行在"白马浪"上，倒不十分颠簸。不过，仍然是一歪一斜的。这个，对于我们双龙村的人，不算件事情。

方兰从槽盆里拿起个像"三锅撑"粪筐似的铁丝扭成的兜兜，上边带着好长的一根绳儿。我划了几桨，她把兜子往水里一扔，绳子抖落了好一气。她回头说："慢点。"她手里摆弄着绳儿，好像在给我做魔术表演。不一会儿，她说声好了，双腿叉开，把兜子提上来。虽然里边有些石头，可总也有三四十个蛤蜊。他们果然不用下水摸了。

方兰把石头和小蛤蜊扔回水里，说："让它们长吧。过些年会长出东珠的。马书记还特别提醒我们，一边打一边养，要源源不断。"

方兰拿起一个大马蹄蛤蜊，捡起把小刀，噗一声，割开了。

绿莹莹的像两扇浅浅的小飘似的壳壁上，鼓起两个比黄豆粒大的小包包。

"叔，你快看，稀有的大珠子，比我家里那两颗还大！"我向前迈一步，迈得慌了，槽盆一歪，她手一颤，蛤蜊掉了，一个浪花打过来，没影了。我啊了一声，惋惜不及。

"扑通——"方兰跳了下去。

我把木桨一扔，也要跳，李相和叫道："没事儿，不比老子差。"

我把小槽盆划得飞快，出去有三四十米远，调回头来等着她。

我的小槽盆像安上了电钮，打起转转来。这儿没漩水，没劈水，又没划弧形桨，怎么能打起转来呢？李相和只管笑，大伙儿也笑。我可慌了，怕他们笑我把划船都生荒了。

"咯咯咯……"槽盆后边有人笑。

我一回头，是方兰。她一手把着槽盆，一手擎着那个割开的蛤蜊。原来是她在船底捣我的鬼，我不由得说了声："好水性！"

她上了槽盆，用手将那薄膜一挑，骨碌碌滚出两颗又圆又大、璀璨有光的东珠，真喜人！

"我们打了十一天了，二十六个人，打了十多斤了。"

好啊！东珠不论颗论起斤来了，多大的气魄啊！至于那皮和肉该论吨了。

嚯嚯嚯——

哨子声响起来了。大伙儿拴了槽盆，踩着软梯往上走。这时，石壁上，水上，响起了歌声，压住了跌水的喧嚣声。

方兰碰碰我："今晚我们过团日，你给讲讲过去的事儿吧！"

"李相和他们没讲吗？"

"常讲，我们怎么能忘记这些！你再给讲讲你杀了洪二鬼子逃走以后的事儿吧。"

我故意说："还是讲讲工厂的事儿吧！"

"当然也要讲，不光讲工厂的现在，还要讲工厂的过去，更要讲你的经历。好让我们这些人永远不忘记过去！"

我站到石壁顶上，望着湖水，心里说道："银龙河的儿女，不仅能战胜灾害、制服恶水，还有着剑胆琴心呢！"

（1963 年末）

参花赞
——看参人描绿

　　我喜欢花儿，一朵花儿笑盈盈地绽开花瓣儿，它那姿态、颜色、性情、风韵，总要引起我一番思索，给我一点联想，或是些许的启示。因而对花的感情也就越来越深了。我家中也养了几盆，只是品种太乏，便利用各种机会去访花。在公园，我访过"正色与秋争光明"的菊花，"艳如天孙织云锦"的茶花，也访过"一丝春向寒中酿"的梅花，"冲寒先喜笑东风"的迎春花；在山野，我见过溶溶月夜的梨花，灼灼朝阳的桃花，也见过"金英翠萼带寒色"的冰凌花，"鲜红滴滴映霞明"的映山红。后来，我注意起药花来。说到药花，自然会想到药中之王——人参，它能舒筋骨、活血脉、补元气、提精神，我想它的花儿也一定比别的花儿更娇艳，更芬芳。谁知自以为对花有感情、有知识的我，到了人参栽植场，因为人参花儿，闹了个大笑话。

　　进了长白山区，那空气也是绿的；到了人参栽植场，那风也是香的，不用说，那是人参花的香味啦。到了向阳红参场，已是傍晚时分，可我还是要求住到看参人的小屋子里去，能更好地看那参花、访那参花。主人想了想，说："你住到刘老邦子那里去吧，他是全场的劳模。"

到了那里，天已经黑了，刘老邦子冲我笑笑，说："不嫌弃就行。"他找来几块苫参用的干木板儿，在地上搭了个床，铺上几块参草帘子，上边再铺块塑料布，又从木箱里找出套干净的行李来，说："你们城里人睡不惯炕，这好赖算个床吧。"说完，再也不管我了，坐在小凳上收拾着铁丝夹子、钢丝套子，滴哩嘟噜一大串儿。弄好了，美美地抽了袋旱烟，背上那长苗猎枪，说声"你睡吧"，就到参地巡察去了。

皎洁的月光，水银似的，从小窗泻进来，把这看参人的小屋照得更加朦胧可爱。一铺小炕，倒安了两口大锅，怕有三四十人吃饭也做得了吧？可他就一个人啊！山墙上钉着灰狗子、田老鼠的皮张，屋角还有些拴着细铁丝儿的罐头瓶，也不知是干啥用的。更使我动心思的是这位老人，都快七十岁了，叫什么刘老邦子，性情也有点儿怪，动作不紧不慢，至于话语，就更少了……

窗外，人参鸟儿高一声低一声地叫着，东边西边地应和着，我更觉得幽静而又神秘。

一睁眼，呀，红日照上窗棂了，急忙爬起来，穿衣洗脸。见锅里还冒着热气，揭开锅盖一看，给我留着饭呢！胡乱扒了几口，就跑到参地里来。呀，是多么开眼界呀！

如果说八月的长白山区是块巨大的翡翠，那么八月的参场，就是五色斑斓的玛瑙。一踏进参地，简直是迈入了花海，虽然只此一种，但也千姿百态，五色俱全。茁壮的参秸上，轮生着一圈叶柄，有几个叶柄就叫几品叶，每年只能生出一个叶柄，看了叶柄就知人参生长的年头了。等到了六品叶，方能起参作货。我来的这片参地，正是今秋作货的，一色儿是六品叶。每个叶柄上，都生着五个带着锯齿儿的椭圆形叶片，像一只向上张开的小手，捧着主茎头上的一大朵花儿。那花儿不是由花瓣组成，而是一些豆粒大小的，形同人耳的珠粒，一团团比拳头还大，像个大绣球子。那珠粒儿，有红的，像丹砂；有紫的，似玛瑙；有绿的，如翡翠；有的红中透紫，紫中传粉，粉中透绿，绿中生润，五色间杂，相映生辉。这就是参民们所说的"花公鸡"的时节，再过十几二十天，一色儿红透了，满坡变成一片红彤彤的火烧云，那就叫作"红榔头"了。我居然找到几朵全红的，它比茶花闹，比杜鹃雅，比榴花艳，比桃花浓，人参花儿真是最美的花儿！

男人们正在松土、搋参，我在这里见到了刘老邦子。他倒背着手儿，低个头儿，显得有点驼背。不紧不慢地在作业道上走着，脚步是那么轻，仿佛不会留下脚印似的，也许是他多年巡参地、捕害物养成的习惯吧？他突然停住脚步，眼盯着一个小伙子的手，厉声问道："柱子，看你手上是啥？"那小伙子看看手，上边沾着根细如白丝，长有三寸的参须，不由得红了脸。刘老邦子的话突然多起来："就是粗心！弄断参须，参浆就会渗出来，弄不好会感染，烂了参，还能传到四处去。跟你说的话是就馒头吃了，还是当耳旁风刮跑了？你那记性，是叫蜜化了，还是叫耗子捞去了？"小伙子讷讷着说："人家也不是故意的。"刘老邦子火了："什么？你要是故意的，我不扇你两耳雷子！你呀，叫我说啥好呢？给你金针银线，你也绣不出朵花来。"他抬头向北边那群姑娘喊道："黑丫头，你过来！"小伙子急了："爷爷，说了骂了，我改就行了呗，还叫她干啥？"原来他是刘老邦子的孙孙，怪不得老人的话像锥子，专往痛处扎。

走过来个黑黢黢的姑娘，笑吟吟地站在老人跟前。老人说："他又伤了参，你给我好好克克他：……啊，好好帮助帮助他。"说着一背手儿，又不紧不慢地走了。

黑丫头瞅瞅柱子："你呀，就是不争气！还不告诉队长，把那苗参起了！给你块好面也做不成个香馍馍，打个烧饼还得留个把儿。"看她那神气，她们之间很可能是那种关系。柱子啥也没说，找队长去了。我也就跟着黑丫头来到北边。姑娘们正在插花挡阳。人参是短日照，在炎天流火的日子里，要割来些树枝，插在参畦旁边，像道篱笆墙儿，给人参挡挡强烈的阳光。参民们给这种活计起了很有诗意的名儿，叫"插花挡阳"，说常了，干脆叫作"插花"了。

我见参花儿云蒸霞蔚，火齐云锦，忍不住称赞道："这参花真好看！"谁知姑娘们咯咯地笑起来。有个扎小辫的姑娘对黑丫头说："黑凤，你听，这位同志说这是参花。"我对小辫姑娘说："笑什么？你们笑得再好，也赶不上这参花美！"这下子姑娘们笑得更厉害了，像敲钟撞铃一般，震得那参花儿也轻轻地摇着头。黑凤说："同志呀，你闹错了。这不是花，是花儿落了，结出的参籽儿。"姑娘毫无恶意地笑着。我虽然闹了个大笑话，可我是来访人参花的呀！又问她们："那么人参花呢？"黑凤说："落了呗，你要早来些日子就能看到花了。"我不免有些惋惜，可我也不甘心，"这么多参，难道一朵参花也找不出来？""等来年吧！"姑娘们又笑了起来。

为什么要等到来年呢！我一块地一块地，一畦一畦地找，总会找到的。那自然得许多工夫，需要有个最熟悉参地，甚至把每一苗参都放在心坎上的人来指点我。我觉得刘老邦子就是这样的人，只是他的性情有点儿怪。

白天，该是看参人休息的时候，不知刘老邦子回屋了没有。当我走到门口儿，愣住了。他倒是回来了，但没有休息，把两口大锅都架着了。一口锅里摆满了各色的饭盒，一口锅里熬着鲜鲜的榆黄蘑汤。这些都弄停当了，往小炕上一躺，呼呼地睡着了。我轻轻地走进来，他睡得那么香，那么甜，想是累了。我细细地打量起他来，头发花白了，脸上的皱纹也堆成褶儿，可双颊还是鼓鼓的，面孔也还发红，真是老而不衰。我这才发现，他的面孔一点也不严厉，是那么和蔼。我也看见了他的笑容，就挂在长满胡茬的嘴角上。

参民们说着笑着进了屋，怕他们惊醒了老人，我忙摆手示意。黑凤说："不到醒的时候，吵也吵不醒，该醒了也不用叫。"她揭开大锅，各自拿走饭盒，端碗蘑菇汤，到屋外荫凉地里，香香甜甜地吃起来。黑凤指着一个饭盒对我说："这是你的。"又递给柱子一个饭盒："伤了参，奖励你点好的。"柱子笑着接过去，我看出来，他俩的那一层关系发展到不避人的程度了。我想打听打听这位老人，便约他俩在屋里跟我一道吃饭。我问柱子："你爷爷咋叫那么个名儿呢？"柱子说："爷爷才九岁，就成了孤儿，十岁给老财放猪，叫他小猪倌，十二岁又变成了小牛倌，十四岁，又叫小半拉子。十六那年，就给参主当长工，穷哥们都亲切地叫老邦子，也就是老疗痞，小弟弟的意思，从来也没个名儿。解放了，来了土改工作队，给他分参地的时候，让他起个名儿，爷爷说：'就叫这个吧，一叫就想起那年月的苦情。'就这么，一个穷哥们的亲切称呼，成了爷爷的名字。入党那年，爷爷都五十出头了，有人劝他起个名儿，在入党志愿书上写个刘老邦子不怎么好。爷爷说，够不够个好党员不在名儿上。前年，场部见爷爷岁数大了，腿脚也不太好，要给他换个轻活儿，他找到党委书记说：'俺不是叫老邦子吗？老邦子就是小兄弟。'书记说：'你还小，都六十二了！'爷爷说：'论党龄，你们都是我的大哥。大哥能干重的，弟弟咋能挑轻的呢！'说得书记握着他的手摇了又摇，别的话再也没说出来。今年开春儿，书记又跟爷爷说：'你都六十五了，让大伙儿一天天惦记着。'爷爷说：'大伙儿的心思俺明白，可俺还能扑腾几年，那些年整咱们时都没下架儿地干，现在往四个现代化奔了，咋能让俺退下去！六十五是老了点儿，可我是老邦子呀！老邦老邦，越老越硬邦么！'"听到这儿，我们一块儿笑起来，笑得我心里热咕咚的。

柱子还要往下讲，黑凤不让了："少说些吧，别叫这位同志记下去，登报广播的，那又坏了。"我说登报广播有什么不好呢？黑凤道："你不知道，有一回电台来个记者，找柱子好顿唠，回去就播了一段《人老心红》。老人家听了可火了，指着柱子说：'谁叫你胡嘟嘟？满山的灵芝草你不讲，怎么把你爷爷说成一朵花啦？俺看参，那是俺的活儿，好好干是应理应份。你可得给俺记住，别干点活儿就吹喇叭，要明白你还没干到家。别老想当那红参籽儿，就不能作那人参花？'爷爷说得对，参花在六七月交当里开，朵儿挺小，单片片，粉白色，一点也不出奇，一点也不惹人注意，悄悄地开，悄悄地落。可参籽又大又红，写诗的，作画的，照相的，都忘不了参籽儿，很少注意到那平平常常的参花。爷爷常说：'参花是最好的花，悄悄做事，不显摆。'我一想，也是这个理儿。"

黑凤的话，让我动了心思，更想看看参花。可他们告诉我，今年无论如何也见不到了。弄得我心里像缺了什么。

黑凤望望挂在墙上的闹表，说："快醒了，咱们也该上工了。"说着，像变戏法似的，不知从哪儿弄出瓶烧酒来，悄悄放在小炕头上，就跟大伙儿一块干活去了。

屋里屋外，全都静了下来，空气热闷闷的。老人醒了，眯眼向外面望望，揉了揉膝盖，自语道："要下雨了。"我忙揭开锅，给他端过饭菜，又顺手把那瓶酒递给他。他看了看，眯眯着笑眼说："又是黑丫头。你要是有口福，下晌弄到野味，晚上咱俩就喝一盅。"

下午能弄到什么野味呢？他吃罢饭，又收拾了夹子、套子。我问他："老人家，我跟你一块去，不碍事吧？"他把夹子往我手中一递，转身就走，我便在后边跟着。出了参地，便是草棵、树丛，十几丈外就是大林子了。他回头嘱咐我一句："小心，有夹子。"他大步走进草棵，我可得加小心了。细一看，草棵里，灌木丛中，树头根下，石块旁边，一盘盘夹子张着嘴等着。这夹子东一个、西一个，错错落落摆开了阵势，组成一道防线。

没走多远，就发现夹子打住子三只田老鼠。老人一边换夹子，一边说："这东西进了地，又拱又咬，是个大祸害。"过了一道小沟，他顺手一指："看，下酒菜。"我细一看，可真套住一只肥大的兔子。他拿下兔子，让我拎着，他嘟囔着："昨儿个见了踪，今儿个上了套。这东西进了参地，也是个祸害。"

我称赞道："老人家，你真有两下子。"

他拿眼瞅瞅我，说："我算啥？听说那品验人参酒的，酒到唇边，就能喊出度数；收购站的收购员，只要山参一上手，就能说出是在什么地势、土性里挖的。我……"

老人的话语和脚步一块收住，两眼盯盯地望着地边，脸色也十分严肃，有点出征临敌的塑势。我也向地边望去，只见地上凸起一条小土垄来，仿佛地里头有张小梨头似的，小土垄还滋滋地向前涨。只见老人把身子一弓，两脚踩着小土垄，飞快地向前跑去。没想到六十多岁的人，脚底下还那么利索。我也跟着向前跑，不知出了什么事儿。老人追到垄头了，抬脚狠狠一踹，就听地底下吱吱直叫。老人张嘴喘了一会儿，哈腰扒开土，从脚底下拿出个大老鼠。这家伙个头大，毛色发黑，小脑袋尖尖的，嘴巴更尖了，四个爪子更怪，像一张张小铁锹似的。我想起来了，这不是鼹鼠吗？当地叫瞎耗子。老人说："瞎耗子，是参地最大的害物，一只瞎耗子拱到参地去，半宿工夫，就能祸害好几畦子。嘿，它妄想进参地！"

我感动地说："你这么大岁数了，把参地看得这么好，一苗参也不糟蹋……"

我正要说下去，没想到他呼哒呼哒走了，把我落了一大截，想是他不爱听。

天放黑了，我们把兔肉炖上了，外面噼里啪啦地下起雨来。我说："下雨了，那些祸害不敢出来了。"老人说："那些东西也鬼着呢，有的就瞅这个空子，刮风下雨更得上心。"说着找出几个带铁丝儿的罐头瓶子，一个三节电池的手电筒，一件漆布雨衣，一派准备出征的架子。

我冷不丁想到，老人喜欢参花，就跟他谈起来。一说这个，老人果然话多了。一边吃着兔肉，掬着烧酒，一边跟我唠。我说："真可惜，来得不是时候。"老人说："参花真该好好看看。来，再掬一盅。说起参花来，真有它的好处，悄悄地开了花，悄悄地做着事，又悄悄地落了，一点也不显摆。"他就这么翻来覆去地把参花的好处说透了，有些要紧的话儿也不知重复了多少回……

吃过饭，他穿上雨衣，带上手电和罐头瓶，钻进雨雾里去了。剩我一个人，静听着外边的雨声，坐不住，躺不稳，那雨声仿佛在召唤着我。从褥子底下抽出那块塑料布，往身上一披，就到参地去找他。

参地罩在一片白蒙蒙的雨雾中，雨点敲在参棚上，噼噼啪啪，把我的心扣得有些发紧。费了好大的劲，才望见了手电筒的光亮。顺着作业道绕过去，只见他身子弓在棚架下，用手电照着参棚顶儿，我也看清了，苫板上润了巴掌大块水渍。他从兜里掏出一个铁钉和一个短把小铁锤，双膝跪在畦旁，把身子探进去，生怕碰了那参籽儿、参叶儿，小心翼翼地钉好钉儿，把个罐头瓶儿挂在钉上，口儿正好对准有水渍的地方。我已经听说了，雨水渗进畦床，会烂参的。他两眼盯着渗出的水珠儿，直到水珠儿落进瓶里，才慢慢站起身来，裤子从膝盖以下，全是泥水了。他好像一点儿也不觉得，又是那么用手电照着，在作业道上走着，脚步轻轻，不紧不慢，只是背有点驼。

我望着他的背影，心里一阵翻腾，不知怎么想起人参花来，虽然没见到它，但了解了它。花儿并不娇艳媚丽，也没有描绘它的名句儿，届时绽开花瓣，朴实、庄重，一朵也不虚开。在短短的花期里，一声不响地把一切都奉献出来，它什么也不要求，只要人们说声丰收也就够了。

刘老邦子的手电光在远处闪动着，啊，我终于找到一朵真正的人参花了。因作参花赞。

（1979 年 9 月）

绣锦轴

——看参人描绿

人都是在离别他所热恋的地方之后，见景触物，怀恋之情倏然而生的。可是我，没等我告别长白山的参乡，这种感情便在我心底流荡了。

我给参乡留下点什么？以致我爱恋之心。我从参乡带走些什么？以慰我惜别之情。想来想去，还是好好完成出版社交给我的《人参故事》一书的插图。趁着这参乡瑰丽的月色，把画笔拿起来吧。

长白山里的九月，已经够迷人的了。这参乡的月夜，更美妙得让人不忍睡下。月光犹如流动的水银,洒在那漫山的参棚上。于是，那顺着山势一层叠一层的参棚化作一片青瓦，这几十里的参棚，便成为"瓦屋"栉比的"山城"了。

我就住在这座"山城"的最高建筑——看参人刘福的木板房里。木板房的东间，开着四孔小窗，既眼亮又爽适，好像蒙上一层神话的羽衣。在这里作画，再也没有那么惬意的了。

更惬意的是，我有个好顾问。这几十篇人参故事，参民们大都会讲，大部分是整理者从这里收集的，其中刘福讲述的就有七篇。所以，我需要采参人的衣着，刘福就拿过来一只没有后跟的草鞋，一件千疮百孔的烂褂儿；我需要采参的工具，刘福就送过来快斧、刀子、签子，以及那红绒线和铜大钱儿。可是我还有个更难的问题，就是放山采参人的生活。

刘福把枪交给他的女儿惠芬，背上小吊锅，打好狍皮卷儿，拎着"索拨棍"（拨草找参用的），领着我，进了那参天蔽日的老林。

一切一切都按照我的要求，以那古老的办法进行。我们先用三块石头盖个"老爷府"，供的是老把头孙良。孙良是传说中开发长白山区的第一人，饿死在蝲蛄河畔。临死时在树上刻下了"家住莱阳本姓孙，隔江跨海来挖参，三天吃个蝲蝲蛄，你说伤心不伤心？如要有人来找我，顺着蛄河往上寻"。后来，他成了神，保佑苦难的挖参人。我们盖了这个小庙，再用两根木头卡个马架，披上些树皮，这就是采参人的窝棚。

安排停当之后，钻进老林去找参。这一次，我是终生难忘的。我们仿佛是一百年前的穷苦的采参人，每见到一堆乱石，我总以为里边埋着采参人的枯骨；每见到一株荨麻，我总在琢磨采参人把它吞下去是怎样一种滋味。那些充满罗曼蒂克的东西，一股脑儿兜上心来，我竟信以为实，睁大了眼睛，盼望从那红松树后钻出几个大脑袋、梳着一对朝天甲、带着红兜肚的白胖胖的人参娃娃；我也盼望从对面轻飘飘走过来一个梳长辫、着绿衣、头插红海棠的人参姑娘，交给我一苗"米参"……

"棒槌——"

我一愣神儿，好半天才知道是刘福喊的开山语。参民把人参称作"棒槌"。于是，我按照采参的规矩接山了：

"什么棒槌？"

"五品叶——"

连山的回响都是充满喜悦的。

我跑去，真开眼！参秸子半人多高，长在一眼冷泉的顶上。那轮生的五个杈像张开的五只大手，向冷泉里撒着红亮亮的珊瑚珠子。那小碟大小的籽团儿，红彤彤的，像牡丹一样富丽，映得那冷泉红光滚动，美不可言。

这不是传说中的水参吗？据传奇性的传说：它能供给采参人几亿吨水，百日不雨麦子可收，喝下去解瘟除疫，强筋壮骨，返老还童；也能吐出滔滔的大水，吞没那些黑心肠红嘴丫的坏蛋。传说这种参长得像蟾蜍，还有两颗绿光烁烁的眼睛。虽然这是传说，但我总希望它长得像只蟾蜍，或者就是一只蟾蜍。

刘福的挖参表演开始了。

先笼起一堆烟火，把小咬、蚊子熏得远远的。然后用系着铜钱的红绒绳把参秸子拴好。回头对我笑笑，说：

"拴红线是上绑，那铜钱是锁，人参精也跑不了！嘿嘿，好迷信。"

这是我让他按老做法干的呀！

他破开地皮，砍断树根，一把又一把抓出些黑亮亮的土来。轻轻地摇着鹿骨签子，就像姑娘挑花似的，又细又快。直到日落才挖出来。哪里像个蟾蜍，倒像个短跑运动员在冲刺，须长三尺，细细的，上面带着米粒大的疙瘩，紧皮细纹，长芦头，呈米黄色，是苗好货。刘福说有一两重，值二百元。他剥了松树皮，用青苔作衬，打上包子，抽榆树筋捆好，让我背着，就"返棍""拿仓子"了。

这一切，是我能顺利完成十一幅插图的主要原因。现在，我剩下最后一幅了：棒槌雀（即人参鸟）。

"王干哥哥，王干哥哥——"

窗外又传来了人参鸟急切的呼唤声。难道在密林里失散的王干和李五两兄弟，迄今还没有找在一处？

我画上一对小鸟？我能画好。

不，还是画王干和李五。可是，这哥俩的人物造型，该与普通人有什么不同呢？应突现哪几个特点呢？

我放眼望着月光下的参棚，沉思起来。

忽然，我仿佛看见在那参棚之间，那个端着枪、瞪着眼、侧耳聆听的老刘福。"模特儿"不就在眼前吗？老刘福就是一只人参鸟，不过要画他的过去罢了。

六十年前，一个老人用一对挑筐，挑着一对光腚的男孩，一步三滴汗，从山东涉长河、越关山，进了长白山下的东边道，投在占山户马千篷的家中。那时栽参是用白布挡阳，一匹布为一篷，马家有近千篷参。他和马千篷当面讲定，莳弄十六篷参，一年的工钱是四斤参水子。老人寻思返回家乡的时候可发财了，哪里想到辛辛苦苦三百六十天，倒拉下三斤参水子的账。这时他才知道，四斤栽的园参水子，才能顶二钱山参的价格。一股怒火气得他双目失明，没几天累死在参地里。这可苦了那两个光腚的男孩——八岁的刘福、六岁的刘生。

在伙计们的照料下，哥俩凄风苦雨地度过十二个漫长的春秋。哥俩决定进山采参，还账跳出火坑。这时候，他们的饥荒有二十篷参那么多了。

有人说采山参好比沙里淘金，这话属实。不过，富庶的白山参海，给了他们三十几苗好货。可是，这一天哥俩失散了。

刘福叫棍（敲大树）没有应声的，仰头高喊还是没有应声的。

刘福爬上红松树："刘生——"

松涛滚滚，没有回声。

刘福登上石峰："刘生——"

白云悠悠，没有回声。

走一步，三回头；喊一声，四下看……一天、两天、一夜、两夜……第六天，刘福找到十八砬砬拐。这是个"迷魂阵"，进去出不来。为了找兄弟，他进了头道拐，捡到一只没有后跟的草鞋，这是刘生的啊！他什么也不顾了，跑着喊着，哭着叫着。等他发现刘生，刘生已经青肿得不像人样了，浑身鼓起好多黑包包，像一堆堆小蘑菇似的。刘福明白了，他是吃了柞树上的猪嘴蘑药死的。刘福把兄弟埋了，留下一只草鞋，一件破褂儿，当作对兄弟永恒的怀念。

现在，这两件东西摆在我的眼前。于是，画面也就在我的眼前闪动着。

我带着抑郁的心情命笔，只因爱和恨的力量，笔笔如意。人物活灵活现，很快就做成了。自己看看，很是得意。我正想去找刘福鉴定，一出门就看见惠芬坐在房西头的参棚下，穿针引线，聚精会神地绣花。这使我想起，我在参乡这一个月来所接触的参业劳动，简直都是在绣花。

我来的时候，正是"红头子市儿"。籽儿红得透亮，闪闪烁烁地放着亮润润的光。姑娘们开始采参籽了。参籽摘下洗晒之后就要播种了。人参播种是在秋季。播种前要换好从森林里刨起来的腐殖土，土要打得散散落落，筛得连根针粗的草根也没有……

至于那起参、洗参、下须、刷参、蒸参、烤参、刮参、晒参、排针、灌糖、捋须这些加工活计……无一样不是在绣花。参民们细心精巧地劳动，绣下了遍地锦花。这花，开在参民的汗水里、脚窝里、眼神里，还有刘福常说的："开在从北京刮来的春风里，开在共产党行的喜雨里。"

是啊，他们没收了大参主的参，果实回到了真正的主人的手里。不到二十年，发展了近十倍，单产量提高了四分之一。现在，这个参场完全能够担负几万斤内销参和几万斤出口参的任务。他们住上了瓦房，安上了电灯，成立了技术研究室，有十几名大学生和研究生在这里落户。可是，更大的变化还是人。譬如刘福父女就是。

惠芬中学毕业了，带着优良的成绩，来找场党委："我回来了，我是参场子里的人。"让她到技术室，她不干；让她到会计室，她不干；让她作文书，她不干；书记满面笑容，把她送到这座木板房里。从此，她成了真正的参民。白天，和姐妹们一起劳动，夜里帮父亲瞭望参地。两年来的时间里，她什么都会做了，还发明了几样新的生产工具。并且，一天也没间断地记录了十二畦不同品种、不同年生、不同栽培方法的参地记录。与其说是记录，不如说是档案。再过二三年，她会拿出一套很有价值的资料。人们哪能不敬佩她呢！

我万万没有想到，惠芬竟把参民心里的花绣在一块白细布上，作为礼物送给我了。布面上有一朵娇艳欲滴的参花，绿亮亮的叶子上，托着颤颤欲滚的露珠儿，那一大朵参籽儿闪着红宝石也似的光彩。旁边有一架参棚，让人可以嗅到棚架松脂的芳香。左上角，是一轮刚刚跳上松枝的红太阳，使整个画面融在一团光明、香暖、喜庆的气氛之中。在那松枝上还落着一只人参鸟儿，俯身引颈，双翅乍展，好像就要扎到那参花间去似的。

我灵机一动，书的封面不也有了吗？

……

现在，我远离参乡了。

我每每对着这幅小绣怀恋参乡的时候，眼前不就是参地月夜，耳边不就是人参鸟的啼唤？小绣上的一轮朝阳升腾起来，火红、滚热、闪光，这就是参民的心地呀！

（1964 年 1 月）

趴参记

——看参人描绿

七月，长白山里一片浓郁。

棒槌雀站在高陡的崖头上，挺拔的树干上，高声地啼叫起来，一声迭着一声，一只赛着一只，把个偌大的深山老林，叫得欢腾起来了。

这是进山采大山参的时候了。

采参人把这个时节叫作"花公鸡"，是有缘由的。这时节的参籽儿，有红亮亮的，有紫乎乎的，有绿莹莹的，还有半紫半红的，也有半紫半绿的，掺杂相间，斑斑斓斓，就像一只扬头长啼的花公鸡。手掌般的参叶儿伸展着，微微下垂，轮生的一篷叶子恰如一把小伞，捧着个五色缤纷的花球，真是美极了。

这时，副业队又拉起背儿，进山采参了。采山参，真是神话般的生活。钻在深山老林里，依在老松树下，笼起一堆篝火，鲜蘑菇汤烧好了，小米干饭揭锅了，香味儿飘满了山林，多有意思啊！要是真的发现了一苗大山参，脆脆快快喊声开山语，笼起蚊烟，挥动签子，把那形同人体的参挖出来，那就更有意思了。

所有这些，都鼓动我去挖一次参，过过那种神秘的生活，还可以写出一组采参的诗来。一定会写出来，采参本身就是一首美妙的诗。

可是，我来到茂林公社时，他们的副业队进山五天了，我是无法找到他们的，难道还要等到过年吗？不免有些不快，怅恨自己来晚了。

我这种心情被公社的老唐看明白了，笑吟吟地告诉我："小伙子，别急，红军坡的'摸透山'回来了。"

"'摸透山'是什么？"

"是个饱经风霜的老看参人，本名叫何玉海，因为他把这方圆几百里的山踏遍了，摸透了，才得了那么个外号。把他带进山里，蒙上眼睛，他能摸出来；拿给他一苗山参，打眼一看，就知是在什么地方挖的，他是从参形、参色来判断地势、土质的。"

"这是值得一访的老人，可他能带我去挖山参吗？"

"当然，明天咱们就出发！"

我乐得差点儿跳起来，盼着第二天快些到来，还在笔记本上记下组诗的第一首，题目就叫《摸透山》。

翌日清晨，我们带着家什进了老林子。"摸透山"是个精瘦的小老头，五十多岁了，可有一双好腿脚，走起来撅哒撅哒的，好快呢；脚下虽然是"十步全无半步平"的崎岖小路，他却走得那么从容。他还是个多话的人，性情开朗。每一面山，都能给你讲出一段故事，每一道沟峪，都能数出山产。从这些话中，我也隐隐地听出，在那山上，谷中，埋着他的许多的辛酸。

　　我从来没看到这么好的林子，像海一样望不到边儿，树高得看不见梢儿，长得笔直笔直，找不出一道弯儿来，上下好像一般粗，离地几丈高也找不出一个枝杈，光溜溜的像根大柱子。脚下是厚厚的青苔，暗绿暗绿的，松软得像块大海绵。上边还有寸把高的小草，叶儿没有豆粒大，可还开着筷子头大小的单片花儿。猛然间，看见一棵古松上少了一大块皮，看来有些年月了，被剥了皮的地方长出斑纹来。我知道，这是挖参人在这儿挖到参留下的记号。

　　老唐也在松树前停住，指着斑纹问我："那上边有字呢，看出来了吗？"

　　我细细地辨认了一阵，依稀是"二九七"三个字儿，好像是个号码。

　　老唐深深地叹了口气，说：

　　"是号码呀！在早年，进山采参得起'龙票'，花不少钱才能弄到一张，没有龙票进不去山。清太祖努尔哈赤崛起东北，分了三个道，咱这叫东边道，俗叫东边外。努尔哈赤为了防止外族流入，就封了山，所以进山得起'龙票'。这就是起到二百九十七号'龙票'的人，在这儿挖过参。龙票这东西最害人。听我爷爷说，祖辈上花了四石谷子起了张'龙票'，挖了六两山参，除了上参税，再被地方官勒勒大脖子，卖参的钱没剩多少，还不够进山的衣服鞋脚钱……"

　　"要是我，干脆不卖，省得上税。"一个年轻的参民愤愤不平地说。

　　"是啊，以后就不卖了。""摸透山"说，"从我爷爷那辈起，我们家就开始趴参了。"

"趴参？"我不解地问道，"什么叫趴参啊？"

"摸透山"告诉我："趴，就是把挖来的人参找个最秘密的地方栽上，匿起来，就叫趴。爷爷找了仨月，才找到一块连鹿都不送踪的地方，叫作虎跳崖。你看，就在那边。"

顺着"摸透山"的手指看去，有一道悬崖，被迷迷蒙蒙的雾霭罩住，仿佛那里是另一种天地。

"那个悬崖，几十丈高，石壁向前探着。爷爷用一根大绳拴在树上，顺着绳子沉到谷底。说也怪，谷底平平坦坦，土质又好，是个趴参的好地方。爷爷一连趴了三年，二十多苗了，还有四品叶、五品叶呢！谁知，那年夏天一连下了三天暴雨，霹雳闪电，那石壁倒了一片，把爷爷的心血全埋了啊！"

我们望着那悬崖，谁也不作声，觉得把那位老爷爷也埋在那里了。

"爷爷的希望破了，连急带气病倒了，临死时对我爹说：'你接我的手，趴，趴吧。世道总会有公平那天。'我参又在山里寻找，不敢再找那悬崖的地方了，就找了块进去容易出来难的'迷魂阵'，一趴趴了八年。那年，我病得要死，爹没法才挖出几苗参换了些药，算把我的命保住了。谁知这事儿透出风去，叫地主董大烟袋知道了。第二年夏天，爹去掐参秸子，不掐怕让人看见。万万没想到，董大烟袋派了个两条腿的狗在后面跟着。没几天，爹趴的参全叫董大烟袋给挖去了，回来还弄个猪头上供，说是神仙送给他二十八苗好山参。我爹告到县衙门，董大烟袋送去几苗参，把爹断个诬告乡绅，打进大狱，再也没见爹的面儿。

我咬着牙，干下去，趴，趴！爷爷说得对，世道总会有公平的那一天！……噢，到了。"

我眼前的林木似乎稀了些，林间草地上姹紫嫣红，一苗苗大山参，错错落落地挺立在树旁、草丛。林间还有一座小房，不用说是看参人"摸透山"住的。

我抓住"摸透山"的大手，说："你到底趴了这么一大片！"

"摸透山"笑了："哪是我趴的。"

"除了你，还会有谁呢？"

"那就接着说吧。大伙儿都找个地方坐下。"

"摸透山"坐在根倒木上，指着那些山参，讲了它们的奇特的来历：

"我选中了这块地场，头一年趴了八苗，还有两苗是小二甲子。第二年来趴参时，怎么一下子变成三十多苗了呢？四品叶、五品叶就十来苗。我心里好纳闷儿，就回家拿了点小米子，藏在前边的小沟里，看看到底是怎么回事儿。

"一连四天没看出什么门道，第五天头晌，来了六个人，庄稼人打扮，穿得不咋好，可都背的枪，那个大高个儿还有匣子枪呢！有个瓜子脸，短胡茬的，怀里抱个大棒槌包子。来到这儿，刨的刨，栽的栽，大高个儿还撒了好几把参籽儿。

"我心里迭起劲儿来了，肯定不是鬼子，又不像汉奸队，大概是打鬼子的红军吧？红军，早就听说了，净是些能人啊！老想看看他们，总没个机会。这回可不能错过，就仗着胆儿走过去。

"他们见了我，上上下下好一顿打量。那个大高个儿，和和气气地对我说：'老乡，这参是你趴的？'我说：'是。'他又问：

‘为啥要趴参呢？’我说：‘这世道拿出卖也落不下什么，先留起来，爷爷说世道总会有公平那天。’他说：‘大兄弟呀，快了，那一天快到了，咱们穷人当家做主就好了。’我一听，准是红军了，就问：‘你们是不是红军？’他们光是笑。我又说：‘你们是红军，干吗也要趴参呢？’大高个儿说：‘我们在山里转，打游击，常挖到些参，部队上用了些，剩的就送给老乡。后来，杨靖宇司令说把小的匿在一块儿，再撒上些参籽儿，等咱们穷哥们掌大印的时候，不就成一个个山参园子了吗？’

"从那以后，我还是年年趴参，我趴的都做了记号。后来解放了，我把自己趴的起了，盖了房子，买了三匹马一挂车。红军趴的那些，我可不能动，就报告了政府，政府决定在这儿继续发展山参，从那我就成了这儿的看参人。到现在二十来年了。杨靖宇司令的愿望实现了，可惜，他没能看到这么好的山参园子。"

几只棒槌鸟扑棱着翅膀，叫得那么响，那么脆。棒槌鸟啊棒槌鸟，早年你见过参民的眼泪，听过参民的叹息；如今你见到的是参民的笑脸，听见的是参民的欢歌。可是你可曾知道，这遍地参花是怎样开放的？

（1961 年 5 月）

鹿 笛

春日的长白山，像个睡醒了的少女，经过和风细雨的梳洗，容光更加娇丽，神采更加妩媚了。她闪一闪明净的秀眸，山泉喷涌、溪水滚流了；她抖一抖飘曳的彩裙，山花似锦、碧草如茵了；她试一试清亮的歌喉，山雀欢唱、野鹿啾鸣了。也就是在这个时候，一种奇特而又嘹亮的声音，穿绕过青青的柞林，轻拂着潺潺的流水，款款地飘过来了。

"啾哇，啾哇，啾啾哩啾哇……"

声音是那么遥远，又这么亲近，是那么圆润动听，又这么爽朗明快，像叮咚的山泉在月光下轻轻地滚动，像婉转的阳雀在云朵飘游的峰头上鸣哨，像欢快的牧笛在曙光初照的草原上流荡。我这个音乐工作者还是听明白了，不是山泉、阳雀和牧笛，而是一种呼唤：

"来啊，来啊，到这里来啊……"

是的，这是在呼唤。可是，是谁在呼唤？在呼唤谁？我听着、品着，品着、听着，不由得心头涌起一团热切的追求。于是，我朝着这呼唤声走去。也不知道会走到什么地方，但我相信，一定会走进那美妙的旋律中去。

林间的小道，脚下松松软软，路径曲曲弯弯。一条清亮亮的小溪把我送到密林深处。呼唤声听不见了，眼前却出现了人家。两座房子一东一西，送我来的那条小溪就从中间的空地上响泠泠地穿过。四周用拳头粗细的木杆儿夹着障子，围成一个宽宽的院落。南面有一个用又粗又高的原木围起的栏子，里边有五六只肥壮的鹿。它们腿高身长，披着一身梅花瓣儿，远远望去，像一片棕色的天鹅绒上绣满了白色的花朵，又俊美，又淡雅。母鹿胖得圆圆滚滚，是怀着胎的，它似乎嫌这里的天地太狭小了，贪恋地望着栏外的青山碧野。那几只公鹿，骄傲地扬着毛茸茸血亮亮的茸角，眼睛四处搜寻，不安生地刨着蹄壳，着样子想要跳出栏子，再回到那青崖翠谷去。鹿苑前站着一个二十三四岁的姑娘，身材像那婀娜多姿的白桦树，模样像那端庄而又俏丽的百合花。手里提着个小桶，里边是切碎的鲜枝嫩草，拌着高粱、豆饼。她把饲草均匀地撒在大木槽里，退出五七丈远，撮起嘴唇，吹着轻快的口哨。鹿儿抖动着尖尖的耳朵，听了听，便轻盈地走到槽前，唰唰地嚼食起来，还不时地喷喷鼻儿，那是吃得开心了。而那姑娘，也甜甜地笑了。春山般的浓眉，笑成了一弯新月，山泉般的眼里，闪动着热亮亮的神采，连那对深深的笑窝，也盛满了欢乐。

"远方来的姐姐，"姑娘望着我说，"是到这儿来做客的吗？"

"我自己也不知道。"我笑着回答她，"有一种声音，一种奇特的声音，把我领到这儿。"

"什么声音？是山泉流水，还是阳雀的歌唱？"

"不，是一种呼唤，热切的呼唤。"

"知道了。那么我们该是朋友了，我叫柳占春。"

"你是一个未曾相识就让人喜欢的朋友。我叫周岭梅。"

当我们的手紧紧地握在一起的时候，栏里的梅花鹿又啾啾地鸣叫起来。她告诉我，她们大队制定了实现农业现代化的规划，需要积累相当数量的资金，如搞农田现代化建设，购置各种农业机械，还有化肥、农药，决定自力更生办一个小型鹿场，自己窖鹿、驯鹿，三年后要达到存栏六十头，公母各半，每年可出售仔鹿二十只，茸三十架，收入当然是相当可观的。她们的鹿场在山外，这里是窖鹿驯鹿小组。一开春他们就进了山，已经窖到九头了，第一批的四头已经驯好，送到鹿场去了；眼前栏子里的是第二批，正在驯化；而第三批，还在林间，几十个鹿窖等待着它们。

"占春，窖鹿要比钓鱼还难吧？"

她拿眼睛瞅瞅我，说："大姐姐呀，那怎么行！钓鱼是愿者上钩，不上钩也没办法。窖鹿光等待不行，得把鹿唤到窖里去。"

"唤鹿？它们听唤吗？"

"听。刚才你不是说听到过一种奇特的声音吗？"说着从兜里掏出个拇指大小的东西递给我。这是竹片做的，很像单簧管的哨片。难道那种迷人的呼唤，就是这个小小的哨片发出来的吗？

"大姐姐，你懂音乐，也懂乐器，我给它起个名字，叫鹿笛，行吗？"

"这名字太好听了，如果在音乐会上报出个鹿笛独奏，听众将会倾倒的。"

"我已经多次演奏了，今晚还要演奏。大姐姐，你愿意跟我去吗？可有意思呢！"

太阳卡山的时候，全组人马都回来了，有四名姑娘，四名五十上下的男社员，是窖鹿的能手。组长同意我跟占春去唤鹿，还对占春说，前不久窖到的那只母鹿的伙伴到这一带来寻找它失去的朋友了。看踪儿到了西岗，接近我和占春要去的八号鹿窖，今晚是个极好的时机，要把它唤到手。

暮霭罩住了丛林，大伙儿带上家什，分头出发了。我跟着柳占春在林子里穿行了好一阵，来到一对美人松下，她把防兽用的猎枪依在树干上，打开狍皮，铺在柔软的芳草上，把干粮袋、水壶挂在树枝上。

我们静静地躺在狍皮上。上面看不到夜空，只有从枝叶间泻下来的斑斑驳驳的月光，零零星星地洒在我们身上。这夜色迷迷蒙蒙，像那神话的羽衣裹着我们。远处的山泉，给我们轻轻地拨动琴弦，还有那说不清的细切的声音，汇成一支温柔的轻音乐，更显得幽深、神秘了。山花的淡淡的清香，夜风的微微的凉意，把这山林诗化了。我觉得，自己简直是融化在这夜色之中了。我们的简短的、轻声的谈话也停止了。

远处传来了一种什么声音，占春用胳膊碰碰我，那是让我注意的信号。她把鹿笛放到嘴边，那种奇特的声音飞扬开来了：

"啾哇，啾哇，啾啾哩啾哇……"

鹿笛，有时是那么轻快，仿佛是一群野鹿在翠谷中飞奔；

有时轻轻柔柔，仿佛是鹿群安详地嚼食青草；有时热烈地呼唤，也许是鹿儿求偶的声音吧？有时温爱地召唤，也许是母鹿寻觅走失了的仔崽吧？小鹿寻母的声音是急迫的、哀怨的，公鹿报惊是高亢的，急促的，种种模仿都逼真极了。就这样，不知不觉已过了子夜了。我打定主意要在这儿生活一段时间，捕捉到这个奇特的旋律，写一支鹿笛独奏曲。我又仿佛看见，在柔和的灯光下，天鹅绒帷幕慢慢拉开了，柳占春口衔鹿笛，在台上尽情地吹奏着，偌大的观众厅静得出奇。一曲奏完，听众还在侧耳谛听，好像他们也到了深山丛林，置身于朦胧的夜色之中了……突然爆起一阵热烈的掌声……

"啾哇，啾哇……"远处的声音更响了，这是鹿来了的信号。我看见占春眼里射出的光彩，是那么亮，那么有神。这双眼睛，向我敞开了两扇窗口，使我看见她那泉水一样明澈，璞玉一样纯真，彩霞一样美好的心灵。

她的鹿笛热切地呼唤着，呼唤着。前面传来了响声，接着从两棵大树间闪出个影子，好大的一头鹿。可那影儿倏然间又不见了。我碰碰占春，意思是：跑了，多可惜！她明白我的意思，轻轻地摇摇头，对我笑笑，分明是说：急什么！我看看表，都两点多了，天快亮了，能不急吗！

这时，我才发觉，我的衣服已经湿漉漉的，身上也感到凉飕飕的。这一夜就要过去了，是那么漫长，又这么短暂。感到漫长是因为急切的等待和呼唤；觉得短暂则为的这种神秘和新奇。而占春呢，一夜连着一夜，一月复着一月，已经没有这种神秘新奇之感了，只有那苦心的等待和急切的呼唤啊！我实在忍不住了，小声问她："天天月月，受得了吗？"她扭头瞅瞅我，手掌上托着那枚鹿笛，轻声地说："我一吹起这个，眼前不仅有肥壮的鹿群，还出现那现代化的田园，各种型号的农机，还有那丰产的米粮……"说完，就又吹起了鹿笛。那只大公鹿又露面了。可它把身子藏在树后，只露出个头来，听着，听着……

晨曦照上山林，淡淡的岚气在树冠上轻纱般地游动着。山林醒了，山花扬着笑脸，野草托着露珠儿。这一夜，花香了，草长了。

笛声终于牵动了公鹿，向我们走来。鹿笛呼唤得更加热烈了。我的心绷得像满弓的弦儿，也许有什么一拨动就会绷断的。那鹿突然一失前蹄，一声惊鸣，便没影儿了；紧接着啪的一声，一个木方框上结着绳网的盖儿，严严地扣在窨上了——这只鹿成了柳占春那个大队鹿场的新成员了。

我咚地跳起来，忘情地抱着占春，在草地上飞舞了好几圈儿。她也分外兴奋，脸儿红得像露珠润过的鲜花，把鹿笛往口中一放，这次不是学鹿鸣了，竟然奏出一支曲子，像冲出峡谷的溪水一样畅达，像拂动花枝的春风一样爽丽，像踏着芳草的马蹄一样轻快，像烈焰卷腾的篝火一样炽热。接着，密林里左一处右一处响起了同样的鹿笛，遥遥地呼应着，合奏着。

啊！这仍然是一种呼唤。如果说肖学鹿鸣是在呼唤着野鹿，那么现在的合奏是在呼唤着什么？我想起这个大队的规划，这个鹿场的诞生，还有这个姑娘的心愿，我听懂了鹿笛流出的音乐语言，他们是用心血和汗水，用理想和智慧，呼唤着社会主义现代化：

"来啊，来啊，快到这里来啊……"

我还用写什么鹿笛独奏曲呢！这支曲子有多好！这个舞台有多大！而听众又有这么多！至于掌声，是电机的轰鸣，是马达的欢唱，是丰收的锣鼓，是报捷的鞭炮。

美妙的鹿笛，在灿烂的晨光里，热切地呼唤吧！我们所盼望的、追求的，会循着这种呼唤快步走来的。

（1979 年 2 月）

蛙声十里

登上南岭，就望见盛产"田鸡"的双岔村了。

"田鸡"，是长白山区的特产，是蛙的一种，俗称蛤蟆，也叫哈什蟆，名贵的"蛤蟆油"就是从它身上取来的，既是良好的补品，又是奇效的药材，在国内、国外的市场上，都是享有盛名的，所以，蛤蟆，是双岔村的一宗进项呢！

我正站在岭上遥望那个掩映在白桦林中的小屯堡儿，突然传来一阵呱呱的鸣叫声，好似有谁指挥着，成千上万面小鼓同时叩响了。声音是那么清脆、流畅，节奏是那么明朗、爽快。细细听去，原来是一阵蛙鸣。我油然想起了古诗人的名句：

蛙声十里出山泉。

眼下已是五月中旬了，蛤蟆早在池塘里产完卵，钻到草丛中去了，便不再大声歌唱。青蛙在夏天，特别是阵雨初雾的黄昏，一直要唱到月落星坠，可是蛤蟆不那样，只是春天在池塘里叫上十几天。岭下的蛙鸣，我还分得出来，不是那“咯咯呱呱”的青蛙，而是“嘎咯咕咕”的蛤蟆。现在的时令，怎么会有这么多的蛤蟆聚闹一起，大声鼓噪呢？

啊，也许是春杏的蛤蟆池搞成功了吧？

我第一次到双岔村来，正值细雨纷纷的清明时节。我的房东王同老汉，是个逮蛤蟆的能手，据说一天曾抓过一千六百只，这个纪录是二十岁那年创造的。

老王同一边收拾着抓蛤蟆的用具，一边跟我唠蛤蟆的事儿。像蛤蟆油能治多少种病了,蛤蟆胆能治眼睛了,蛤蟆肝的妙用了，当然还要说到怎么抓蛤蟆。说着说着，站起来推开窗子，指着远处的一片高障子说:“开开眼界吧，那是春杏姑娘弄的蛤蟆池。哼，有养骡养马、养鸡养鸭的，没听说过养蛤蟆的！”

我插嘴问道：“怎么？没养成？”

“喝蛤蟆汤了。去年春上，春杏领着几个人，还有我们家的傻虎子，抽空抓了几千只又肥又大的蛤蟆，还朝人家借了一千多，放在池里养着。一春天天天去看，还直往小本子上记，像真事儿一般。那障子夹得不好，跑的、跳的，叫别的动物吞了的，损失不小。春杏她们一直弄到雪压高山、冰封池塘。今年春天一开冻，池塘化了，可倒好，蛤蟆全都仰壳漂上来了，死得一个没剩。她们噘着小嘴，把死蛤蟆捞上来送去沤肥料。蛤蟆没养成，拉下一身蛤蟆饥荒。像人家知道好歹的，就拉倒呗，可春杏偏不，犟丫头！”

“为啥都死了？春杏没找出原因吗？”

“找了，还是三条呢！头一条，池子浅了，一上大冻，一直冻到底儿；二一条是冰上没打气眼，能憋死蛤蟆；第三条最重要，池子底下全是干磕碗的鹅卵石，蛤蟆钻不进去，那玩意拱进泥里过冬才保靠呢！这不，春杏领着他们团支部那二十八宿，用早早晚晚，把池子开大了，小三亩地儿；也挖得深了，鹅卵石抠了出去，露出了紫泥底儿，还放了些石板，蛤蟆爱钻石板。照说那也是蛤蟆的天堂了。"

"这回准能行了吧？"

"行啥？也怪党支书何大哥，不但不劝说她们，反倒给撑腰，出招法。这也罢了，还来动员我给她们当顾问，你说新奇不新奇？春杏成天跟俺磨，还给俺算小账儿：说养好了一年捕个十几二十万只，光蛤蟆油一宗，就是三万来块，能买个大拖拉机。她好像真把拖拉机买到手了似的，在俺屋当间比量着怎么开拖拉机。"

老王同说着，也来了兴致，学着春杏的样子，双腿微微一屈，双手做出把着驾驶盘的架势，两边儿晃着，向前挪着。一下子把他做的"蛤蟆照子"（一种点松明的火灯）弄翻了，我们大笑了好一气。

晚风摇新枝，细雨扣窗扉。老王同说这是抓蛤蟆的好时机：

"是得去一趟。不是俺嘴馋，一是来了客人，二是得帮春杏还蛤蟆饥荒。"

吃罢晚饭，细雨筛面似的飘着，我们披上雨衣，拿上蛤蟆照子，还有个三节筒的手电，来到蛤蟆河畔。嗬！成了火炬的河流，这岸，那沿，上头、下头，灯笼火把，把一条河生生给照亮了。从河里爬出来的蛤蟆，见了灯光一动不动，鼓着小眼睛瞅着你，呆头呆脑地等你去抓。可是当你的手按下去时，它用那有力的后腿一弹，竟然跳出好几尺远。所以，必得手疾眼快。小半夜的工夫，我跟老王同抓了半面袋子。我想，蛤蟆这么好抓，干什么还要操心费力地去养呢？

第二天一早儿，有个姑娘拎着一串蛤蟆来找老王同。她，二十四五岁，头发剪得短短的，红脸膛上挂着笑意，淡淡的眉毛，细长的眼睛，又健壮又俊秀。

姑娘对老王同说："大爷，给你送蛤蟆来了。"

"快拿去还你的蛤蟆饥荒吧。"

"早就还完了。"

"还不得再拉呀？昨晚抓了一点儿，今早就炖，招待这位客人，你也来吃吧。我知道，你抓了也舍不得吃……"

原来这姑娘就是春杏。春杏笑笑说："我用这公蛤蟆换你抓的母蛤蟆，让母子在蛤蟆池里产卵。"

"找便宜呀？"老王同笑中有劝，"算了吧！"

春杏咯咯咯地笑起来，那笑声好脆好响呢，把院里山杏树上的雨珠儿都震落了。她笑够了，才摇摇头，说：

"哪能拉倒呢！是队里的一个大进项，养好了，一年弄个大拖拉机。那时，你老也该刮刮胡子，开铁牛了。"

"鬼丫头，你这不是气俺嘛！"

春杏忍住笑，说："那，这些蛤蟆就算送给你消消气儿吧。"她放下蛤蟆，冲我神秘地笑笑，转身要走。

我便替她讲情儿："换就换一点儿吧。"

春杏说："看！这位同志还支持我呢，可你，老给俺们泼凉水儿，有人都叫你泼感冒了。"

我也不知咋的，又替老王同说话了："春杏同志，老王同寻思蛤蟆有的是，到时候抓就是呗。"其实，这是我的想法，硬给老王安上了。

春杏对我说，可是话是递给老王同的。

"抓蛤蟆主要是为了蛤蟆油，落了秋霜油才长成，那时正是秋收大忙季节，怎么能出那么多劳力抓蛤蟆？抓多抓少还两说着。再说，这些年农业发展，人口稠了，抓得多，繁殖得慢。大爷，过去你一天抓过一千六，现在连那个零头也抓不上了吧？昨晚还有这位同志帮着，才抓了二百三十六个，母的还不足一半，才一百零二个。"

老王同惊叫一声："哎呀！俺抓的蛤蟆……"

春杏扑哧笑了："早进池子了，现在它们撒欢地唱呢。你听听，好好听听，听到没有？它们唱道：'池塘好，池塘好，我们不再往外跑。'多好听！唱得最欢的，就是你抓的。"

老王同并没有生气："好啊！俺那傻小子，你们串通一气谋划俺。"

"要不是家里有客人，我才不来送呢！"春杏咯咯地笑着，轻轻盈盈地跑了。

老王同望着春杏的背影，喜爱地骂道："这个鬼丫头，拿她真没办法。虎子他娘，炖蛤蟆！"

吃早饭时虎子才回来。他是个大高个儿，方脸盘，高鼻梁，大嘴丫儿挂着笑意。怎么会是个傻小子呢！虎子娘捕了他一把："咋没把杏儿领来？她最爱吃这个。从去年弄蛤蟆池，她一个也没舍得吃。快，去叫她。"

虎子像面对着不可克服的困难似的，低声地说："她不能来，去了还得挨她两句。"

"你个傻样子，呆架子！"虎子娘数道上了。

还是老王同有招法："傻小子，你去告诉春杏，俺给蛤蟆池想出个好主意，问她听不听。"

"真的？她准能听！"虎子来了精神头，"什么好主意：我先听听。"

虎子娘说："你能听出个四五六？快去！"

热腾腾的红焖蛤蟆端上桌了，满屋是香味。虎子领着春杏，大步流星闯进屋来。春杏扑到老王同跟前，满面春风地问道："大爷，你想出了什么好主意？"

"先吃饭！"老王同板着面孔。

春杏大方地坐在桌前，抓起张大煎饼，说："吃就吃，反正也不是头一回。"

老王同问虎子："这蛤蟆香不香？若是把母的也炖上，那就更香了。"

虎子说话就是直："把母地放到池子里，比吃了还香！"

春杏冲虎子笑笑，那是赞扬他。

可老王同批评上了："你真是个傻小子！脑瓜子也不开条缝儿，就知道换啊、放啊！不好把池子的障子放倒一面儿？这时节蛤蟆奔的是池塘，进去就不爱出来。池里的蛤蟆一叫，河里的、沟边的、草窠的、小泡子里的，还不撒欢地往池子里蹦？真笨！"

春杏把碗儿一放，磨身就往外跑，嘴里还叼着个蛤蟆腿。虎子愣了一下，也慢慢放下碗，轻步走到外屋……

虎子娘不乐意了。"不好等会儿说：都跑了，留着你自己吃吧！"

老王同说："俺要早想起来还等不到这会儿呢！你也太小心眼儿了。"

"你心眼大？把孩子难为成啥样？"

"难为？不，那叫……鼓励。"

"啊？有那么鼓励的？看人何大哥！"

"何大哥是从正面鼓励，俺是从那个，那个后面去鼓励，啊？哈哈哈……"

就是那天，我离开了双岔村。两个月来，双岔村总让我惦念。特别是春杏的蛤蟆池，也不知搞得咋样了。

现在，听到这么多的蛤蟆鸣叫，震动着十里山川，想必是搞成了。便怀着急切的心情，向蛙鸣咯咯的地方扑去。一则是心急，二则是步快，在一个拐弯处，险些撞到个柴挑上。收步一看，却原来是老王同。

老王同放下挑子，握着我的手，怨我这些日子没来双岔村看看。接着他报喜似的说："成了！成了！春杏这孩子，中啊！"

我替老王同挑着这几捆条子，边走边唠。他告诉我："你走的那天晚上，把障子放倒一面儿，池子里的蛤蟆一叫，把别处的都引来了，扑通扑通直往池里跳，四五天的工夫，简直把池子跳满了，黑乎乎一层，油亮亮一片，全是蛤蟆的大嘴巴。那些小眼睛，赶上天河里的星星了，一对挨着一对。多了没有，两万怕是出头了啊！就算母的有一半吧，一个母的产两团籽，一团出五十个小蛤蟆吧，去了损失，算拆虎一半儿，也有五六十万吧？嘻嘻，两年后，卖蛤蟆油买拖拉机，是把攥的喽！"

"亏你这主意想得好。"

"大伙儿的功劳吗！队里决定设专人管理，春杏不用说了，还要搁个明白人。春杏那个鬼丫头，把俺给举上了。这不，上任快一个月了，今儿个出来割几捆条子堵堵障子空儿。"

说着，来到蛤蟆池前，真称得起蛤蟆场了。障子全是拳头粗细、二米多高的木杆儿夹的，顺着山坡蜿蜒走行，把个塔头草、灌木丛的甸子全围在里面，有二十多亩。走进这个大院落，更开眼界。一丛丛灌木林，一片片青嫩的草，还开着野花儿，结着紫色的甸果。两小三大五个池塘，像一面面反光剔彩的宝镜，镶在这草海花丛之中。每迈一步，脚下那颤颤巍巍的草窠里，都会蹦起一只又一只肥胖油亮的大蛤蟆。池面上，微波细澜，黑压压一层蝌蚪，拖着扁长的尾巴，自由地嬉戏。再看那草丛，也经过整理，一方一方的，每一方的四周都有一丛灌木，每隔几方，就有一条弯弯的小水渠盘绕过去。渠水带着花瓣儿，小虫儿，缓缓地流动。扑通一声，一只蛤蟆跳下去，把那小虫儿吃了。而后，在水底伸爪蹬腿游几下，再钻出来，慢慢爬进草丛里去。

最大的池子旁搭了个小房房，是用木楞卡着铆儿垛起来的，这就是老王同的"家"。

我们坐在屋前的小凳子上，唠扯着。我发现池边儿立着些桦树杆儿，问他是干啥用的。老王同说："是春杏鬼丫头的招法。

这杆子是挂灯用的，过些日子晚上把灯弄亮，诱那些蛾儿、虫儿，对庄稼有好处，还喂肥了蛤蟆。那些草吧，有种的，有栽的，也有原来的，全是蛤蟆爱吃的。杏儿，也真有道眼，问俺蛤蟆怕什么？俺说怕蛇，她又问蛇怕什么？俺说蛇怕黄烟。她就在障子四周栽上黄烟，保护了蛤蟆，一年还能收入千八百斤烟呢。这些事儿多了，一时也说不完。光是为了解决蛤蟆的吃食她就想了十七个办法。俺说：'杏儿，你再想出一条儿，就够十八般武艺了。'解决了吃食，别的就不用愁了。"

"十七条，你就想出了六条，还有何支书、马大叔、老吴三婶子、西院的小翠……"

说这话的是春杏，挑着一对大水桶，汗津津地走过来，跟我打过招呼，放下水桶。我伸头一看，只见里边直翻花儿。细一看，全是带着尾巴的蝌蚪，拥拥挤挤。春杏把桶向池里一倒，一团团蝌蚪立时散开，摇头晃尾结识它们的新伙伴去了。

老王同说："好办法：山沟里泡泡洼洼有的是，捞些回来比抓蛤蟆快当。你咋想出来的？"

春杏微微地低下了头："是他想的。"

老王同一惊："是俺那傻虎子？"

春杏点点头。

老王同眯眼思索了一阵："杏儿，俺明白了一个事理：只要你想的是大伙儿的事儿，把心用在这上头，眼睛就尖，脑瓜就灵，手脚也就勤快。对不对？"

像赞美老王同的话语似的，池塘里又腾起了"嘎咯咕咕"的蛙歌。这蛙歌，明朗、欢快，乘着暖烘烘的春风，冲出山沟，飘向岭顶，飞进云天。

　　压山的夕阳，把红光投到池塘里。于是，池塘里出现一片红云。红云变幻着，变出了火红的拖拉机，拖拉机在田野里奔驰，犁出了麦苗、稻浪……

（1964 年 6 月）

百花流蜜的时候

百花流蜜的时候，我也像只蜜蜂儿，朝那花儿开得闹的地方扑奔。

有人说："长白山区的六月，连空气都是绿的；长白山区的七月，是花的世界，连露水都是香的。"这话不假，我一踏进花山河公社的地界，就领略到了。花山河名不虚传，田里开着花，坡上盖着花，林间藏着花，谷底铺着花，就连那河水也仿佛流着花。红的、白的、黄的、蓝的，抱球成团的，散星碎玉的，打小伞的，顶花碗的，还有吹喇叭的，摇铃铛的。珠子似的小花开在石板上，金钱般的花团抱在长藤上，灯笼似的花儿挑在梢头上，紫蝶般的葛花悠悠然吊在半空里。

走在蜿蜒的山路上，花儿擦肩拂面，牵衣拽手，千姿百态，不知其名。成群结队的蜜蜂儿，或落在枝头，或钻进花心，嗡嗡嘤嘤，响成一片，让人感到潺潺的溪流是香的，款款的熏风是甜的。人们管这个时候叫流蜜期。这个流字用得多恰切呀！每年从这些花朵上流出来多少蜜呢？该跟那条花山河差不多吧?

花山河,花多,蜂多,蜜也多,可养蜂还是近几年的事儿。材料上说,公社有个二十多岁的女秘书,叫秀秀,先在自家的园里养了一群,大伙儿才跟着养起来。后来公社建了养蜂场,场长就是秀秀。在县农业局还听到关于秀秀的事迹,以及她和一个叫阿根的小伙子的事儿。与其说我是来看花怎么开,蜜怎么流,倒不如说是来看看甜蜜的生活是怎样酿造出来的。

花山河公社蜂场在一个缓缓地大坡上,蜂箱整齐有序地摆在稀疏的椴树林里。春深时,椴树花开得雪也似的,流出的椴树蜜是最佳的蜜了。眼下,椴树花期早过了,可山花开得嬉嬉闹闹,一片连着一片,一层叠着一层,正是花山河一带的大流蜜期,山、水、田、林、风、露、雨、雾,也都甜甜蜜蜜。

秀秀也真隽秀,像一枝落落亭亭的山花,连我这三十出头的女人,也在喜爱中带上几分嫉妒呢,怎么把俊美都集中到她身上来了呢?

"大姐姐!"秀秀紧紧地握着我的手,"你们城里人,不怕蜂儿蜇吗?"

"有你呢,我怕什么!"

"可我是挨过蜇的,起个大包,可疼呢!"她还把嘴巴那么一扭一抽,仿佛真的挨了蜇似的。

"挨过蜇的人,也更知道蜜是怎样的甜吧?"

"是呀,是呀!"她乐得像个孩子似的猴在我的身上,大概是我的话说到了她心上去,她把我当作知己了。"大姐姐,你就是我姐姐行吗?我是个独生女,不知道做妹妹的滋味儿。"

我立时喜欢上她了,真的跟她妹妹长妹妹短地叫起来。我们坐在个木墩上,看着蜂儿带着花蜜扑进蜂房,问起她是怎么养起第一群蜂的。她用那水明沙净的大眼睛审视着我,怀疑我是个记者,我只得给她看身份证——一个县妇联的普通工作人员。她歉意地对我笑笑:"这个,小妹可以告诉你。"

她拿过来几片小木板儿、锤子、钉子,一边钉着,一边讲着:"那是六年前的事儿了。我刚过了第二十个生日,被任命为花山河公社的秘书。我比别的公社秘书多件事情,要接待千里迢迢来追花夺蜜的蜂群。少不了跟那些放蜂人打交道,耳濡目染,一个姑娘家竟然养起了一群蜂子,就放在后园子的大梨树下。从有了那群蜂儿,梨子结得多了,也甜了,瓜儿大了,菜豆厚了,连园子边的向日葵也秆粗盘大、粒满仁饱。妈妈说是她多上了粪的缘故,我却说是那群蜜蜂的功劳……"

"咋的,完了?"我假装生气地说,"哪有妹妹这么搪塞姐姐的?再不啊,这里头准有姑娘家不好说出口的事儿。"

"可别瞎猜,告诉你还不行吗!"她小嘴一噘嗔道,"好歹找个姐姐,还是个厉害茬口。"说着,喷儿一声笑了。甜甜的笑引出她甜甜的回忆:

"我上任的头一个夏天,就从上海来了三个放蜂人,带着小二百群蜂儿呢!是金山县一个公社蜂场的。他们分作三股,一个去了西岔,一个去了东川,一个留在这儿。他们也真够辛苦的,一月去广西,三月进江西,四月回上海,六月往青海、宁夏或是东北走。那年刚交七月,就到了花山河。

"公社书记老刘分派我:'得去看看放蜂的客人,大老远来的，免不了有些难处，该多照顾些才是。'我照顾得不错了，批了细粮、食油、黄豆。可老刘还催我去探望他们。这天，我带些黄瓜、豆角、青辣椒，披着落日的余晖，顺着花山河，去看放蜂人。那时，他就住在这面坡下，在河旁支起个比蚊帐大不多少的帐篷，在林子里就像一朵大蘑菇。可它仍然有一洞门儿，一孔小窗，一束野百合笑盈盈地探出窗口，想是那放蜂人采来用水生着的。门口搭了个火灶，坐着个钢精锅，咕嘟咕嘟地冒着热气。一缕青烟袅袅升腾着，在林子梢上散开去。这就是他的家。

"放蜂人是个英俊的小伙子，比我大不上两岁，可人家是放蜂的老手了。我把菜放下，说公社书记老刘让我来看看你有些什么困难。他不怎么会说感谢话，倒显得真诚。几句话就讲到蜂儿上去，说完养蜂的好处，还问我花山河的条件这么好，为什么不养蜂呢？我告诉他，老刘提过这事儿，可大伙儿没养过，怕弄不好搭上工，不如干些把握的。他简单地给我介绍了养蜂的要领，说明这不是件太难的事，上些心的人都能会。又说只要有人开个头儿，大伙儿看见了，就会干起来，蜜就会像河水一样流。最后，竟然建议我先养上一群。我摇摇头：'不行，不会。''我教你，走之前保准教会。'我又摇摇头：'一个姑娘家怎么能养蜂子。'他笑了：'我们蜂场的姑娘多着呢，还都是干将，还有好几个三八放蜂组，天南地北地追花夺蜜呢！'我再次摇摇头：'我可不行。再说，哪来的蜂儿呀。'他说：'好办。这儿花多，野蜂不少。我观察过，有一些是好品种呢，等我做个蜂筒给你收一窝就是。'我心里笑道：野蜂那么野性，你弄个筒子就能收来？可是，当我告别了小帐篷往回走时，心里边不平静了。"

"为什么？"我插嘴问道，"是不是因为……"

秀秀精灵得很，立时抢过话头："我寻思养蜂有这么多好处，要是真的那蜜像河水一样流出来，公社的日月不是更甜吗？怪不得老刘提了好几回，可就是没有人敢挑这个头儿。"

"没想到，五六天后的一个黄昏，一个孩子把他领进了我们家的小院儿。"

"他是谁？"我明知是那个放蜂人。

"阿根呗。他姓胡，叫胡阿根，念过中学，爱踢足球，是右前锋。你还问什么？"

"一句话把你急成这样！说呀，他来干啥？"

"干啥？送蜂子！"他扛个蜂筒，笑模呵地说："秀秀同志，蜂子收到一群，品种好，群也够壮的，准能出息。"可我，蚂蚱眼睛——长长了。

"咋办哪！人家这么热心地收了蜂子，又特意送上门来，为的是花山河把蜂儿养起来，让那些花儿上的蜜流出来，一个姑娘家真的要在花山河破天荒地养起蜂儿来？我低下头，翻来覆去地思忖着。叫他扛回去吧，冷了人家一片心；叫他放下吧，我可怎么对付那群会蜇人的蜂子啊？真难人呀！不要说回句话呀，连头都不敢抬了。真后悔那天没把话说死，招来这档子麻烦。最后想出一个招儿，叫他给公社书记老刘送去，让老刘找个老农试巴试巴。可我一抬头，你猜咋的，人没了。"

我倒有些急了："怎么，阿根把蜂子带走了？"

"那才不是呢！那时我心里的石头落了地，寻思过几天跟他道道歉也就是了，便回屋去做晚饭。妈上姥姥家去了，一个人好对付，可刚把饭弄好，没等吃，老刘就在院里喊上了：'秀秀，养上蜂儿啦？'我迎出来说：'没有啊。'老刘指着我家后园子说：'还瞒我，好个秀秀，有志气！'我往后园子一看，妈呀，那个蜂筒啥时候跑到大梨树底下去了。我急忙把原委说了，让老刘赶快处理。老刘却说：'就处理给你。我早就想让各队、各户都养上蜂儿，可大伙儿不认。你把这个头开好，下边我就能铺开。'我哀求道：'老刘，我可不行啊！''行！我看你行！你可要知道，若是弄不好，再号召大伙儿养就难了；若是养好了，本身就是最有力的号召。你掂掂分量吧！'这下子我更害怕了：'关系这么大，快换个人吧，我可完不成这个任务。''任务？对，是个任务。'老刘说完转身就走，我紧追几步：'我一点儿也不会呀！''跟他学！'老刘扔下一句话，人没影了。"

我笑道："这个老刘才是厉害茬口呢！把任务压在你的肩膀上了。"

"厉害的还在后边呢！不一时，村里头老的少的，男的女的，都来看这群蜂子，有的面带喜色，有的直撇嘴，把我弄得脸红一阵白一阵的，心里头像安了个马达，突突突直跳啊！别人问些什么，也不知回话，只能嗯啊一声。人们议论开了，有的说养蜂不易，若是好养，花山河早就成蜜罐儿了；有的说若是好养我也弄两窝。蜜是最好的东西；还有的说一个女孩子养蜂，真是猴儿不骑马——上羊（洋）了。姐姐，你说怪不？我的脸不红了，心也不跳了，张嘴冒了一炮：'等过年这个时候，大伙儿来吃蜜吧。'一句话，把大伙儿震住了，也把我自己震住了，自己问自己，咋吃了豹子胆了？没想到，哇地响起一阵巴掌声。我拿眼一瞧，是老刘带头拍的。你说这个老刘厉害不厉害？"

"还是我妹妹厉害，到底让大伙儿吃到蜜了。"

"那蜜雪白，甘甜！妈一边品着一边说：'哼！王母娘娘也没吃过！'就这么养开了，后来建了蜂场。现在，全公社每年流出的蜜一百五六十吨啊！光蜂场的收入就是十几万块。"

"等等，还得说你。你怎么学会养蜂的？"

"那有什么说的，不懂就问，阿根也上心，有时跟着他，在他的蜂群中学；有时他到我家梨树下看那群蜂儿，一边帮我做活一边教，等他回上海的时候，我就大体学到手了。"

"不行，你得讲点细节，特别是那些只能跟姐姐讲的细节。"

"去你的！"秀秀站了起来，小盒盒也做成了，对我说声："先去公社歇歇，吃、住都在家啊！"一闪身，钻进花海里去了。

到公社见到老刘，把见到秀秀，她认我做姐姐的事儿说了，便急切切地问起秀秀学养蜂的事儿，还特别强调她跟阿根学习的细节。老刘笑道："那些细节我怎么会知道：头一年，秀秀学了个六七分成色，第二年夏天阿根又来了，我出了个主意，请他带上秀秀他们五六个徒弟，全社养起了百十群。第三年，也就是前年，建了蜂场，场长就是秀秀。集体的，个人的，快够千群了。这一年，阿根又带着蜂群来了。这回秀秀有个发现，阿根的蜂群产蜜量跟我们比差不多高一半。我让秀秀去讨经。第二天，秀秀讨回来了，原来诀窍在'计划生育'上。"

我扑哧笑了："计划生育跟产蜜有什么关系呀？"

老刘也笑道："可不是，这话让秀秀妈听见了，偷偷地来找我：'你个书记咋当的：秀秀跟那个放蜂的学养蜂，怎么还合计起计划生育来了？'我说：'嫂子，别急，跟我来。'我把秀秀妈领到会场上。来开会的都是养蜂的，阿根手里拿个小盒盒，正在讲计划生育呢。"

我笑坏了："你个老刘，咋请放蜂人来讲这个题目：社里就没有计划生育好的？"

"嘿嘿，你想哪去了。你听人家阿根说的啥？他说：'蜜蜂能采花造蜜，还要吐蜡筑巢，一群蜂一天一夜能筑成两三万个六角形的巢房。蜂王要产卵了，工蜂就得赶快吐蜡筑巢，吐一片蜡要吃三斤半蜜。一群蜂一年要吐十几斤蜡，得吃四十多斤蜜。等那些卵成了幼虫，还得吃好些蜜。所以，产蜜少，不是蜜蜂不勤劳，而是内耗太大。一只工蜂能采花吐蜜也不过二十五六天，能造蜜三钱左右，那么大的内耗，得多少只蜂儿呀？蜂儿繁殖得太快，要是不加控制，盲目繁殖，不仅内耗大，而且蜂群也不壮，采蜜能力也不高。所以，蜂儿也得'计划生育。'听到这儿，秀秀妈才明白过来，我瞅瞅她，她不好意思地笑了。"

老刘也笑了一阵，又说："阿根擎起手中的小盒儿，说：'怎样才能让蜂儿计划生育呢？就得控制蜂王产卵，用这个小盒来控制，叫关王笼。长二寸，宽一寸二，高六七分，到了时候，不要蜂王产卵，就把它关在这个小笼里。'接着，阿根把怎么掌握时间，怎么个关法，说个透彻明白。秀秀还专门跟阿根学了关王的方法。就用这个办法，去年全社多产蜜三十多吨。可是去年夏天阿根上了青海，没到东北来。别的细节我再也讲不出来了。好了，我领你认妈妈去吧，也许她知道些细节呢。"

我们一进秀秀家的小院儿，老刘就喊上了："嫂子，来客人了。"屋里走出个五十多岁的老大娘，身板溜直，头发没一丝白的，笑眯眯地望着我。老刘说："愣啥？还不认闺女？"大娘说："俺可没那份福气，一个闺女还要飞呢！"不知为什么，觉得她跟我那病故的母亲是那么相像，便脱口叫了一声妈。老刘三言五语介绍了秀秀认姐姐的事，便忙去了。老人家喜得不得了，把我让进屋去，捺在炕头上，转眼间放好了桌子，催我吃饭。我说："等等妹妹。"她说："今儿个呀，说不准啥时才能回来，那个放蜂的不是又来了吗！""是阿根吗？""你也知道了？你们是她妹，用不着瞒着，两个人好上了。去年阿根没到这边来，你看把那个死丫头急的，饭也不好好吃，有一回还摘了黄瓜、豆角，往林子里送呢，叫人又气又笑！""妈，阿根不中意吗？""阿根倒是个好后生，不要说本村本队，就是本社、本县，我也早给他们挑明了。可人家在大上海边上什么的金山，秀秀也狠得心扔下这花山河？她说的比唱的都好听，什么'建设新农村，建设花山河'，'多养蜂多产蜜，为实现四个现代化多出力'，可刚开个头儿，扑棱一声飞了，还不是嫌边疆、山区不如大地方好啊？来，咱们先吃。"

秀秀果然没有回来，我只得先睡。自然我住在秀秀的屋里了，姣好的月光透过大玻璃窗照进来，我更睡不着。直到九点多钟，门才吱一声轻轻拉开，秀秀蹑手蹑脚地走进屋，轻轻地脱了外衣，躺在我身旁，小声问："睡了？"我转过身来，小声问她："说实话，你跟阿根怎么回事儿？""就那么回事呗！""多暂走？""走？上哪儿？""还装！""啊，嘻嘻，你说我要去上海吗？嘻嘻，他到这儿来，那边人手不缺，同意他来这儿，过年他就是花山河蜂场的人了。"我高兴地说："小妹，真有你的，到底把他拽来了。"秀秀认真地说："人家可不是光为我来的，人家是为了花山河养蜂事业，是支援边疆，支援山区建设……"我捅了她一把："行了，多乖的嘴！"

"秀秀，快起来！"大娘推开门儿，拉亮了电灯，"快去把芦花母鸡抓来。"

我们都愣了。秀秀问："半夜抓鸡干什么？"

"杀！今晚收拾好，明儿一早就炖上。"老人家还对我说："明儿一早去把阿根找来。"

原来我和秀秀的话都叫老人家听去了。秀秀猴在妈身上，把头埋在妈怀里，柔声地说："妈，用不着，用不着……"

百花流蜜的时候，人们心里也流着蜜呀！是的，大地万卉竞芳，是多么好的花源，人们满怀信心地酿造生活，是多么辛勤的蜜蜂，那么，甜甜的蜜，就会像长江黄河那样滚滚地涌流啊！

我们的祖国，正是百花流蜜的时候！

（1980 年 4 月）

明月梨花

一提起梨子，人们总是习惯地想到莱阳、武侯，殊不知我们北国山沟里的月梨是别有风味的。念初中时吃过几次，以后就不见了，可那美好的记忆却永远也抹不掉。越是不见，越发觉得它是梨中最好的梨子。

今年年初，从外地调回来，当晚儿妈妈就告诉我："馋丫头，月梨又出来了！"真是又惊又喜，只是还不到秋日，要吃月梨，得等多半年呢！

这月梨，就出在我们县。在小汤河边上，有一个小气候区。那是一道宽宽的山沟，小汤河像条彩带似的，在沟底盘绕了一阵，一甩头流走了。那山沟的形状，就像初七八的一弯新月，沉在碧绿的树海里。特别是春天，满沟的梨花儿开了，就更像一弯新月了，人们就叫它新月沟。别有风味的月梨就出在这儿。听了这些介绍，有些按捺不住，总想去新月沟走走看看，吃不到梨子，看看梨园也好啊！

直到春忙了，才寻到时机，我们两个女同志，结伙到了新月大队。可惜，天色晚了，不能到三里地外的梨园去。

月亮升起来了，天晴得像一汪静水，月儿就像从水中捞出来似的，明净，新鲜。我突然想起两句老话："桃花灼灼朝阳，梨花溶溶月夜。"这不是告诉人们什么花儿该在什么时候看吗？在朝霞升腾的时候，看那火也似的桃花，方能看出它的姿色，而在明月素辉下，看那雪也似的梨花，更能悟到它的妙处吧？于是，我提议踏月去梨园，因为在梨园的，是几位姑娘，今晚就住在那儿，伴着梨花儿睡，比吃月梨还要惬意的。伙伴自然乐意，还说我的点子多呢！

出了整齐的村落，进了弯弯的大沟，才觉出夜静来。抬头望望夜空，似乎那月儿小了，远了，挤眉弄眼的星星也变得沉稳庄重了。不知是什么鸟儿，清丽地叫了几声，更觉夜色幽然。温和的夜风，轻轻地拂着我们的长发，仿佛要给重新梳理一番，扑上那淡淡的花香似的。有人说"海上生明月"，那自然是辽阔而又迷蒙的，这"山间生明月"，倒更为清爽洁雅。

怎么，此时山中还会有积雪吗？那大沟两旁白皑皑的，让月光一照，闪闪的银辉柔和地反射过来。细一看，是到梨园了，梨花开得竟然像长林积雪，不知秋时该摘下多少梨子！

走进梨园，像进了香雪海。夜风吹过几片花瓣，飘飘悠悠地落到我的肩头上，轻轻地扑到我的脸上。呀，这淡淡的香味儿不就是那月梨的味道吗？其实，这是我的错觉，梨子要是跟花儿一个味道，怕那梨子没法儿吃了。不知怎么，我此时硬是把花香当成梨味了呢！越走，落在肩头的花瓣越多，冷不丁想起句词来："春日游，杏花吹满头。"韦庄要是在这样的月夜走进这座梨园，他的词该是"月夜游，梨花吹满头"了吧？我不由得望望我的同伴，果然是满头梨花，把她打扮得精神了许多。

我们找见了梨园的负责人，是个二十四五岁的姑娘，叫于秀华。她个头不高，稍稍有点胖，也许是结实。可能是在梨园年头多了，那样儿也像梨花一样恬淡文静。听了我们的来意，她乐得什么似的，笑吟吟地领着我们在园中漫游，指着梨花，细细地给我们介绍着。

我细细地看过月梨树，树并不高大，长得也无什么奇特之处，如果拍着照片，说不定会被误认为什么不成用的树呢。每树只有五七个大权，权上抽出许多枝条，枝上挤满了短短的刺儿。一不小心，叫刺儿扎了，疼得我"呀！"了一声。

于秀华笑笑："怎么，扎手了？"

"嗯，你们总在梨园里，也常挨扎吧？"

"挨过的。小心些就是了。"

"要是它不长刺儿就好了。"

秀华淡淡地笑笑："原来是不长刺儿的，刺儿是后来生出的。"

"怎么，你要讲个传说？"

"不，是真事儿。那梨树原来光溜溜的，穿绸衫往上爬都磨不坏。梨树开花，就要结梨子，可有人说梨子不是好东西，吃了要犯病的。一到梨树开花时，那种人就偷偷地爬上梨树，折下一枝又一枝，打落一朵又一朵。梨树生气了，一夜间满枝长了短短的尖刺儿，那种人挨了扎，再也不敢了。"

我拍手笑起来："明明是个传说，还硬说是真事儿。"

秀华也不分辩，还是领我们看梨花。一团一团的花儿，抱枝而生，挤挤钻钻，一层压着一层。花儿不大，又是单瓣，算不得富丽娇艳，倒是朴实自然。薄薄的花片儿，纤尘不染，细腻腻的，让月光一映，有些像膏脂了。怪不得月梨那么好吃，原来这花儿就好啊！

我问秀华："这月梨是自然生长的呢，还是人们培育的？"

"自然是培育的，你打听打听，二十年前，谁吃过月梨呢？"

秀华慢悠悠地讲着。她的话就像梨花瓣儿，飘到心坎上来，虽然不是惊天动地或是訇然有声，但那淡淡的幽香还是动人心怀的。

梨园的创始人叫牛德山，原籍山东，不到二十岁就成了莳弄果木的行家。陈时旧月，行家也免不了穷困，含泪闯了关东。几经流落，看上了新月沟，说这个山沟气候特别，土质又好，是个栽梨子的地方，砍几根木头，搭个马架儿，披上一层树皮，再苫上一拃厚的红毛根草，就算落脚安家了。他真赶上了好时光，第二年就解放了，好房好地他不要，偏分了沟旁三四垧地的荒坡子，荒坡上长满丛棘、蒿草，野兔出没，山鸡做窝。有人问他："德山，你是要套兔子，还是想捡鸟蛋呢？"他笑笑："俺要栽梨子。从本地选梨秧儿栽下，又从外地弄梨枝儿来接，弄了多少年，失败了多少回，他硬是不服劲儿，到底培育出了月梨。"

几句话就讲完了，细细想去，年年月月，风里雨里，该是多么不易啊！虽然不知道牛德山在培育过程中那些动人的（我想一定是动人的）事迹，我却也动了心，几年前吃过的月梨的滋味儿又在心头泛起来："这位老人，是个有功之臣啦！"

秀华停住了脚步，望着我，半天，又慢慢走着，半是对我半是自语地："有功之臣，不会是有罪之人吗？"

"有罪？怎么会呢！难道一边吃着梨子会一边骂栽树人吗？"

"何止是骂……"

一九七五年，梨子丰收了，到了年下一算，梨园竟占全大队收入的百分之二十三，社员分配在全县占了头一名。转年开春，县上派来个工作组，帮助新月大队端正"以粮为纲"的方向。为此，必须把梨园的收入控制在百分之十以内，这就要把梨树砍掉三分之二

牛德山听到信儿，身子就发软了。有时抱着用心血喂养起来的月梨树，把满是皱褶的脸贴在树干上，让慢慢滚落的泪水跟那黏黏的树脂融在一块儿。有时呆呆地坐在树下，一声不响，一坐就是半天。有时背着双手，弓着腰，围着树走了一圈又一圈，地上踩出一圈深深的印子。

一九七六年的春天尽管来得迟些，月梨的枝头，还是缀满了鼓溜溜的蓓蕾，风儿一吹就要开花了，开花就意味着结果，不仅不会低于百分之十，还怕要突破那个百分之二十三呢！牛德山还是一声不响，跟他在园中学艺做活的几个姑娘急得直抹眼泪，秀华还要给报社写信问问。工作组逼到头上来了，牛德山开口了："不就是百分之十吗？冒不了！共是六百二十棵树，俺保证有四百棵不结果的还不中吗？""不结果，干脆砍了吧。"牛德山早有准备："留着树，能保水土护庄稼，对以粮为纲有好处呢！""这……不许耍花招儿。""过一段你们来查吧，只有

二百二十棵结果的，多一棵，治俺的罪！"工作组认为牛德山这是缓兵之计，也就来个将计就计，等到梨子结果时查出来，来个"坚决措施"，准是一篇生动的"讲用材料"，便说句"一言为定"，下山了。还暗暗笑他牛德山上当了。

牛德山知道，用不多久就会来查的，躲过了初一，怎么躲十五呢？转眼间，梨花开了，从沟底到沟顶，雪也似的白，只要风儿一吹，就会做下果果的。姑娘们围着牛德山，直问该怎么办。牛德山望着一树树好花，心疼地说："咋办？留得梨树在，不怕没果吃。""怎么才能把树留得住啊！""你们忘了那个梨树长刺的故事了吗？那种人不让梨树结果，不是去打落梨花吗？咱借过来用用。"

他弄来几根长长的竹竿儿，像钓鱼竿似的，梢儿又细又软，每人一根，爬到树上，去打那盛开的梨花。秀华爬上一棵大梨树，那花儿才盛呢，竿儿举起来，就是落不下去。不打，连树也保不住啊！她双眼一闭，竹竿儿轻轻地落下来，两行热泪跟着纷纷坠落的残花，一块儿落在地上。打了一树，她把花片儿扫了，埋在树下，让眼泪和花瓣儿都变作肥料，滋养梨树，有朝一日梨树"刑满释放"了，好结出更多更好的果子。牛德山看了，劝道："小华，别哭，少结一年果，也歇歇树，来年会结得更多，更大呢。""来年？来年会怎么样呢？""来年再不让都结果，还可以轮歇嘛！再说，你想想天下哪会有总也不让果树开花结果的呢！嘿嘿。"他虽是嘿嘿着，可秀华看出来了，他瘦了，黑了，也像矮了，腰也似乎有点发弓。两眼深深地陷进去，眼光有些发直。那天，牛德山上了一棵老树，这是他培育的第一株月梨树，比他的头生子还亲呢。竹竿举起来就颤颤抖抖，落下去更是抖抖颤颤，心里一阵阵痉挛着，仿佛抽得只有梨花骨朵大小了。突然，他觉得花骨朵绽开了，绽开了，红红的花瓣向外伸展着，伸展着，一直展到了喉咙。喉咙直发痒，那红红的花瓣要冲出来，冲出来……冲出来的是一口血，喷到洁白如玉的梨花上。他，也像一片纯净的月梨花儿，飘落在地上……

听到这儿，我的心抽紧了："怎么，这位老人他……他也与残落的梨花一块儿回到大地的怀抱里去了吗？"

秀华笑了："怎么会呢！他是个刚强人，只是太心痛那梨花了。"

"那么，现在呢？"

"现在，说是在梨园吧，他在家里养老呢，快七十的人了；说是在养老吧，梨园哪天也没离开过他。走，回屋歇歇吧。"

秀华她们就住在梨园边上，几间草房，倒也高大敞亮，黄泥墙，大玻璃窗，梨花拂着草檐，房顶盖了一层白净的花瓣。里边干净、清爽。她拿出月梨干儿，用水浸了，说一会儿就吃得的，只是与鲜梨的味儿不同。

我还是急着打听牛德山，秀华告诉我，这几年梨园闹大发了，有一千多棵树了，收入竟然占总收入的三分之一还多呢！牛德山老了，身板不中了，大伙儿劝着他"退休"了。可他还常常拄个棍儿进园来，这儿瞅瞅，给出个主意；那儿看看，指点几句。前年春天，梨花刚开的时候，他把姑娘叫到一块儿，问："咱这月梨，人们都喜欢吗？"姑娘们几乎一块儿回答："当然都喜欢。"他摇摇头，嘿嘿了两声："不哩！你们年轻人，爱吃脆的，我们上了年岁的喜欢软一点的；有人专找那甜的；还有人要带些酸味的，对不对？"秀华说："一种梨一个特点。""嘿嘿，咱们的月梨不能多几个品种？""不就这一种吗？""这一种能培育出来，别的就不能？就看下不下那份苦心了。"姑娘的心，叫他说活了，他给指点着，搞起试验来，去年接的几种树活了许多，今年又接着搞下去，也许几年后新月沟会出现新品种的月梨呢！

秀华把浸好的梨干儿递给我们，咬一口筋筋道道的，甜中带着一种清香。那肉质也细，嚼不出什么渣渣来。也许是听了秀华的介绍，也许是好多年没尝到月梨了，我竟然像个贪嘴孩子，一口气吃了那么多，低头一看，碗里空了，不由得笑起来！

无怪同伙说我点子多，吃足了又要秀华领我们去看她们新接的那些小梨树。秀华说："你们该累了，明天的吧。"我说："月夜看梨花嘛！"她笑了："小秧秧，哪儿来的花儿？"我想了想，说："小树秧秧，本身就是朵花儿，是你们心里的花呀！"这一说，秀华乐了，领我们出了屋，在梨花间穿行了一阵，来到山腰一块敞亮的地方。小树苗儿一人多高，约有七八片，想是一片一个品种或是一种栽培方法吧？要说看，真没什么看头，跟其他的梨树苗一样儿，几年后结出的果子就不一样了。想到这儿，我悄悄地逗秀华一句："等这些树结果时，你的胖丫头来吃吧。"我想她会脸红的，人家还没结婚呢。谁知她却点点头，说："我们每一个人的劳动，除了自己分享一份儿外，主要还不是为了后人嘛！""哎呀，你这话说得好啊！""哪里是我说的，是牛德山伯伯说的。我们接树苗时，我顺嘴说了一句：'啥时才能结梨呀。'他说：'快呢，四五年；要是失败了，说不定得几年，俺也许赶不上了，那就留给后人吃吧。你们看那梨花，悄悄儿开了，没几天，又悄悄地落了，却结下了果子。花儿从来是看不见果子的，可它还是满心盛地开着。'那几句话，说得我们心里直翻个儿。"

听了这些，我真想去见见牛德山老人，尽管我性子急，也得明天了。

突然，秀华抓住我的手，小声地说："看！"在那小树苗间，依稀有个人影。我知道是谁了。

月到中天，分外皎洁，夜风送来一片片梨花。我放眼望望梨园，一朵朵梨花悄悄地开放着，也一片片悄悄地飘落着，留下来的将是香香甜甜的果子。

远处，又传来了几声清丽的鸟鸣，给这幽然的夜色，增添了活力，显得更加充实，更加美妙了。

（1981 年 8 月）

金　丝

　　面前摆着几幅精巧的丝绣，把长白山区的丰姿丽影活灵灵地绣了出来。看那山，苍茫出霄；看那水，流芳泻玉。人参籽儿红得旺火扑面，梅花鹿跑得蹄声盈耳。我似乎看到了佳禾吐出的长穗，闻到了药花散出的清香，听到了拖拉机高亢的吼声，摸到了山乡跳动的脉搏。所以，我的心弦颤动起来。

　　丝绣之所以让我如此动心，不仅是绣者的匠心和精工，更主要的是绣下多娇江山的五彩丝线。因为，我听到过一支关于金丝银线的歌儿：

　　……

　　　平川种粮粮增产，

　　　山地栽药药花鲜，

　　　丘陵育蚕蚕作茧，

　　　抽出金丝绣江山。

　　……

　　这支歌儿是在人民公社一个生产大队听到的。这个大队的名儿也好听，叫小叶红。后来才知道，那儿的丘陵上长满了小叶红柞树，村子也就因树得名了。

　　我到小叶红去，正是流火的七月。汽车从千峰竞秀、万壑争流的深山区走出来，过了车背岭，就看不见险峻的高山了，等到了人民公社，便置身在一片葱绿之中。走进小叶红地界，又是一番天地，山石田土，罗列有序；一道道的丘陵，高矮、间隔、走向，大体相差无几。每两道丘陵之间，都是一大片农田，也都有一条小河或者一条细细的溪流。宽宽的作业大道，就在丘陵的脚下弯绕着，宛若一匹黄色的彩练。丘陵上长满了矮矮的柞林，那是经过修刈的，一株株或似撑起的巨伞，或如玲珑的小亭，抑或像满风的群帆。有人告诉我，那就是浅山区的明珠——柞蚕场。

　　这里虽是浅山区，但地势较高，所以春温低一点，秋霜早一些，能养起柞蚕，就是件极不容易的事了。这么多的丘陵，这么多的柞林，若能多养些蚕，队里该是多大的进项，对国家又是多大的贡献。当我见到小叶红大队的负责人老齐时，开口就说是来看蚕场的。

　　老齐笑道："看蚕场？怕是来访我们的社花吧？"

　　这个老齐真会起名堂，管蚕场叫社花。细一想，倒也贴切，养蚕也是社里的一枝花呀！

　　我说："有你的！管蚕叫社花，满带劲儿！"

　　"哎哎！你闹差了，社花是个人名。虽说她都有个娃娃了，可大伙儿还叫她放蚕姑娘。"

我也笑起来："是人名，就更带劲儿了！"

"倒不如说有来历。"老齐卷了支蛤蟆头旱烟，一边抽一边说："我不说你也得问，不如痛痛快快地告诉你。这孩子是个孤儿，姓任，叫小花。她吃过东家奶西家饭，穿过张家衣李家鞋。八周岁了，该上学了，我给她买了个书包，领着她到学校去报名。学校里挤满了人，大伙儿让小花先报。戴眼镜的老师问她：'叫什么名？'孩子叫了声老师，施了个礼，泪珠儿就下来了。她说：'老师，我姓大伙儿的姓儿，我叫大伙儿的名儿。'孩子的心谁都明白，可这个真诚的要求把大伙儿难住了。还是老师有学问，想了想，说：'是社员们把你拉扯大的，你就叫社花吧。'小花那挂着泪水的小脸儿，笑成了一朵带着露珠的花儿。从这，她就叫社花了。"

老齐这一介绍，我更急于上山了，要看蚕场，要看蚕，还要看看社花。

出了村子，没几步，就上了座矮矮的山丘，进了青青的柞林。柞林也是刘过的，只是没有蚕。老齐说，社花养蚕就是从这儿搞起来的，他又继续讲起社花养蚕的事儿来。社花念完了中学，回到小叶红，一头扑在庄稼活上。那时，"四人帮"刚打倒，受了难的生产队还没缓过劲儿来，大伙儿正想门路把生产闹上去，把收入提上去。有天晚上，社花来找我，说看了些材料，像小叶红这地方，适于养蚕，她想试试。养蚕，当然是个大进项，柞林满山都是，就是不知能不能养起来。春温低，春蚕不怕冻？秋霜早，秋蚕能作茧？社花说："咱不好试试吗？""对，试一试，先小的溜地试试。"社花先去拜师求艺，回来时带回几本书和一些蚕种,把个菜窖腾出来,光放那些蚕种。雪还没化尽,冰凌花刚刚拱出头来,她就把这片柞林对得整齐清爽。开犁了。鞭花催开了山花,不见社花的动静;小苗出土,柞叶比铜钱大了,还不见社花的动静。俗语说:"杏树开花蚕籽叫,柞叶钱大蚕出壳。"头遍地铲完了,柞树叶儿伸开了巴掌,社花还是不动手。最有押头的老齐也憋不住了:

"社花,春去夏来了。"

"把春种夏锄让过去,也躲过了春温低。"

"那,你是要单放秋季?"

"用不到三秋大忙就完事儿,不怕秋霜早。"

老齐闷住了,春蚕不放,秋蚕也不放,什么时候放呢?社花说这是浅山区放蚕人的创造,躲过春寒秋霜,让过春秋两忙,不与农田争手,这就是"铲完二遍蚕上山,摘完大茧才开镰"的"二化一放"。老齐乐坏了,这要是能搞成,一年放个二十几把剪子(一把剪子指一个放蚕人)不成问题,光这一宗,队里就能翻翻身。

青山不负有心人,社花的蚕作了大茧,挂满枝头,一个个像小铃铛似的,风儿吹来,摇摇摆摆,唰唰作响。因为是试验,放得少,收得也不多。转年,社花成了放蚕姑娘。自从蚕上了山,便忙坏了社花……

这时,一台拖拉机从山脚下的作业道上,突突地开过去。老齐指着拖拉机说:"这就是用养蚕得来的钱买下的,有了这台拖拉机,活计从容了,腾出些人手,搞些多种经营。要说我们队翻身翻得快些,还真靠着几把蚕呢。"

我们唠着，走进了蚕场。老齐说："这是二把场，现在蚕都在二把场，过些日子才能移到卧茧场去作大茧。"

我放眼一看，波浪起伏的丘陵上，一色儿小叶红柞树，都经过了精心的修刈，一墩挨着一墩，丛生的枝条儿，像花瓣似的四面张开，又厚又大的叶片，一层压着一层，嫩得像要滴出水来。刚起三眠的蚕儿，爬满枝叶，个头大，身形好，长条条，胖滚滚。色泽也喜人，毛茸茸，绿生生，还有一些透明感。一条条蠕动灵活，嚼食欢实，小脑袋轻轻地钻涌着，大身子慢慢地曲动着。细心听去，有一片"沙沙沙"的嚼食声。用不多久，一片叶子只剩下网状的叶筋了。在这炎天流火的时候，蚕儿这般水灵、旺兴，可见蚕场是好的，蚕姑是勤快的。

一位扎短辫的姑娘，被晒得黑里透红的脸上，挂着一层汗珠，手里拿把锃亮的大剪子，伸到枝叶中去，喳喳喳，把那蚕密叶稀的枝儿剪下，轻轻地抽出来，细细查看有没有长斑的、"生锈的"、得病的、受伤的。直到一条条全看过，都是健壮完好的，才轻轻地放到蚕筐里。等剪下十几二十枝，便找那蚕稀叶密或是没有蚕的柞树棵子，一枝枝轻轻地放好，这才放心地走开。

扑棱棱飞来一群山雀。我认得，有麻雀、苏雀、三道眉，还有叽叽狗子和蓝大胆儿。雀儿，是蚕的大敌，一天就能吃败半山蚕。我赶紧对老齐说："快拿枪，来雀了！"我知道，放蚕人都是带着鸟枪的。

老齐笑笑："这些雀儿现在不吃蚕了，是来吃害虫的。"

真是个谜，雀儿要是不吃蚕，猫儿也就不吃鱼了。我决心看个究竟。只见雀儿落到柔软的枝头上，扭头望望绿莹莹的大蚕，小嘴儿直张巴，想必是馋极了。可也真怪，都不去叨蚕，反倒落到地上，蹦蹦跶跶，叽叽喳喳去找虫儿吃。

又飞来十几只大雀，我也认得，有花喜鹊、长尾巴帘、有松鸦、老鸹，飞得有些慌张，一副偷嘴的样子。

老齐说："这些雀儿现在正吃蚕，得把它们赶走。"

话音刚落，不远处响起了清脆的鞭声，想是刚才遇见的那个姑娘打的。接着，一处又一处响起了鞭声，此起彼落，四方呼应，满山作响，把这些偷嘴的大鸟吓得逃之夭夭了。害鸟来了不用枪打，而用鞭子轰，这怕不只为省些弹药吧？又是一个谜。

"老齐，怎么这里的小雀作益大鸟为害呢？"

"不管大鸟还是小鸟，都为害，也都作益。"

我简直堕入迷宫了。

谜团还是老齐来解开，原来，这些都与社花有关。社花搞成了试验，第二年成了正式放蚕人，蚕一上山，鸟雀成群结队地扑来，它们还没见过这么多、这么肥美的食物呢。社花忙得连擦汗的工夫都没有，一斤枪药用不上三天，每天还要损伤十条八条的蚕。别人说这就不错了，放蚕哪有不损蚕的，可社花总以为自己没照料到，起在鸟前归在鸟后，后来干脆在山上搭个小窝棚，铺张狍子皮，住在蚕场了。清早一身露，白天一身汗，别的都好说，就是鸟儿讨厌，急得她嘴角起了一层小泡。

夜里，她在窝棚前笼起一堆火，那些打下的雀儿，放在火堆边上，把它们烧成灰儿也不解恨。她甚至想到，世上为什么要有鸟儿呢？要是有个什么办法把鸟雀一下子灭绝了就好了。突然，她想到一本书上说过什么生态平衡，要是所有的雀儿都没了，那各种各样的虫子就要成为大害。她又想起，雀儿进了蚕场，也不是光吃蚕，还吃那些害蚕的蚂蚁、磕头虫、步行虫什么的，也还有些益处。那么，是不是有的鸟吃蚕，有的鸟不吃呢？

她找出小刀，把死雀一只只开膛破肚，拿出嗉子扒开细看，果真是有的有蚕，有的只是虫子。她乐了，寻思这样慢慢就会找到吃蚕的和不吃蚕的。谁知过了些日子，她又发愁了，前些日子不吃蚕的鸟儿现在又吃了，而前些日子吃得凶的现在却专吃虫子了，怪！真怪！

她把这前前后后想了又想，慢慢理出个头绪来，就是蚕的大小和雀的大小有关系呢！矛盾在一定的条件下会向相反的方向转化，鸟儿在这种条件下作害，在另一种条件下就作益。这个条件就是蚕的大小。刚上山时蚕儿太小，大鸟儿觉得不供嘴，小雀见了是非吃不可的；等蚕儿大了，小雀再馋也吞不下了，大鸟便伸来了馋嘴巴。虽然不能截然分明，但大体上是这种情形。社花就根据蚕的大小来赶鸟、用鸟。

我觉得社花真有点儿神，从纷纭复杂的事物中找出了带规律性的东西，不仅认识了客观环境，还在改造客观环境，我怎能不急于见到她呢？便让老齐领着我，径直到社花的蚕场去。

走进社花的蚕场，眼目又是一新。柞林修刈得亭亭如盖，地上没一棵杂草，虫子自然就会少的。再看那蚕，好龙性。老齐说："这还是前天下了场暴雨呢，蚕儿感冒，刚刚让社花治好，要不，更会旺兴呢。"了不得，蚕儿也会感冒，而且会治！

我又看到地上有些角瓜块块，不敢贸然猜测，问老齐："这是干什么的？"

"社花在角瓜块上拌了药，杀虫保蚕。"

没几步，上了丘顶，见山包包上插着些草人，我明白，这是吓唬雀的。走到近前，不由得笑了，这草扎得也真绝！红脸绿头发，张嘴瞪眼睛，戴个没边儿的草帽，手里扬着根小鞭子，还披着一块花塑料布。风儿吹来，还会转，一会儿朝东一会儿朝西。不要说是鸟啊，牛犊子见了也要吓个跟头。

老齐说："这上边，社花又做了不少文章。"

这，我可有些不服了："扎得好些呗，有什么文章？我在别的地方看见的草人还有绝的呢！"

"不在扎得绝不绝，在怎么用。小雀怕鹰，它们吃蚕时，遍山插上草鹰，雀儿不敢近前；中不溜的雀儿，像豆腊子、布谷什么的，怕响动，就在草鹰、草人上按上风叫叫，一转就吱吱直叫，它们飞来飞去地就是不敢落下；现在吃蚕的都是大鸟，最怕人的，这不满山插了怪模怪样的草人儿。你说，有文章没有？"

我忙着点点头："有，有文章，大有文章！这个社花，真是个有心计的人！怪不得你们队养蚕这么出名啊！"

老齐也点点头："是哩，干什么都得靠有心人啊！心里有了这个，想的、做的，连唱的，都是这个呀！"

"怎么？还有唱的？"

"啊，社花她们还编出了歌儿呢！怪好听的。"

"那你会唱吗？唱给我听听好吗？"

"会倒是会，就是嗓子不中，再说咱没放过蚕的，不如人家放蚕的唱得动人。要听,等见了社花,叫她唱吧。她是不羞口的。"

也真巧,一阵歌声从柞林间飘过来。

老齐站住了:"听吧,就是这支歌儿,社花唱的。"

我停住脚,侧耳听着。可惜,没听着头儿,只听了这么几句:

……

平川种粮粮增产,

山地栽药药花鲜,

丘陵育蚕蚕作茧,

抽出金丝绣江山。

……

我望着眼前的几幅精工丝绣,那歌声又萦绕在耳际。突然,觉得一幅幅丝绣扩展开来,似乎铺满了大地,江山如此多娇,人物这般风流!这些,都是一条条闪光放光的丝线绣出来的呀!社花,多像一条洁白的、闪光的丝线,织在这锦绣之中啊!

（1980 年 10 月）

药乡散记

报载："……长白山区的绿明珠——抚松，是个'一脚踩倒三种药草'的好地方，据不完全统计，境内有药材五百余种，其中名贵药材就达三十种之多……"

说抚松县是药材之乡，是恰如其分的，可是说一脚就能踩倒三种药草，未免有些夸张，说什么我也不肯相信，那不成了天然的药材园子了吗？

七八月的交当儿，我来到了小城抚松，参观了制药厂，看了药材收购站，那些药材不必说了，就是那药香味儿，也让人留恋不舍呢！我曾打趣地说："有些病人不用吃药，到这儿来让药香味熏熏，保准会好。"也许真有作用，一整天没闲着，竟没感到疲劳，头也清，目也爽，晚上睡得还实。

次日，我要去藏在林海中的北岗村，说那里的药材更多。县药材公司给我找了两个伴儿，一个是收购站的收购员大周，一个是北岗村的老采药人王大爷。

根据我的要求，没有坐汽车走公路，走的是弯来绕去的山间小路，那是别有一番情致的。时而在遮天蔽日的密林里穿行，就像潜入了五光十色的海底，真是妙不可言。时而又登上崖头，淡淡的云朵在脚下流荡着，更是美不胜收。等山间的雾气渐渐消散了，才看得见一座座村落出现在山腰、谷底、河畔。我想，这些采药人家，人人都会健康长寿的。

这里果真是药材之乡，凭我这点浅乏的知识，也认出许多种来。山坡上园参成排，顺着山势铺展开去；田边大小不一的贝母园，绿得春韭一般；党参地里，长长的蔓子，阔阔的叶儿，很有西瓜的样子；那栽种着黄芪的地里，却引动了成群的彩蝶，翩翩地在药花间飞舞着。山间林中，药材就更多了。木通绕着树干攀着枝条，树有多高它有多长；朵朵寄生或蹲在枝杈间，或飘悠悠地挂在树梢上，被松软的青苔覆盖着的山石上，长着片片石苇，斧劈刀削的石壁缝中，长出成球的佛手。清热消肿的灯芯草，在河边开着伞状的花儿，淡蓝淡蓝；镇咳祛痰的半边莲，在草丛中开着喇叭似的花儿，深蓝深蓝，解表透疹的葛根，在山沟里开着蝶形花儿，透紫透紫；滋阴清肺的百合，在灌木丛中开着钟形的花儿，鲜红鲜红……

在途经的村落里，见那菜园、庭院、墙头、隅角，栽种着凤仙、玫瑰等，既是药材又能美化环境。盆里栽着土三七、仙人掌，就是院落的木障子上，也还长着榆蘑呢！屋檐下大都吊着根横杆儿，上边挂着阔叶长须的细辛，花叶俱全的凤毛菊，真是"药花盈手不知名"啊！我情不自禁地赞美着："真是药材之乡！土肥山富，风清气香！"

大周说："你要是等上了秋再来，那就更迷人了。这里家家屋顶晒满了五味子，像一串串珊瑚珠子；庭院搭起了棚架，上边铺着席子，席上晒着柴胡、胆草、龙骨，席下阴干着藿香、叶底珠；长杆上挑着一串蛤什蟆……真是屋里屋外、炕上地下、房顶屋檐，全是药材啊！"

我点头称道："这里的药材真是取之不尽，用之不竭啊！"

大周说："这里的药材有五百多种，收入是相当可观的。可是新中国成立前，采药业十分萧条。抚松县志记载：'……本县地处边陲，久隶遐荒……属吉林蒙江州，野荒林深，烟住寂寥，仅有少数猎户及采参、栽参者，游寄其间……'新编写的县志中说：'一九一〇年设治后，抚松成了奉系军阀、官僚掠夺的对象，其中以山产、药材为最……一九二八年，司法承审员何某卸任走时，群众在牤牛岗上烧纸送他，并念诗道：三载法官胆气豪，是非颠倒笔如刀。一裳裹尽千家血，两袖舞空万户膏。'可见在长期的封建统治下，山产倍受摧残，采药业得不到保护，更谈不上发展了。"

说话间，走进了林中小镇万良。这里也有个药材收购站，门口停辆大汽车，成捆的，打包的，装筐的药材，把个大汽车装得满满登登。他们说这是不到一个星期收购的，等上了秋，三天就得拉走一汽车呢。我暗暗叫惊：仅是一个小镇就有这么多，那么全县、全长白山区呢？

出了小镇，一路上药材伸手可得。车前子给山道镶上了两道翡翠边儿，牛蒡子吐出一团团粉红色的短缨，叫作七叶一枝花的王孙，结下了球形的浆果，称作猫骨朵花的白头翁，白毛纷披酷似老翁，我不禁回头望望王大爷……

王大爷笑笑，用手抚摸着白头翁，说："我现在也白了头了，一辈子跟药草打交道。可是旧社会那咎，又苦又酸啊！山里狼虫虎豹出没无常，一两个人是不敢进山的；再说当时的官儿，怕山民造反，又不准结伙入山。那时的采药人，进山得送礼，出山得上税，到了自己名下就没多少了。日本鬼子侵占了东三省后，山民便是苦水加黄连了。有一年，我在山里捡到一副虎架子，那是个二排虎，虎骨可值钱呢，谁知一下山就让鬼子、汉奸给堵住了，抢去虎骨还不说，硬说我私通抗联，押到县里的地牢里去，差一点儿丧了命。"

"是新中国成立以后才出来的吧？"我插嘴问。

"哪儿呢！有一回让我们出来做苦役，瞅个空儿跑了，他们放了好几枪，都没打着，撵了多半天，我钻了林子，他们没辙了。跑出来怎么办：有家不敢回，有村不敢进，只好在老林子里，找个石洞，成了'野人'。那时，管我们这样的人叫'洞狗子'，其实连狗都不如……"

"那，你怎么能活下来？吃的，穿的，用的，都怎么办？有个病就更难了。"

"要说难处，那会少吗？还得靠穷人帮着呗。我在山里转，找到了个地仓子，是猎人搭的。一看门前草儿，好久没人住了，我就进去了。那时，干山利落的都有个规矩，临下山时，在仓子里无论多少，总要留下点米、盐、火。谁走到这儿都可以用，走时在门前做个记号就是了。

"我拿了点米，拿了些盐，拿走了火镰和几大块火石。我还找到了一把八寸长的快当刀子。这我就能活了，有把刀子，一般的山牲口就不怕了，有了火镰就有火，冬天也能过了。吃的好说，野菜、山果、树叶、草根，河里的小鱼，树上的雀蛋，还有蛇、兔子，什么都吃过。秋天，拣橡子，堆在山洞里，用火烧着吃。

"在山里，我还忘不了采药、挖参，不敢下山去卖，就等着放山人进山，瞅准他们的仓子。等他们都出去了，我就进去，把药材、山参放在那儿，赶紧躲开。他们回来见了，也都明白，是山中有人求他们了。第二天我再到仓子去，就有个包儿放在那儿了，拿回来一看，有米、有盐，有旧衣袋。有时有把小斧子，有时还有针线。他们快要下山时，我又送去一包药材和山参，他们给我留下一口小铁锅，一双旧鞋。就这么靠放山的、打猎的帮衬我，才活下来。

"有个小病好办，采药的大都识些药性，弄点草药吃吃也就好了。有一年秋上，得了一场大病，实在是动弹不得了，两只眼睛也出了毛病，五尺开外，什么也看不清，我寻思这下子完了。等死也不容易，渴得难受。我就握着刀子，一点一点地爬去洞口，爬了多半天，还发了个昏，才爬到泉眼边，咕咚咕咚喝了一肚子凉水，试着有点精神了。可是一个黑乎乎的东西闯到我的眼前，妈呀，是黑瞎子。跑，跑不动；躲，没处躲。黑瞎子在山里没见过人，坐在那儿端详我。我寻思好了，靠这把刀子拼命吧。扎别的地方，别说一刀，十刀也不中用，就是把它肚子豁开，它也能蹦跶两袋烟的工夫，非一下子扎进它的心口窝不可。死活就是这一下子，它不能再给我留扎第二刀的工夫了。黑瞎子突然扑过来，我打了个滚儿，没扑着。它又回身扑来，我仰面朝天，它两个前爪要按到我身上时，我瞅准了它胸口那撮白毛，拼上所有的劲儿，猛地一刀，一下子连刀把都扎了进去。这是两个劲儿加一块了，我的刀往上捅，它往下扑，若不然也扎不进那么深。这一刀扎在它心上了，噢的一声蹿起来，跌在一边打了两滚儿，完蛋了。我爬过去，拔出刀子，开了膛，取出熊胆，这才是好药呢。喝了熊胆，病慢慢好了。熊皮当了铺盖，隔潮隔凉。熊肉没等吃完就坏了。

"直到那年，我又用药材、山参去换放山人的东西，放山人把我堵在仓子里，告诉我，日本鬼子投降了，来了共产党、八路军，给穷人撑腰办事儿，我才跟他们下了山。在山里整整是七年啊。我被抓去时儿子才十岁，回去时成了个大小伙子。咳，那年月，采药人啥苦都得吃，啥罪都得遭啊！"

我们翻过一座小山，上了一条石子细沙公路，汽车从身边开过去，也没多大灰尘。我说："有了这条公路，山里山外就连起来了，有多少山产药材也能运出去了。"

王大爷点点头，说"是哩！新中国成立后，一切都变了，一切都变好了，采药业也兴旺了，如今有三样如心如意。"

"哪三样呢？"我很有兴趣地问。

"头一样，吃山必须养山。早年，怎么采方便就怎么干，采五味子把藤子砍了，挖细辛连小秧儿也不留，现在政府号召保护资源，边采边养，这是千秋万代的大事。搞好了，年年百宝下山，年年百宝不断。要不然，过个几十年，也就没药可采了。你说这一宗如意不如意？"

"如意！"我点着头说，"这要靠大伙儿自觉哩！"

"大伙儿知了理,谁还能不自觉:这二一宗,政策好,采也行,栽也中,集体采也可,个人采也许。谁有什么本事就施展什么本事,有的懂山情,眼煞草,爱去采集;有的能动心计,就栽上贝母、党参什么的;有的会加工药材,就给大伙儿加工,有的还搞点科学呢,把粮食和药材间着种。这是八仙过海呀!药材还不多,不旺?这一宗也好吧?"

"好"!我说,"调动了大伙儿的积极性。"

"就是哩,干啥没个积极性也不中。那三一宗,你采多少,国家都收购。收购按等论价,不欺不压,好货卖好价,不亏人。想要糊弄钱,也办不到。前年,这个大周,生生把个骗子给捉住了。"

"抓住个骗子?"我好奇怪,收购员怎么会抓住骗子呢?我问大周:"讲讲,怎么个事儿。"

大周嘿嘿了两声:"没什么好讲的。前年秋,有个瘦老头来卖人参,我拿起来看了看,就放到柜台上了。他咕噜着眼睛问:'什么价儿?'我比量了个六。他眨着眼睛说:'怎么,才给六十元?你也太熊人了!你这国家的买卖怎么还兴坑人呢!这参是一两四钱,怎么也值二百八十元。'我说:'不是六十元,是六个月。'他愣了愣问:'价码哪有论月的?六个月是多少?'我说:'六个月是一百八十天,徒刑!'他抓起参就要走,我一把拉住他:'先别走,咱们好好谈谈。'我叫来了经理,他认了错,原来是苗园子参,他经过整形挂色,冒充山参,想骗国家钱财。"

"后来怎么办了?"我问,"真判了吗?"

"没有。他是头一次,还没达到目的,又认了错。能改就好嘛！他回去以后，还给我们当了宣传员，再也没发生过这类的事儿。"

这时，北岗村已经在望了。我在县城听说，这北岗村是"十里药花百里香，山外客人醉路旁。"不知我这山外来客，会不会被熏醉。

"王大爷，说你们这儿一脚能踩倒三种药草，我有些不信。"

"嗯，有的地方一脚还不止三种呢，有的地方也许踩不着。大体说来，差不多每一步都要踩倒几棵的。"

我向路旁踩了一脚："王大爷，你说这一脚呢？"

"路边的药材比坡上、山里少得多。抬起脚来看看。"

我抬起脚，他拨拉着草叶儿数道："猪芽草三棵，车前子一棵，还有一棵红姑娘。正是三种，共五棵。"

"这红姑娘是吃的，怎么是药呢？"我问。

"红姑娘皮就是味中药。"

这回我服了，相信了。

拂面香风，款款吹来，只觉满身清爽。地上的百草，迎风摇曳，香气四溢。山中的树木，轻歌细语，我不由得想起一联古诗：

> 大地有泉皆化酒，
> 长林无树不摇钱。

这美好的诗句，正是这药乡的写照。

采药归来的社员，背筐提篮，有的抠根，有的采叶，有的摘实，有的取藤，把那药香和欢乐一块儿撒在山路上。接着传来一阵嬉闹的童声，几个小孩子拎着小筐儿，跑上了大道，筐里装着野菜。这时的野菜老了，人是不能吃的，许是喂什么动物的吧？一个梳小辫的姑娘对一个小男孩说："你记住，这笔管菜的根儿是黄精，能治肺结核呢。"小男孩不服气地说："知道。我这明叶菜的根子也是药，叫桔梗，治咳嗽。"接着，孩子们七嘴八舌地亮宝、说宝。

我被孩子们的话吸引住了。原来许多药材，还是很鲜美的野菜，吃那野菜，对人体一定有许多好处。"真是遍地是宝。"我一边低声地说着，一边看着路旁的花花草草。我突然发现个怪东西，一尺多高个光杆儿，连叶儿也没有。哈下腰去看，见是黄褐色，长些鳞片，顶端有些细碎的片片，黄中透绿。我顺手拔下来，问大周和王大爷："就算这儿的药材多，这可不是吧？"

大周笑了："说句不中听的话吧，可不是贬你，这可是有眼不识泰山了。"

我惊住了："难道这个丑玩意也是药？"

王大爷哈腰从土中扒出个像土豆似的、黄乎乎的蛋蛋，递给我说："好好看看吧，这就是名贵的天麻呀！"

我又惊又喜："这么名贵的药材在路旁就可以得到，真不愧是药材之乡！我呢，也真是有眼不识泰山呀！"

我们三人哈哈大笑起来。笑声惊起一只人参鸟儿，从头上飞过。啊，是采山参的时候了。

（1961 年 6 月）

苔　花

　　青苔，我见过多少啊！记事儿的时候，就在阴湿的院墙角儿认识了它。以后，随着年龄的增长，见到的青苔也越来越多，潮湿的地皮上铺着的，暴露的土墙上挂着的，林中的石块上披着的，屋顶上的苫草盖着的，都是绿得鲜亮，或是绿得发黑，抑或绿中透出淡黄的青苔。苔层的厚薄，苔丝的长短，也各不一样。那厚的有三四寸，像盖了床绿绸被；薄的还不及一分，只像涂了层绿颜色；长丝的要算河里的水草树枝上的，在流水中拉出长长的丝条，像一柄柄绿色的拂尘；短绒的该是林中活树上的，从树皮皱褶中钻出来，连成些小片片，像一块块绿天鹅绒的补丁。那形状也各有所似，铺毡绣毯的，缀图结环的，都惹人喜欢。可是青苔开出的花朵，我还是头一回见到。那是在茫茫苍苍的蒙江密林里，在一块大卧牛石上。

　　大学毕业后，做记者有半年了，都是跟同志们一块儿去采访，现在要放我的"单飞"，地点和对象由我选，回来交篇通讯。采访的对象是很关键的，一连三天竟没有选到。管多种经营稿件的老李把厚厚的《辞海》一摔："这还算得《辞海》吗？连个字儿也查不到。"大伙儿都问是个什么字儿，他说，"单人旁，加个耳朵的耳字。"还用手在空中写下个：佴。谁也不认得，只有我心中一动，想起个人来，脱口说道："这是个姓儿，nai，音耐。"大伙儿高兴起来，说我大学没白念，我只得红着脸讲了一段往事。

那是一九七五年秋上，省革委会举行"上山下乡知识青年调演"。我们地区代表队来了九个女的，一个房间八张床，偏偏让我跟外地区的插间。门上贴块红纸儿，写着八个姑娘的名字，其中有个叫佴雪枝的。一天就熟了，但姓名还不能全对上号，我问："谁是小耳？"姑娘们愣了一下，便笑成了一团。我说："门上贴的，有个耳雪枝嘛！"一个十六七岁的小姑娘抓住我的手："姐姐，我姓佴，和耐力的耐一个音，老师从这音上给起的名儿。"臊得我一吐舌头，涨红了脸，不过把这个佴字是死死地记下了。雪枝的节目只有一个独舞——《采蘑舞》，听说是她自己琢磨出来的。没想到审查时给"毙"了，说什么一个青年人不参加农田基本建设，进山采蘑菇，是一种自发的资本主义倾向。雪枝要回去了，我们送她到车站，她对我说："姐姐，不能在这儿跳采蘑舞，回去捡蘑菇去，正是好时候，一天能捡一大背筐呢！你多咱到我们蒙江，一定去找我，我用八样蘑菇给你做桌菜。"

我刚讲完这件事儿，老李一拍巴掌："就是她！佴雪枝，蒙江的。报道中说她成蘑菇王了，建立起个猴头蘑培植场，去年收了六百多斤，今年可望达到八百斤。嘻嘻，这则简讯还不足二百字，你就上蒙江去找佴雪枝吧，会写出一篇别开生面的通讯的。"

　　萍水相逢，匆匆而别，转眼七易春秋了，真该去看看她。给她发了封电报，我这第一次"单飞"便起飞了。

　　经过一天一夜的旅程，换了两次车，才在早晨八点钟到达小站蒙江。雪枝早在车站上等我呢。记忆中那纤巧姣好的小姑娘，长高了，长壮了，是个地地道道的山村大姑娘了。她长了一双会说话的眼睛，笑眯眯地望着你，不说话也觉得可亲呢。她拎起我的包儿，说："真没想到。没想到你会来电报，更没想到你会到山沟沟里来。嘻嘻。"我按不住兴头儿："先去看看你那些猴头儿吧。"她的眼笑成了一弯新月："那年在一块儿才两天，就知你是个急性子，早饭给你留在场子里呢！"

　　顺着铁道走了一段，拐进密林里去了。掩映在林间的小路，像一条弯弯曲曲的绿洞儿，湿润而又凉爽。淡淡的晨雾在树梢上缓缓地舒展着，半隐半现的树叶有些神奇迷离了。不知从什么地方传来几声娇脆的鸟叫，山色愈发显得幽然了。走了好半天，才到猴头培植场。这是面缓缓的山坡，山坡下有一道不深的沟，沟里那长满青苔的石板间，有一条水流弯绕着。

　　山坡放着许多粗大的倒木，两头儿都垫了垫儿，树身贴着地上的草皮，又不让土埋着。上边长满了猴头，个头比拳头大多了，披着短短的齿丝儿，白中透出一点淡黄来。远远地望去，像几千只小白狼，把身子藏起来，伸出个顽皮的小脑袋。眼前的，倒像梅花鹿那短短的尾巴。雪枝告诉我："猴头菌属担子菌纲齿菌科，既是名菜，又是药材。它生长在柞树上，阳光不能太强，要温热潮湿，温度在20℃左右最爱长了。"

　　"雪枝，你怎么想到要培植猴头呢？"

"你不是知道我喜欢蘑菇吗？嘻嘻。从春深到老秋，哪年我都上山采上几百斤的，其中总要有十几二十个猴头。四年前，我在一棵柞木上一下子捡了二十一个，小半筐呢！我望着柞木发呆，要是能叫每一棵风倒的柞树都长出这么多猴头来，那有多么好！柞树都是一样的，为啥这棵长了这么多，我就围它转来转去，看啊，想啊。明白了，猴头生长需要一个特定的环境和一定的条件。我把看到的记在心里，回去跟农技站的同志一说，说猴头还有菌苗呢！菌苗是洒在锯末子上培植出猴头的，味道不如柞树上的鲜美。我弄了点菌苗，在山里找了十几棵风倒的柞树，试验一下，秋天，真的得到了二百多个。嘻嘻。"

"就这么，搞起来了？"

"队里真支持啊！冬天，我在山里选那风倒柞树，社员们用牛爬犁一棵棵拖到这儿来，再按我的要求放好。春天了，我把菌苗播下，大伙儿又来按我的要求清林……"

她突然收住话头，望着那一片小猴头，皱了皱眉，伸手从中间摘下一个。

"这么大就摘了？"我有些不解。

"我也心疼呢！你看，它烂了。"她把手中的猴头翻过来，指着底部一块黑黄的瘢瘢说："不摘下来，过场雨就会烂的。烂它一个，还会连累四周，弄不好一树猴头全糟蹋了呢！"

我暗暗吃惊，她怎么会看到猴头挨着树身的底部的瘢呢？我问她："雪枝，咋看到的？莫非你的眼睛有那'特异功能'？"

"嘻嘻，咱可没那种什么功能。得了病的，就不精神，光泽也差，只要细心点就是了。"

"是呀，只要细心点就是了。这么大个场子，怕有三平方公里吧？这么多柞木，三百多棵吧？这么多猴头，约八千到一万吧？要把每一个都看在眼里，记在心上，那要多么细心啊！"

眼前突然出现一座小房子，就像童话里的"森林小屋"一样，蒙着一团神奇的色彩。它是用木头卡着铆儿垛起来的，一扇木板门儿，一孔窗子，树皮苫的屋顶，上边又铺了层厚厚的青苔，唯一不像童话的，就是窗上那两块大玻璃了。

"怎么，你就住在这里？"我有些吃惊，荒野林深，一个姑娘家……

"不，这是我避雨、休息、吃饭的地方。不过，也住过呢。有天傍晚下大雨，我忙得走不开。猴头这东西是个娇贵物，干了不行，湿了也不行，那几天连雨，倒木下的土抓一把都成团了，再下大雨猴头会烂的。"

"那怎么办？"我都替她着急了，"你总不能不让天下雨吧？"

"可以叫雨水流走么！你看，坡上不是有水沟吗？这儿的土太暄，一下雨就冲平了，下一场就得挑一次呢。那天把水沟挑了一遍，天就放黑影了，可雨更大了，只好到屋里避避。那雨总不见小，只得顶雨走了。一推开板门儿，山林变成了一片呼啸的大海，树动枝摇，好像整座大山都在摇晃。天黑得像锅底似的，怕是连路也找不到呢。只好退回来，关严了门儿，用根木杠子别住，好在有棵防身的猎枪，要不，不知会吓成啥样儿呢！嘻嘻。一夜也没敢合眼啊，想想乡亲们讲的那些故事，什么鬼呀神呀我不怕，世上没那些呀！可什么黑瞎子（熊）拍门，大爪子（虎）躲雨，孤个子（野猪）用嘴巴能把木楞子房儿拱散架儿。越想心里越突突，越不去想那些山牲口，那些山牲口的模样越清晰，弄得大气都不敢喘了。嘻嘻，你笑我了吧？"

"笑啥，要我呀，准哭鼻子！可真的，那天夜里没来什么山牲口吧？"

"怎么没来！"

"啊？"我吃了一惊，虽然雪枝站在我的面前，可我还是为那天晚上担心："是黑熊还是老虎？"

"第二天早上，雨停了，从玻璃窗望出去，哎呀，林子里真美呀！那么干净爽人，鲜绿鲜绿的，枝枝叶叶好像涂上了一层蜡，油光鲜亮。浓浓的白雾，大棉团子似的，在树梢上滚来滚去，山沟里的流水哗哗啦啦地响着；鸟儿的翅膀也像叫雾给润湿了似的，飞得又低又慢，留下一串欢快的叫声。我真想唱几句，突然窗子下边啾的一声，吓得我一哆嗦。仗着胆儿把门推开道缝儿，猎枪筒悄悄伸了出去，你猜是什么？它满身花点，白白的嘴巴，细高的小腿，睁着一对精神的小眼睛。嘻嘻，多可爱的一只小梅花鹿啊！"……

她拉开了板门儿："请进吧，该吃早饭了。"

屋子不算小，但摆得挺满，靠墙支个板铺，有一套干净的行李。靠门处三块石头支个灶儿，上边坐着个小铝锅，真有些过日子的味儿。我问她："看样子你是常住在这儿了？"

"有时忙，就住下了。从那回以后，我再也不怕了。外边下大雨，我在屋里打呼噜，身边有猎枪，怕什么呢！我还盼着能来个大黑瞎子，打住它，让村上的人吃几顿熊肉，我闹张熊皮铺铺有多好。我带来米面油盐，山上有多少样蘑菇，到河沟里下个小'误子'，一夜也能得一二斤小草鱼呢！"

她摆出米饭，炒蘑菇，我也饿了，吃起来分外香。半碗饭下肚，有了点底儿，才细细地看这间小屋子。原来屋子是很高的，上边吊了六行木杆，木杆上吊着一串串用线绳儿穿起来的猴头。雪枝说猴头要阴干起来才好，吃时用温水一发，个头大，味道鲜。

"要是全收回来，这屋子也晾不开呀！"

"哪能一块儿收呢！长成一个收一个，一天天在场子里转，哪个多大了，长多少日子了，心里是有数的。看个头够了，日子到了，也有些发黄了，用手轻轻捏捏，有弹性了，就该收了。该收的不收，不是烂了，就是老化了，老的就像木片子，又硬又没味儿。若是不到时候就采了，太嫩，一阴干就抽抽了，吃时不出菜，味道也差。哎呀！差点儿忘了！"她忙站起，找出一个小桦皮篓儿来，一打开香味冲鼻子。她往我眼前一送："吃吧。瞅什么？桦皮篓装酱不走味儿，比那玻璃瓶儿、陶瓷罐儿、白铝盆儿强多了。咳！不是叫你吃酱！在里边捞，对，就是那片片，尝尝。鲜吗？嘻嘻。"

我笑着点点头，这是酱猴头了。

吃罢饭，走出小屋，又是一番景致了。雾已经散去，山林显露出它本来的姿容。说色彩，分不出有多少种绿了；讲气势，只觉得苍茫浩远；论格调，真是雄浑豪放。不仅使人感到生命是强大的，旺盛的，还会让人心胸开阔，就连双眼也会油润生辉呢！

走着走着，突然觉得阳光格外地足，原来是林木稀一点，地上的柞木亏得有一棵棵小树护着，倒也晒不坏猴头的，只是小树的枝叶有些发蔫。我问她："这些小树生病了吗？"雪枝指着两个大树桩子说："前些天雷阵雨劈了两棵大椴树，树弄走了，阳光没遮没拦地照进来，就砍了些树枝插在柞木旁遮阳，一晒就蔫，十来天就得换一次。"

前面架着个棚子，里边是些草帘帘，我问她这是干什么用的。雪枝说："防旱的。旱的时候不多，林外再旱林内是不旱的，可猴头喜湿润，特别是小猴头刚要拱出来时，土干些，气燥些，就闷在树皮下出不来了。那都是头冬雪少，春天桃花水少，春雨又少造成的。想个办法呗，编了这些薄薄的草帘帘，蘸上水，盖在树身上捂着，干了，再往上泼点水。"

"一棵树得两三块帘子，三百多棵，你要编帘子，盖帘子，还要挑水往上泼，干得过来吗？"

"紧紧手也就忙过来了，勤快点就是了。"

是呀，勤快点就是了。这么多活计，清理场子，种下菌苗，插树枝，挖水沟，除病害，防干旱，采摘晾晒，要把每一件事做得及时妥帖，得多么勤快啊！眼不闲，心不闲，手脚是更不能闲的。我突然觉得，这里很静。一个人，一年年一天天在这儿默默地干着那些重复了多少次的活儿，不会觉得寂寞吗？对一个二十多岁的姑娘来说，寂寞是很难忍耐的。

"雪枝，在这儿，没人说话，除了树就是猴头，一月又一月，一年复一年……"

"时光就这样悄悄地度过了，是吗？嘻嘻，妈妈说我把恋爱也误了呢。我本来是爱说爱笑，爱跳爱唱的，整天在林子里，有时也感到寂寞呢，盼着能来个人说几句话儿，或者飞来一群鸟儿叫一通也好。可是，把心放开点也就好了，看看那些小猴脑袋，白生生胖乎乎的，像一群挑眉闪眼的顽皮娃娃，正跟我说话，玩耍呢。再想想这些东西摆到餐桌上，放在中药铺里，觉得我这么个普普通通的人也做了点事儿，心里就不寂寞了。"

是的，只要把心放开些，就不会感到空虚、寂寞，反而会是喜悦，充实的。这当然需要一种力量，来自内心的力量。我知道，从大的方面来讲，人们的力源是相同的，可是具体到每一个人身上又是那么的不同。那么，佴雪枝的细心点儿、勤快点儿、把心放开点儿的力源是什么呢？

我再看那些猴头，刹那间变成了一朵朵珊瑚花儿，洁白如玉，亮光闪闪，不由脱口说道："雪枝，看，白珊瑚花！这就是你的青春之花呀！"

"嘻嘻。"雪枝摇摇头说："如果说我也算一朵小花的话，不是在这树上，在那儿！"她用手指着一块好大的卧牛石。

石头上是一层厚厚的青苔，约有二三寸厚吧。苔丝有寸把长，细细绒绒。那里边有一朵小花儿，小极了，比火柴头大不多少。单单的小片片，淡黄中透出些白意来。它不硕大，更不娇艳，不细看还真发现不了。青苔，见过多少了，可是青苔开花还是头一回看到，想采下来好好看看。我刚伸手，被雪枝拦住了。

"别动，它是我的伴儿。"

"花草能给人一些启示，可山上的花儿有多少？大朵的，奇香的，鲜艳的，为什么她单单爱这种不起眼的小花？"

"你是念过大学中文系的，读过许多书，一定读过关于苔花的诗了吧？"

我还真的读过许多诗，细细地想去，终于想到有这样两句：

苔花如米小，
也学牡丹开。

我把这两句念了出来，她笑盈盈地点了点头："这是在一篇文章中看到的，记在心里了，真的这儿就有苔花了。嘻嘻，你笑我了吗？"

我心里搅动起来，这就是她的力源啊！一个人对于整个社会来说，是很小的，小得如一粒米；尽管小，也该开出朵花儿来，哪怕一朵米粒大小的花呢！一朵朵这样的小花，就组成了一个个花环，一片片图案，以至千姿百态、五光十色的花海呀！

……

我在小屋里跟雪枝住了几天，写出了通讯的初稿，本该写雪枝怎样培植猴头的，怎么写起了苔花呢？也只得这样了，我感受到的就是这个。回到报社，也不知能否交上卷儿。

（1982 年 4 月）

棒槌鸟的呼唤

八月的长白山区绿成了一片深沉的海。

在朝霞升腾或是月光朗照时，从这绿色的海的深处，传出了棒槌鸟的呼唤声：

"汪嘎咯咯，汪嘎咯咯！"

这声音清脆，鲜亮，热切。因为生长在深山密林里的老山参籽儿红了，红成一团火了。鸟儿呼唤着挖参人：快到山里来呀！快来挖大棒槌呀！

山里人管人参叫大棒槌，那种爱吃参籽的人参鸟，叫作棒槌鸟。哪儿棒槌鸟叫得闹，哪儿的人参就多，采参队也就往哪儿扑奔。

棒槌鸟的叫声跟山里人的日月紧紧相连。它一叫，珍珠般撒在长白山里的村村屯屯，立时过节似的欢腾起来。采参队七个一帮，八个一伙，捎上吃米，拿上挖参家什，带着全村人的希望进山了。

这次，头一帮进山的，当然是六品叶屯的。十几年前，这个采参队还好有名气呢！队长老得宝是个山里通，他知道什么年景哪片山里人参出土多；他能从棒槌鸟的飞行路线中找到一苗又一苗大山参；他曾领人闯进了谁也不敢去的"迷魂阵"，一下子挖出八十多两好参；他还亲手挖出一苗须长三尺六寸，身重四两八钱的双胎六品叶，被拍成照片登在画报上。就是平常年景，他的采参队也是挖个四五十两参，一两二百三十元，总能卖个一万出头，除采参人提取百分之二十以外，每家还能分上二百来元。六品叶屯四十来户人家靠着这个，小日子过得火炭也似的热旺。老得宝因此德高望重。

老得宝带上他的采参队，走上了十几年前走过的路。这是一条崎岖的山路，是洒满笑声，留着美妙记忆的路。一别就是十几年，路被野草藤葛封盖了，只能看出一条弯弯曲曲的绿色的线条。老得宝差点儿掉下泪来。这么好的一条路怎么荒成了这样！自从"史无前例"的运动轰轰烈烈地来到山区，什么特产、副业、采参、挖药，全成了资本主义的尾巴，被一刀割掉了。老得宝被当作尖儿掐过……从此，尽管棒槌鸟一年又一年苦苦地呼唤，有谁敢进山啊！这条进山路啊，三年荒，五年封，十几年后竟连道眼也认不出来了！

"走！往前走！"老得宝的声音有些嘶哑，也有些气愤。他们用拨草找参的"索拨棍"拨开一层层葛藤，用穿着高腰球鞋的大脚板踩倒一片片野草。他们走过去了，一条充满憧憬、洒满希望的路，在密林里延伸着。

漫漫漾开的松涛，轻轻地唱着，迎接着久违了的客人；从峭壁上跌落的泉流，爆起一阵阵掌声，庆贺这劫后重逢；温爽的山风，呢呢喃喃地倾诉着离情别绪。躲在树后的梅花鹿瞪着惊奇的眼睛，它还是头一次看到采参人呢！只有那棒槌鸟，像个老相识似的，身前身后地飞着，身左身右地叫着。老得宝仰头望望，嘿嘿地笑了："它倒是更急呀！叫咱快快去呢！"

老得宝他们走了三天，进了遮天蔽日的老林。在一条淙淙滚流的溪水旁，用树皮搭起座马架房儿——仓子，就地铺开几张防潮隔凉的狍子皮，那就是采参人的床铺了。仓子门口，三块石头支起个灶儿，坐着个大铝锅，咕咕嘟嘟地冒着热气，鲜蘑菇汤的香味儿随着晚风慢慢地荡开去。晚饭后，生起一堆彻夜不息的篝火，火苗儿欢跳着，松枝、报马木，爆出一串串火花儿，像一个又一个喜字儿。远处，棒槌鸟呼唤着，一声声在采参人心里搅起一叠叠波澜。这一切是那么神奇、美妙、迷离而又有诗意。无怪人们说，一辈子要是没采过参，那就算不得山里人了。

这一夜，照例是睡不好的，因为明天就开始采参了。老得宝更是睡不着，一闭眼就是一九七二年夏天的事儿。那天，儿子娶媳妇，因为不能给媳妇做套漂亮的新衣服，治不上两套铺盖，他双手抱头蹲在空荡荡的仓房根下。媳妇倒是通情达理的，走过来亲亲甜甜地叫声爹，说："不是你老舍不得，是咱不富裕。再说，全村、全社不都是这样吗？"老得宝长长地叹了一声。媳妇不这么说倒好，这一说反倒叫他忍不住了，热乎乎的泪水无声地从他那粗糙的手指间流下来。老得宝想憋，可又实在憋不住；就偷偷地跑到村外，对着大山，把一腔子气全变作哭声吐了出来。等人们找来时，他竟然痴痴呆呆地指着树林说："你们听，棒槌鸟叫我呢！叫我快去，快去挖大棒槌！"此后，他逢人便重复着这话。他这话像一块块石头，投在似乎死沉的水里，激起一层层波澜。他，简直像那棒槌鸟儿，一天天呼唤着，只是那声音有些凄楚，有些悲凉⋯⋯

老得宝轻轻地翻了个身，仓子外的篝火还在跳动，棒槌鸟不再叫了，夜里的山林显得更幽静了。这个采参的老把式，许久许久，才响起轻轻地鼾声。

老林子里的清晨是凉爽湿润的，白纱也似的雾霭像潮水一样，从沟底向山坡漾去，而氤氲的岚气像柔软的丝线，随心恣意地织在白纱里。从这袅娜舒展的晨雾中，轻飘飘地洒落着细细的雾雨，谁也感觉不到它，只是衣衫慢慢潮了，湿了，林木枝叶上的露珠越来越大了，颤颤欲滚。

老得宝像个指挥有力的将军，把他的采参队摆成一字长蛇阵。每人之间隔上十几丈远。自然他是阵头，叫作"头棍"，要带领这支队伍在山林里辗转搜寻。阵尾叫"边棍"，也是个识地形知方向的把式，他的一个重要任务就是不让任何一个队员掉队。阵中的一律叫"腰棍"，不得交叉行走或是交换位置，每一个人都要与自己左边的人保持联系，这是因为老林子里地形太复杂。联系，一般是看不到人的，也不准呼唤，因为喊声在山里的回声常常会造成错觉。他们只好用手中的"索拨棍"敲击树身，发出一种沉稳的声音，采参人称它"叫棍"，仿佛在问："跟上来了吗？"左首的人用同样的办法"回棍"，好像在说："我在这里。"这样依次传下去，直传到"边棍"。笃笃地敲树声，给老林子平添了那么多生气。

采参人是很艰苦的，露水湿透了衣裤，紧紧地贴在肉皮上，等到太阳晒干了露水，林子里又闷热了，刚用肉体烘干了的衣服，又让汗水润湿了。采参人的精力必须十分集中，不能因为有坑洼棘丛而绕过去，手中的索拨棍拨开又高又密的草，鹰一般锐利的目光就在这草丛中搜寻。一天，二天，三天……眼酸了，眼疼了，只能微微地闭一闭。采参人要练出一双好眼睛，既要煞草，又不发花。不然，一苗苗大山参会从眼皮底下漏过去，甚至踩倒了参秸子也看不见参呢。这还不算，倘若是看差了眼，误把什么花草当作人参，喊"炸山"，大家的情绪败坏了，心情紊乱了，精神头也差了，队长就得领着大伙儿回仓子去养神、养眼呢。

金子是贵重的，从那么多的沙子里淘出来，着实不易；而采参就跟沙里淘金一样。长白山的大森林对辛苦的采参人从来都是慷慨、大方的。

"棒槌——"有人喊"开山语"了，那声音激动得有些发抖。

"什么棒槌——"老得宝兴奋地回了"接山语"，那声音震得山都发颤。

"一个片儿！"

天哪！这是真的吗？如果是一苗，那就回答是几品叶，三苗叫"堆儿"，五苗以上才叫"片儿"呢！一下子就是五苗，采几年参也难得碰上一回！十几年没进山了，头一天就爆出这么大个喜花来，谁不蹦高儿往那儿跑呢！有个小伙子跑得太急，脚下一绊，跌倒了，一抬头，天哪！眼前是什么？小手指粗细的梃儿，轮生着五枚长长的叶柄，每枚叶柄上长着五片带着锯

齿的厚叶儿，端托着个拳头大小的红球，是由一粒粒红亮亮的
籽儿组成。这不就是人参吗？还是个大个头呢！真不敢相信，
揉揉眼睛，那苗参还站在那儿。挪过去用手摸摸，实实在在。
乐得他一个高儿跳起来，把早就记熟了的开山语也忘了，竟然
大喊一声："五品叶——"这不关大事，反倒增添了喜庆气氛，
引来一阵朗朗大笑。

挖参更是件细活儿，一不小心弄断参须，折了等级不说，
参浆跑了，差了成色，国家收去也做不出上等货色来。所以，
都是有经验的老手来挖，其他人忙前忙后干杂活儿，清场子，
开地皮，生蚊烟。

这个片儿有一苗六品叶，一苗五品叶，三苗四品叶，看样
子都是百岁出头了。老得宝从肩上摘下小油布包儿，铺展在地上，
两把小小巧巧的斧子，一大一小两把细长的刀子，这是破地皮、
切树根用的。还有一捆用红布条扎的鹿骨签子，那才是挖参的
正经家什呢！

老得宝伸手从签子中抽出一只，大伙儿立时惊住了，笑声
断了，脸色变了。他也擎着半截签子，呆了一般。只有枝头上
的棒槌鸟，不知人间曾发生过什么不幸，还美滋滋地呼唤着："快
挖呀！快挖大棒槌呀！"

这伙采参人大都知道，那根签子是老得宝的父亲传下来的，
上面不知渗进了多少旧时采参人的血泪。到了老得宝的手上，
赶上了好年月，它才开掘着幸福和欢乐。谁知这样的传家宝，
突然被老得宝折断了……

记得，那时媳妇进门两个年头了，家里虽然清苦，但还和

睦。媳妇勤快，孝敬，不挑吃不挑穿，尽着法儿让公公穿得好点，吃得好些。老得宝越发觉得对不住儿媳妇，后来他知道上了秋就能抱孙子了，便把四只母鸡（只准养四只）下的蛋一个一个地攒起来，凑够了二百，装在个大罐里，放些秕糊，搁在仓房阴凉处。当他真的见到孙孙时，也就是儿媳需要鸡蛋来补养时，老得宝哭了。原来媳妇偷偷卖了鸡蛋，扯了三十来尺青斜纹布，给爷俩各做了一套棉衣，她知道队里没钱分给社员换季啊！

　　尽管媳妇说自己身体好，用不着过多的补养，可老得宝的心怎么能顺下来呢？他思前想后，从棚顶上把那个落满灰尘的包儿拿下来，找出鹿骨签子，决意偷着进山挖几苗棒槌，买上几百个鸡蛋，还有红糖、白糖，再给媳妇做身鲜亮的衣裳。尽管入了秋，火红的参籽落了，找参更不容易了，可他经验多，眼神好，是不会空手的。可挖了人参到哪儿去卖呢？个人卖山货得有队里的证明呀！证明信怎么才能开出来呢？活人还能叫尿憋死吗？挖到大山参还愁换不来几百个鸡蛋？主意拿定，他便偷偷地收拾东西。

　　眼尖心细的媳妇，一头闯进来，扑通跪在地上，说："爹，我不吃鸡蛋，也不要新衣裳，你可别进山啊！要是把你弄去游乡批斗，叫我们……"媳妇说不下去了，眼泪把掏似的流。

　　"咔嚓！"老得宝手里的签子断了，顺着签子落下一滴滴鲜血……

　　老得宝从回忆中醒来，场子已经清理好了，蚊烟生好了，地皮也挖开了，一苗苗参露出了长长的"芦头"，就等老得宝他们几个老把式动手了。老把式抽足了烟，操起了签子，那眼睛，一眨不眨，那手腕，轻轻地颤动；那签子，飞快地拨开黑油油的土，真比那大姑娘绣花还要细心。直到傍晚，才把这个"片儿"和那小伙子跌倒看见的共是六苗挖出来了。一苗苗都是一样芦高须长，紧皮细纹，身胖形好。老得宝把六苗参放在一块儿，托在手上掂了掂，说"怕有八两多。"八两多那是一千八百多元啊！……

剥下树皮，垫上青苔，把人参放在青苔上，上面又铺层青苔，将树皮卷成筒儿，用榆树筋捆了，这才披着暮霭回仓子。

采参人留下一路笑声，棒槌鸟的叫声也更响脆、更热切了。老得宝一扬手，把那半截签子扔进草窠，说："去你的吧！"

这天夜里，老得宝做了一个梦，一个欢乐的梦，一个富裕的梦……

（1981 年 10 月）

泉　赋

长白山区，山多，泉也多。有的山泉细流潺湲，像根银针引着条彩线，穿花绕石，织出一幅幅奇妙的图案；有的山泉水多流大，像一匹彩练，顺坡横峰地飘来荡去，留下一式式优美的舞姿；还有的山泉，竟然能喷出一条小河，穿出凿岭，走村奔田，唱出一支支响亮的歌儿。那泉子的名儿也多，泉边住过人家的叫望人泉，野鹿喝过水的叫鹿鸣泉，在泉边挖到过大山参的叫宝参泉，平平静静的叫镜泉，喷涌飞出的叫箭泉，石壁上落下来的叫挂泉，还有什么金泉、银泉、龙泉……

我的故乡宝山村，山里头泉子就多。我对那些泉子特别有感情。小时候给老财放牛，除了野果果，就靠山泉水饱肚子了。那时，我想只有这山泉水才是穷人的呀！我赶起了牛群，地上的响水泉跟着我的脚步，响淙淙地唱着歌儿，给我做伴儿，把牛群撒开了，崖头上的跌水泉又叮咚咚地弹起弦子，为我消愁解闷儿；当我受了老财的鞭打，坐在老树下呻吟时，石缝里的滴水泉吧嗒嗒陪我掉眼泪；身上的鞭伤化脓了，山脚下的温水泉用那温乎乎的手抚摸着我，几天就把伤口洗好了。有一次老财主绊了一跤，把门牙跌掉了，乐得我躲到树丛里偷偷地拍巴掌，那飞水泉也翻起了白亮亮的浪花，蹦着高儿帮我乐。真的，只有山泉，才是咱穷人的呀！

新中国成立以后，我一直住在城里，远远地离开了那些山泉。可我没有忘记它们，它们也没有忘记我啊。山泉时时在我眼前闪动着洁白的浪花，在我的笔下翻腾着感情的激流，还常常潺潺地流进我那甜蜜的梦里去。现在，我要回到故乡了，就要看到各种各样的山泉了。山泉水呀，你该淌得更欢快，变得更甜美，唱得更动听了吧！

我是夜晚到达宝山村的。脚刚搭村界，只见月光下，水轮泵扬起了长长的喉管，喷出半天雨雾，洒落一地珍珠。一道道沟渠像架百弦琴，叮叮咚咚唱着开心的歌儿，使我想起山间那些流彩喷绿、荡金泻玉的山泉水来。

就在这水轮泵房里，见到了我当年的伙伴长山哥。他现在是大队会计了。话匣子一打开，就像开了闸的流水，拦也拦不住。自然，谈人谈事还要谈山泉的。

"长山哥，那些泉子，还都旺吧？"

"人变地变，泉子也在变，越变越旺呢！咱们大队还出了几眼新泉子呢！"

"新泉子？都在哪儿？什么样儿？泉眼大不大？泉水甜不甜？……"

长山哥见我一连气儿问了这么多，便说："赶明儿个你自己去看看就知道了。这三处泉子都是有名的，一个叫鱼鳞泉，一个叫雁翎泉，还有一个叫珍珠泉。"

我乐得直拍大腿："妙！这名儿就妙！这几眼泉子……"

第二天，吃过早饭，我就直奔一队，去看那鱼鳞泉，老农于成河领我进了山。绕过一道牛尾巴似的山梁子，就听见淙淙的流水声了。我跳上一块大石头，向前望去，只见一眼泉子，像一大块蓝色的宝石，熠熠发光。我飞一般地扑过去，恨不得把泉子抱在怀里才好。这是眼普普通通的山泉，宽不及丈，深仅尺许，不是在危峰奇石之间流泻，也没有奇花异草相掩映，而是从一个石兜兜里翻滚出的细碎的水泡儿。石头上有无数道石纹，一环套着一环，一层咬着一层，这是泉水日雕夜镂的记录。

顺着泉流走去，一连遇到三个大水池子，泉水在那儿静静地晒着太阳，直把身子晒暖了，才缓缓地流走。这池边无田，修这个做什么？拐过了一个陡弯儿，眼前突然出现一个碧波粼粼的小湖。湖面上翻起一层浪花，细一看，有鱼群呢！有些鱼浮了上来，鱼脊差点儿露出水面，那水也清，让阳光一照，鱼儿显得分外好看。小的也都快顶斤了，游得机敏灵活，大的有一二尺长，尾巴一甩，便搅起一团水花。这鱼也不怕人，见我们来了，反倒往岸边靠来，挤挤拥拥，仿佛特意让我看似的。

我惊喜地叫道："了不得，了不得！用泉水养起一湖好鱼，了不得！"

长河咧嘴笑道："养起来了。光是去年，就出了一万一千多斤鱼呢。要不怎么叫鱼鳞泉呢？"

"这鱼不怎么好养吧？"我望着喋喋吸水的鱼群问他。

"我就在这儿养鱼。说难呢，也真不易。水呀，饲料啊，防疫啊，事体不少哩。开初，总也弄不好，水温太低，鱼苗死了。冷风吹过，闲话听过。我心里也不好受，真想不干这个了。可我看看这泉水，老是往前走，山拦石挡，也不回头。我想，干事儿也得有泉水那股劲儿，这不，到底成了。"

"长河啊，你这是一大贡献啊！"

他朗朗地笑了："论贡献，要算雁翎泉了。"

"听说了，我正要去看那泉子呢。"

"要看，得先看二队队长梁如海，若不，见了泉子也认不透啊。真巧，他来了。"

话音儿没等落地，从坡上闯下来一条车轴大汉，矮墩墩的身材，黧黑的脸膛。穿了件白背心，红光光的胳膊上鼓着一个个包包，里边也不知藏着多少力气。

他冲我一乐："接你去看泉子，长山叔说的。"

我们绕过山沟，朝二队走去。当我听说雁翎泉在南大望时，不觉怔住了。南大望是一大片荒坡，净是杂草乱石，茅蓬榛蒿，我小时在那儿放牛，走了多少回，捡过多少雀蛋，还有榛蘑，就是没见过泉子。

梁如海说声到了，便停住脚。我放眼一看，哪里是南大望呢。缓缓地一面大坡，坡顶长起了青郁郁的林木，坡上布满了井字林带，这是为了保持水土的。一方一方的农田，平平整整，一层叠着一层，杆壮权多的稻子，正在扬花，想那秋日，金风一吹，那稻浪会直涌天际的。古诗人的"秋水粘长云"够夸张的了，今天的"稻浪拍长天"却是真实的写照。

我半惊半疑地问："这真是南大望？"

"叔，离开年头多了，认不得了。"

"那个南大望，是一面大荒坡……"

"早就变样儿了，原来是旱田，这阵儿又成了水田。"

我刚想问水是从哪儿来的，猛然想到泉子，怎么，这一坡地，是靠山泉水灌溉？真叫人不敢相信。

梁如海领我顺着田埂道，一层层盘上坡顶，只见林木间有四眼泉子，小的似盆口，大的如碾盘，样子或方或圆，依着泉的水势而定。每眼泉都有个石砌水口，四个泉子的水汇在一个大晒水池里。池子像个小湖泊，静静的，映出蓝天绿树、彩霞红日。从蓄水池里流出来的水，就不那么凉了，又顺着一条横坡的宽渠，绕了几个弯儿，变得暖了，才分成几股，款款地流到一层层稻田里去，润着土地，润着庄稼。

我吃惊过后，问梁如海："这么好的泉子，是怎么找到的呢？"

"大雁告诉咱们的。"

"大雁？"我更加不解了，"咱村出了弓冶长了？有懂雁语的？"

"咱这儿，春秋两季儿，总要哏哏嘎嘎地过几天大雁。雁要在途中找那有水有食的地方歇歇翅儿，吃点喝点，好继续它们那遥远的旅程。这儿，地面上没有水，可是下边有隐泉，这几块地方就潮润，草木长得也盛，鲜嫩多汁，大雁爱在这种地方歇息觅食。"

听来这梁如海有些文化，也有些知识，插嘴说："你看大雁往这儿落，就断定地下有泉子？"

"不。大雁找到这种地方吃了，喝了，也歇了，临走时要留下记号，是给后来的雁留的，也是给它们再飞来时留的。它们啄下几根老翎儿，直挺挺地插在地上。找到插在地上的雁翎，再进行勘察，然后才挖出来的。南大望的旱田就变水田了，增产三分之一还多呢！"

我高兴地称赞道："你们不光有干劲，还有智慧啊！"

梁如海瞅瞅泉子，说："头些年，我们也想把南大望变成水田，可'四人帮'干扰破坏，说我们不突出政治，光在生产上打转转，转来转去要迷路。那几年，真把我们转迷路了，大伙儿的心啊，就像被堵住了的泉子，又憋又闷。现在，政策对路，大伙儿有劲了，就像把堵泉子的石头搬了，干劲呀，智慧呀，就像泉水一样，喷出来了，源源不断。我们挖到了泉子，修蓄水池、渠道，改地，也就是一个冬春的事儿。"

听了这番话，才明白于长河对我说的"不见梁如海，见了泉子也认不透"的话。

看了雁翎泉，更想知道珍珠泉是怎么回事了。梁如海说："那是三队的，有一块好地在台上，台下有一道好大的泉流，要把水弄到台上去，就得往上抽。水泵是有的，就是没电，从村里把电架过来，十七八里，不上算；也不能弄台柴油机发电啊，总共才八十多亩地，买机器，再喝油，多打点粮食还不够赔的。"

"那怎么办？"我也跟着着急了。

"明辉在那儿，就是张老六的老丫头。给她捎去信了，你去问她吧。"

按照梁如海的指点，来到三队高台边上。只见盘根错节的老槐树上吊着个雪亮的灯泡，说明扬水泵正在工作。低头看去，一根粗粗的胶皮管儿，喷着白亮亮的水花。啊，有电了。可来路上没看见电杆呀，难道这电是飞来的？

我朝台下望去，在湍急的泉流上固定着一对大木槽盆，也可以叫独木舟吧。顺道下去，到了水边，又见船上有间小小的木板屋，船边有个大木轮子，轮子上安着些硬木板做的板叶，激流冲动板叶，轮子飞快地转动着。嘿呀！这我还不认得！水磨房嘛！可水磨房为什么要建在偏远的山里头呢？

从小木屋里走出个二十三四岁的姑娘，高苗苗的。不用说，是张老六的老丫头明辉了。

"叔，到屋里来吧，就是窄巴些。长山伯捎信了，说你要来看泉子。"

我从木板走上了船，她拉开了小板门儿，一眼就看见了正在工作的小电机，顿时恍然大悟了。原来那个飞快转动的大轮子，带动的就是这个电机呀！

明辉见我望着小电机出神，说："想的个笨法儿，发的电也不多，可够用了。用水时，把轮子放到水里，就发电了，扬水泵泵上水去；不用时，把轮子往上一提就行了。笨是笨点儿，可这八十多亩地有水喝了。"

屋里除了电机，就没多少地方了，可她还硬是挤出块地方，放了个二尺见方的小桌，上边摆了一摞书，旁边有个十六开的硬皮本子，是工作日记。我顺手翻着，想看看这个特别"发电站"的工作情形。谁知，这工作日记也是特别的。有一页写道："……电机今天出了点故障，停发两个多小时。正是稻田用水的时候，出了这种事儿，是我工作不认真造成的。一个人独自在山里作业，就要讲自觉，讲认真。应该像那泉水，日日夜夜一个劲地推动着轮子转着，转着……"我合上本子，心里却搅动起来，仿佛也有个轮子，在转着，转着。

送够水后，她停了电机，提起了大木轮子，便带我去看泉子。是呀，这半天看的是泉流，还不知泉眼在哪儿呢。

我们沿着山花夹映的泉流，来到一面石壁下。壁上有一对尖尖的石柱，宛如一对牛角，带着花朵的野藤儿，缠缠绕绕地爬在上面，像牛角系上了花绸子。牛角下突起块巨石，当中有一道横缝，真像牤牛那宽厚的嘴巴，泉水就是从牛嘴巴里流出来的。水落下丈余，在个石湾里漾漾绕上几圈儿，顺着石槽流走了，去推动那个大轮子。我赞美这个泉子，它不是供人欣赏、赞叹，而是在深山之中，默默地使出自己的气力，自觉地去推动那个轮子转呀，转呀。这时，我觉得身边的明辉，独自在山里的两条独木船上，默默地，勤恳地工作着，多么像这眼泉啊！何止明辉呢，于长河养鱼，不畏艰难，一个劲儿地搞下去，不也像那勇往直前的泉吗？还有梁如海他们，那无穷的智慧，不懈的干劲，不也像那喷涌不止的泉吗？

写到这里，读者也许会问："你是写泉子，还是写人呢？"此时，我自己也弄不明白了，反正我觉得那纯洁明亮，不顾拦阻，喷涌向前的山泉水，多么像这些不畏困难，勤劳智慧，自觉劳动的山里人啊！

是啊，山里人的心地，都是这样的泉啊！

（1977 年 5 月）

故里山花

我珍藏着齐白石老人的一幅篆刻，上边镌着"故里山花几时开"。照说这饶有风趣的诗句，该在人们的心头上荡起美感的涟漪，可它却在我的心泉里搅起一层层酸楚的波澜。现在，我要回到久别的故乡去，这种波澜更加强烈地撞击着我的胸墙……

我的故里叫作苇沙河，像一颗玲珑透亮的绿明珠，嵌在长白山的前怀里。我常用神秘的口气，向人们炫耀我那"九峰晴滴翠，一水绿生烟"的故乡，描述着那种"云开霞缠树，雨收风动花"的景致。故里的九座山峰，峭然而起，摩肩而立，碧绿的苇沙河水彩带也似的盘绕在九峰之间。百多户人家在河边结屋成村，推窗满目青山，开门一怀绿水，简直是置身在天然公园里。

故乡的土地就更有风韵了。除了河套十几垧沙流地外，一块块错错落落挂在山坡上，远远望去像一幅幅色彩斑斓的画儿，大伙儿就叫它挂画地。那里山高，气候寒冷，无霜期短，除了种些麦类，大都是栽种经济作物。

故乡的山花，种类繁多，色彩齐全。从春天到老秋。一直热热闹闹地开着，没个断捻的时候。我说的不是那些野玫瑰、山百合、映山红之类的野花，而是乡亲们用汗水浇开的花儿，因为都开在山坡上，也习惯地叫它们为山花了。河套地里有小巧的芝麻花儿，金黄的花生花儿，引蜂吸蝶的甜瓜花儿。山坡上简直是花圃，高挑红灯的是贝母花儿，开在伏地长藤上的是党参花儿，还有雪白的荞麦花儿，火红的人参花儿（其实是参籽儿）。这花有春雨浇开的，有夏阳照开的，有秋风吹开的。有红的、粉的，也有黄的、白的，还有紫的、蓝的。有的花儿抱团成球，有的散如珠星，有的开在枝头，有的放于叶底。抓把土是香的，掬捧水是香的，连人们的衣襟也沾满了山花的香味儿。说到粮食，只可供嘴，收入却出人头地。更主要的是对国家的贡献，光奖状就得了一山墙，其中最大的那张是国务院颁发的。所以，久离故乡的我，一直把故里的山花当作骄傲，珍爱地藏在心底。春雨叩窗扉的清晨，我数算什么花该开了；金风摇树红的月夜，我惦记着什么花儿该有收成了……

可是，想不到的事情发生了。故乡的来信多么叫人心寒啊！信上说故乡在那几年变成"吃粮靠返销，花钱靠贷款"的穷队了。童年的好友马玉田，把缝纫机、收音机都变卖了；中学时代同学朱玉芳摔断了腿，无钱医治成了瘸子；我心目中的英雄老队长孙成富竟然含恨离去了。

原因吗，县里新上任个姓张的书记说得明白："苇沙河是修正主义的土壤，是资本主义的王国"，"反对以粮为纲的方针，采取了以副压纲的策略。"于是乎，来了个工作队，进村就喊什么："以粮为纲学大寨，誓把山河重安排。"他们果真重新安排起来：河套地改成了水田，挂画地改种大田，什么芝麻、花生、人参、贝母，都一刀切了，姓张的还说这是"砍掉资本主义尾巴，利利索索进共产主义。"乡亲们哪里肯呢！孙成富站出来说话了："光说以粮为纲，不讲因地制宜，对路？俺这里种粮上不来，栽种些经济作物，犯什么法？你们这一刀，伤了国家，害了社员，砍在社会主义身上了。"姓张的火了，在全社把老队长批判了好几天。老队长上了些年纪，旧社会扛活时作下的老病，一急一气就犯了。姓张地带着工作组进"挂画地"去"割尾巴"，病体难支的老队长孙成富跟跟跄跄地爬上山来，叫了一声："作孽呀！"就晕过去了……

读了这样的乡书之后，我总是带着悲愤的心情，在朦胧的月色中，低低地吟哦着："故里山花几时开？"在思念中又增加了多少忧虑和担心啊！

秋去冬来，在那零乱的雪花中飞来了马玉田的信。信中说那一年河套地的稻子没吐穗儿，坡地里的大田没上来，一个劳动日还不值一张邮票。信中说：前几天年终结算，全队都成了冒支户，家家欠了债。老队长孙成富病在炕上几个月了，听了这个信儿，又加了几成病，眼瞅不行了，大伙儿忍着泪去看他。我去时，屋里挤满了人，只听老队长吃力地说：

"……苇沙河，宝地啊！……姓张的那一套，不对啊……国务院发的奖状……还，还在……"

"人们哇的一声哭了，我扭头跑出去。当你接到这封信的时候，我也许正在什么地方徘徊，也许离开了故乡。原谅我，再也不给你写信了，因为故乡……"

从此，故乡的音信断了，可是思念是无法了却的。思念得心切时，也只能是轻声地吟着："故里山花几时开？"……

回故乡去！故里的山花该开放了吧？因为乌云扫去了，暖风吹来了。

我在一个繁闹的小站下了车，细细一看，这不是故乡的县城吗？漫步街头，一切是熟悉的，亲切的，然而也是陌生的，新鲜的。在十字街旁边，起了座三层楼，是新建的国营旅社。我想在那儿住一夜，明天一早回故里去，看望乡亲，看望山花。

我被安排在一间临街的大房子里，里边有五六位当地的旅客，见了面少不了互道姓名和地址。他们听说我原是苇沙河的人，十五六年没回来过，便你一言我一语地介绍起来。

"算你回来得是时候，要是早几年回来，说不定怎么伤心呢！"

"现在苇沙河可兴旺起来了！今年还买了大汽车，那特产、药材，成汽车拉呀！"

"对！苇沙河的汽车刚过去，拉了一车党参，送药材公司去了，那是多少钱哟！"

"开车的我还认识呢！头些年，他见苇沙河被糟蹋得不成样儿了，一气跑了出去，四处当临时工……"

我急忙插嘴问道："是不是姓马？叫马玉田？"

"除了他还有谁！那年十月，'四人帮'一垮台，他像个烈性的马骑子，尥蹶子往回跑，跑到村边，一头扑在地里，抓着两把土，呜呜大哭……嘿，现在开上了大汽车，你说变得多快呀！"

我急忙退了宿，搭了个顺路的汽车，跑了四十来里，在岔道口下来，顺着宽坦的沙石路面，走进一道风光旖旎的翠谷。啊，已经踏上故乡的热土了！这是我记忆中的荒坡吗？山顶密蓁蓁地栽上了落叶松，坡上栽着花红、海棠、葡萄、山楂。只是树还小，过几年才能结。好啊，故里又多了一枝花！

眼前就是情牵梦绕的九峰山了，山坡挂画地里开着各色的花儿，倒映在明净的苇沙河里，故里的山花更显得俊丽、多姿。顺着山坡，走进一片茂林，林间传来一阵悠扬的歌声，那声音多么熟悉！错不了，是她！我大声喊道："朱玉芳！""哎——"我抬头一看，她站在一块一米多高的卧牛石上，穿着一件花衫，面孔红润，身材壮实，她的腿……"嗵！"她竟然从石头上跳下来，几步就闯到我的眼前，惊喜地叫了声我的小名儿，我顾不得说别的，两眼瞅着她的腿，她咯咯一笑。"你的腿？""治好了！去年上北京做的矫正术，住了几个月的院，花了五百多元，可现在我还有存款，晚上可以到我家去看电视。""哎呀，真是大变了。"她瞅瞅山林，说："是变了，连我也变了。我还是个姑娘的时候，选我当妇女队长，我硬是不干；治好腿回来，又选了我这个孩子妈妈，我二话没说，得干哪！今年，我们妇女在副业上还搞出新东西来了，就是不开花，我知道你喜欢那些开花的。"说着，领我进了林子。有一片场地，放着一排排原木，上边密密层层地钻涌着墨墨油亮的黑木耳，白黄透明的白木耳。她们培植得这么好，谁说不是花呢！"朱玉芳，这也是花，应该列在咱们的山花谱上。我来起名，你看这黑木耳，一朵朵，有些像野菊花呢，就叫它赛墨菊吧！那白木耳，银光透明，像蜡片做的，叫作玉牡丹吧。"玉芳笑笑："你要是这么起名啊，怕要难死你呢。跟我来，指给你看。"

我们出了林子，她指指点点对我说："那坡的麦子收了，挺好的收成。那坡的党参起了，马玉田用大汽车送走了。那几片人参籽儿都红了，长得特别出息。你看那迎日峰下一些大木杆子，上边爬满了藤藤叶叶，是做啤酒的主要原料，叫酒花，那座雁翅峰正在更换树种，几年后就成核桃山了，一年能产十几万斤山核桃。你再看……"

我怎么看得过来呢？故里的山花更艳了，更多了，想到这儿，不由得说："要是老队长看到这满山的花，他该乐成啥样啊！"朱玉芳瞅瞅我，说："我领你去看他。"我知道，是到他的墓上去，顺手采了红的百合、黄的山夜来香、蓝的桔梗，算作我敬献他的花束吧。

我们下了山坡，看见一群人正在种荞麦，玉芳跑过去拉来一位老人，头发雪也似的白，满脸皱纹像刀子刻得那么深晰，只有那对眼睛不是苍老的，倒像那一泓泉水，明亮、清澈。就是这双眼睛，让我大惊失色了，手里的花束也扔了，张着嘴巴，半天才叫出："老队长！"不知怎么，我扑在他怀里哭了。我疑惑地看着朱玉芳。老队长说："不怨马玉田。那天我昏过去，他扭头跑回家，哭了半宿就离开了。大伙儿见我没气了，就用咱栽的老参，熬了独参汤给我灌下去，也是我不甘心就那么闭上眼睛，又缓过来了。两年没怎么下炕，出门也得拄棍子，见人就说：'我孙成富还得看挂画地里的山花呢！''四人帮'哗啦一下垮台了，我倒硬实起来了，返老还童了。这不，队长又当上了。嘻嘻，有人说最难治的病是癌，'四人帮'那一套玩意压在身上，比得了癌还邪乎。现在好了，政策对路了，山花满山了。你看，家家的院子、园子、地里也种上了经济作物，光这些就够几汽车拉的。"

"老队长还办学校呢！"朱玉芳说，"是特产研究夜校。"

"不办还行？眼光得往远处看。"老队长说，"栽种经济作物，也不能总是老法子。要跟上四个现代化的步伐，就得学习、研究栽培、加工、植保，还有土壤、气候、肥料、机械，叫这些特产长得快、产得多。嘿嘿，要说花呀，这可是朵大花啊！眼下，不过是个花信儿，春雨一浇，阳光一照，嘿嘿，万紫千红的日月在后头呢！"

我放眼九峰山，又想到了那幅篆刻，"故里山花几时开？"现在我可以回答了："故里山花届时开！"这个时，就是十亿中国人民沐浴着党的雨露阳光，满怀信心向四个现代化进军之时！

想到这儿，心里猛然一动：眼前的朱玉芳、老队长、开车远行的马玉田，不也正像一朵朵顽强不屈、昂首怒放的山花吗？几经风刀霜剑，却依然生机勃发，开得芬芳灿烂。于是，在刚才的回答后面我又添上一句，那便是：

故里山花届时开，竞向东风吐芳菲。

（1978 年 12 月）

春天的钥匙

朋友，你想要迈进春天的宝库吗？

那你必须要有打开春天大门的钥匙。

我从农学院毕业分配到县农业局后，就向老局长提出要到乡下去一个时期，一边工作一边学习，同时找那能打开春天宝库的钥匙。

"什么？春天的钥匙？"老局长微微地眯起眼睛，思索了一下，"有意思，大概有些来历吧？"

"是的，说起来还有些可笑。"

"好些美妙的想法，它开始萌生的时候，往往带着天真的稚气；可是当它充实起来之后，就会成为一种热烈的追求，经过努力、奋斗，追求就会变为现实。说吧，你怎么想到春天的钥匙的？"

那必须回到我的童年时代。那时，我多么喜欢春天啊！要是我们生活的地方，永远是春天，那该有多好啊！我把这天真的想法，说给爱讲故事的母亲。她把我搂在怀里，指着云天相接的地方，说那里是春天的宝库。那里，春花永红，春水长流，春雨比酒还醇浓，春风比歌儿还爽心。我便催促妈妈搬到那里去。

妈妈摇摇头说："孩子，那得有打开春天宝库的钥匙啊！"

我高兴地说："钥匙在哪儿？我去找。"

"妈不知道。"

"钥匙是什么样儿，我来做。"

"妈也没见过。"

我有些失望。那天夜里，我怎么能睡好呢？在脑子里反复描绘着钥匙的图样……看见了，找到了，那是一把金钥匙。一个大黄圈儿，前边探出个扁扁的长杆儿，杆上有七个三角形的齿儿。我拿着这把钥匙，来到春天宝库的大门前，只那么一比量，大门訇然洞开。我拔腿跑进去，看见了春山春水，春马春牛，春田春苗，春韭春笋，还有那春风春雨，春歌春酒。我大声地召唤着妈妈："妈妈，快到春天的宝库里来呀！"等妈妈把我叫醒，才知是梦。可是，以后再也没有梦见春天的钥匙。从那时就定下个志向，非找到打开春天宝库的钥匙不可。

老局长听了这些，问道："你以为春天的大门还没有打开吗？"

"早已打开，毛主席为我们升起的五星红旗就是一把金钥匙，打开了春天的大门。我们社会主义祖国，到处是春天。尔后，经历了一次又一次的风雨洗礼，特别是粉碎了'四人帮'，祖国大地万里花开，各条战线春光明媚。"

"既然春天的大门已经打开，你还要找什么钥匙呢？"老局长微笑着问我。

"祖国是春满大地了，而每一个人是不是都走进了春天的宝库呢？我想，不该去做春天的游客，要做春天的建设者，那就必须打开春天的宝库，索取那无尽的宝藏，来丰富春天、建设春天，让春天更明媚、壮丽。"

"你说得对，每个人都应该进入宝库，索取宝藏，建设春天。我相信，你一定会找到打开春天宝库的钥匙的。"

我迎着溶溶荡荡的春风，踏着林间那松软的小路，向景山公社奔去。景山公社可以说集长白山区之大成了，河边有水田，坡上是旱田，科研活动搞得有成效，多种经营遍地开花，种植人参，养鹿，饲貂，还有百药园、蘑菇场。我想，到这么美好的地方去，一定会找到春天的钥匙的。

踏进景山的地界，迎面是一座青山——柞树岗，一阵啾啾的鹿鸣，从柞林间飞过来，是遇到野鹿群了吗？也许像民间故事中说的，野鹿会带我去找那把金钥匙吧？

接着，一声清脆的鞭响，柞林间闪出一团跳动的火焰，那是一位年轻的牧鹿姑娘。她上身穿着红花衫，下身是绿色的长裤，乌黑的头发上插着一朵红海棠绸花，要不是肩上扛着杆带团大红缨儿的长鞭，我准以为是神话舞剧中的人参仙子啦。这位牧鹿姑娘的打扮实在令人不解，既不调和，又不秀气，反倒有些"刺眼"。她的身后，是排着长长行列的鹿群，有身高体壮的马鹿，有一身斑点的梅花鹿，还有棕色细毛的花马杂交鹿。母鹿的肚子圆圆滚滚，是怀了胎的；公鹿则骄傲地扬起头来，显示它那美丽还没有长成的茸角。姑娘在我面前站住，鹿群也"立定"了。

有一只半桩子小鹿，跑到姑娘身边，用那长长的嘴巴，拱着她的手臂，显得那么亲热。

"你是从县农业局来的吗？"姑娘见我点了头，又说："我们公社老王跟你们老局长通电话，知道你要到这儿来。老王让我一边放鹿一边接你。"

说着，她抡起长鞭，鞭条儿在空中绾了个花儿，"啪啪"一连两声脆响，鹿群得到了命令，立即分散开来，寻找嫩枝鲜草去了。

我知道家鹿野牧，适应鹿的好动的特性，又能找到可口的吃食，长得又快又壮，茸也会高产。可是鹿太野性，驯化的历史还短，实在不好放牧，弄不好要走失的，可她告诉我，非但没有走失，还引回来头野鹿，在这一带传为佳话。我在惊赞之后，便要她谈经验，总结一下。

"看，那几个不安生的东西，总爱往外跐。"她举鞭打了个闷响儿，一头高大的马鹿，立时扬起头来，四处望了望，跑到溜边的几只鹿身旁，轻轻一兜，溜边的归了群儿，这真赶上驯兽表演了。

"实在没什么经验，反正干什么想什么、琢磨什么呗！我放鹿，有一个愿望，就是让公社的座座青山，到处都可以听到啾啾鹿鸣，公社的收入不断增长。如果说这也叫理想的话，我的理想太朴素了吧？为了这个，我下了些功夫，练出一手鞭子来，能打十来种响声，靠这个来指挥鹿群。我总觉得，每一声鞭响，都绽开一朵理想之花。也是为了这个，穿起这身花衣服，戴上这红绸花儿。因为鹿善于发现并酷爱那些娇艳的颜色，我这样

一打扮，走到哪里，鹿群就跟到哪里。不知道的人，见了我还
会吓一跳呢！"

说着，她咯咯地笑起来，和着那啾啾的鹿鸣，在翠谷中传
开去。

"我不能送你进村了。"她抱歉地笑笑，给我指了路，举鞭
一甩，"叭"的一声，便把鹿群收拢了，她扛上红缨大鞭，甩开
大步朝岗顶走去，身后排成了长长的鹿队。不一会儿，就隐在
青山翠谷之中了，只有那团跳动的火焰时隐时现。

我觉得姑娘带着鹿群，走进春天的宝库里去了，而那杆神
奇的长鞭，不就是打开春天宝库的钥匙吗?

可是，我又找到了另一把钥匙，是在一个老猎人的手上发
现的，那是一张细丝密眼的网。

开初我还按牧鹿姑娘指的路儿走，因为一边走一边琢磨着
钥匙，就顺着一条青草芽铺的道儿，进了一片老林子。这林子
遮天蔽日，刚刚关门的树叶，搭起了绿色的篷帐。我一点也不
觉有迷路的危险，只是贪婪地欣赏着。

"请你等一等。"

急忙止步，四处望望，不见人影。

"过来吧，轻一点儿。"

我循着声音走过去，仍然不见人。

"坐下吧，轻一点儿。"

声音就在我的脚前。低头一看，原来有个人趴在地上，身
上盖了些青草，伪装得真好。我想，他准是个猎人，可手中没枪。

我也在他的身旁趴下来，这才看清，是个满头白发的老人。

老人瞅瞅我，问道："头一回进山吧？"

"你怎么知道？光是不认识我吗？"

"不。因为在前面我立的标记，你不明白。"

"标记，什么标记？"

"在大桦树上，我用黑炭条画了张网……"

我真没注意到。现在我却看见了，在老人面前，摆着一盘小网，银亮亮的丝儿细细的，小小的网眼密密的。既不像一张挂网，也不是旋网。再说，林子里除了树就是草，连条小溪都没有，摆盘网做什么呢？

老人又说："走了不少路吧？渴吗？这有水。"

他身旁有个旧军用水壶，还有个布包包，里边有两个馒头，几根大葱，一块咸菜，看来他在这儿等了好长时间了。我喝了水，问他："你什么时候来的？"

"不大一会儿。前天晚上。"

好个不大一会儿，都两夜一天多了。

"你在这儿等什么呢？"

"你没看那标记吗？捕貂，紫貂。我们大队办了养貂场，去年才开张，还得捕一些。"

我知道，贵重的紫貂是最难捕的，它小巧玲珑、精灵机敏，视觉、嗅觉都非常好，身轻如燕，飞蹿似箭，在地上能钻穴逾隙，在树上能蹿枝跳叶，有时能凌空弹起，飞到另一棵树上的。这时，我才知道，他眼前的网是捕貂的。

"这儿有吗？"

"有。前天看见的踪儿，俺把这一溜儿看透彻了，这儿是它的一条道儿。就得在这儿等着，这种东西越跟踪越找不到啊。"

"这么长时间了，两眼盯着，身子趴着，多黑呀！夜晚，凉风冷露，多苦呀！"

"俺没觉得咋的。大伙儿信得着俺，俺心里就乐。为大伙儿能多捕几只，俺就是再勤苦一点儿，也乐意。"

他还从怀里掏出一个小本子来，里边还夹着一张纸儿。小本子是介绍养貂知识的小丛书，那张纸是进出口公司印的关于貂皮的广告。

"别说话了。"他侧着耳朵，从那风声、树涛中辨别着什么细微的声音，而我什么也听不出，只有春风摇着树冠，像浩渺的清波从头上轻轻地荡过。

突然，老人抓起小网，半跪在地上，将身子影在大树后。我也紧张得透不过气儿来。

只见前面的大榆树枝儿一颤，一只黑乎乎的小东西一闪，不见了。后来，在树叶间钻出个鸡蛋大小的脑袋，一对小眼睛闪着光儿，尖尖的嘴巴带着长针似的胡子，十分精灵可爱。

嗖一声，像一只大鸟儿飞过来，落到前面一丛草墩上。身子弓起，大尾巴一摆一摇。

说时迟，那时快，只见老人身子向上一挺，双手一甩，"唰——"一片白光罩住了小草墩。接着，他一纵身跳过去，双手捣弄着小网，我听到了吱吱的叫声。

一只绝好的母貂捕到手了。仍然用那面小网裹着它。老人双手拿住，生怕它咬断网丝钻了出去。

"你看，多好！黑色的毛像墨一样。再看，那里面还有一根一根的白毛，硬挺挺的。这是上品，叫'墨里藏针'。嘿嘿，还是个母的。"

跟着老人出了林子，他又给我指了道儿，就抱着紫貂向他的貂场走去了。我想，如果说这富庶的林海是座宝库的话，老人手上的小网，就是打开宝库大门的钥匙。

到了景山公社，一见到老王同志，他就兴冲冲地给我讲起土专家的事儿。土专家是个初中毕业生，二十年来坚持搞人参栽培和加工的科学试验，获得了可喜的成果，像人参腐烂病的防治啊，人参籽的催芽呀，人参丁香茶呀，人参糖浆啊，搞出了许多名堂。他现在领着几个人在搞一种冲剂饮料——参花晶。这种饮料如果搞成，销路一定会好，既是营养品，又是滋补药，还可代替茶，真是一举多得。

我听了十分振奋，这样一种好饮料，在一个山乡里，在没有那么好的设备和条件下，要想搞成是多么不容易。不过，我相信他们会搞成的，因为他们已经搞出了那么多。

我想立刻见到这位土专家，老王说白天他可能在参地里，吃完晚饭，到他们的试验室找他吧。

山村的晚饭总是带灯吃的，天不黑人们不愿离开播种着希望的土地。饭后，我跟着老王，踏着皎洁的月色，来到一座红砖房前。明亮的灯光从大玻璃窗里射出来，把个小院子照得亮亮堂堂的。院里有棵大树，树下有几条长凳，早就坐满了人，还有的站着、蹲着，有几个孩子，两手扒着窗台，小鼻子贴到玻璃上去。但是谁也不说话，静得出奇。

这是怎么？有人悄声告诉老王，土专家的第九次试验，马上就要见分晓了，不知能成不能成。所以大伙儿在这儿静静地等着。

我们走到窗前，向里一望，满有架势呢！有四个穿白大褂的青年人，有条不紊地忙着。有个四十来岁的汉子，坐在一张小桌前。老王小声说："就是他。"土专家的小桌上摆着些书本、资料，还有几个小玻璃瓶瓶，里边放着些什么面面。现在，他正在看一根玻璃管，里边是不是参花晶呢？他看看，思索着，手中捏着一支普普通通的钢笔，时而在一个本子上记着什么。他那支笔下，写出了多少成果？人参如何施肥，斑点病怎样治法，人参挥发油如何提取，人参皂苷的分析……普通的笔写下来的又是多么不普通啊！

老王小声问："进去吗？"我摇摇头："这时候不该打扰他。"我们转身向院边儿走去。他说："有人说土专家的脑袋好使，有智慧。依我看，是他下了苦功夫。二十多年来，不管雨雪风霜，他总在参地里，不管寒冷的冬宵还是闷热的夏夜，他总是在看书、研究、试验。要我说，智慧就是从这里来的。"我扭头向窗里望去，那支笔还在写着，写着……

此时，我觉得那红砖房也是一座宝库，他是怎样走进去的呢？钥匙在哪里？是这支普通的笔吗？

打开春天宝库的钥匙到底是什么呢？是放鹿姑娘手中的牧鞭？是捕貂老人手上的小网？是土专家那支普通的笔？都是吗？还是都不是？我细细地思索起来，牧鹿姑娘的理想，捕貂老人的勤劳，土专家的智慧……啊，打开春天宝库的钥匙终于找到了！并不是我小时梦见的那种带着七个三角齿儿的。这钥匙，只有三个翅膀一样的齿儿，上面都有字儿：第一齿上镂着"理想"，第二齿上镌着"勤劳"，第三齿刻着"智慧"。理想、勤劳、智慧，就是打开春天宝库的金钥匙啊！谁有这把钥匙，谁就能迈进春天的宝库，获得那丰富的宝藏，从而把它献给春天，把春天打扮得更明丽，建设得更美好。

现在，我可以告诉老局长了，我找到了打开春天宝库的钥匙，我找到了自己生活的钥匙。

我正要为自己的发现欢呼时，人们却同时欢呼起来，啊，参花晶……

（1978 年 6 月）

散墨与诗行

多少人，走了过去，走了过去。
如果说脚印像那散落着的墨迹，
那么，连起来就是动人的诗行。

——摘自日记

天涯归舟

　　临近中秋，来到海滨的一座小城。听说城外有个绝妙的去处，叫作望帆矶。说是当月圆的时候，站在矶上望去，碧海苍天浑然一体，波光月色上下交融，极目处会突然跃出一叶白帆，顺着潮水向你驶来。近了，它又化作一道光流，隐进波涛中去了，而远处又有一叶白帆向你驶来，那是别有一番情味的。所以，一到小城就急着要到矶上去看那奇妙的帆。可接待我的市委宣传部的老杨，却神秘地一笑，说："但愿你看得到。"我不解地问："为什么？"他说："只有心诚的人，才能望得见。"

　　今夜是农历八月十四，月亮像刚从水里捞出来似的，银亮、雪白，硬是把蓝澄澄的夜空照得白亮亮的了。不用说，这是望帆的好时机。

　　按着老杨的指点，出了小城，顺着湿润的海滩，走了七八百米就到了。这块称作望帆矶的巨石，像一只展开双翅的海鸥浮在水面上，晚潮一涌一荡，石矶也似乎在跳动。走上石矶，更觉月明水蓝。那向海的一面，正中探出一块来，那是"海鹏"

的头了，也就是望帆的地方。可是，那里早站着个人了，从姿影上看是个女人，一动不动，向着大海，向着远处，任海风吹动着长发，也许是她望见远处驶来的帆了吧？怕打扰了她，我把脚步放轻、放慢。离她十几步远时，听她在低声地吟哦：

　　"……年年今夜，
　　月华如练，
　　长是人千里……"

　　声调是那么深沉，如怨如诉；又是那么热切，有思有盼。准是有满腹心事，借以抒吐，或有一腔情思，凭此倾怀。

　　我也将身站定，双目平视，向海天交融处望去，不知是水、是天、是月，只见白茫茫的，大概奇妙的帆就是从那儿驶出来的吧？是我站的地方不对，还是像老杨说的"心不诚"？是都望酸了，也没见到帆影。再看看那女人，仍然一动不动，向着大海，向着远方，任海风吹动着长发。

　　这时，走来一双十四五岁的孩子，不声不响地，一左一右偎进她的怀里。她也抬起双臂，轻轻地拢着孩子。显然，这是她的一双儿女。

　　"前面是什么？"她终于开口了。

　　"是大海。"女孩说。

　　"再前面呢？"

　　"大海中有我们的宝岛。"男孩说。

　　她这才动了动身子，问道："关于宝岛，你们都知道些什么？"

"三万六千平方公里的土地是翠绿的，一千七百万人是我们的骨肉同胞。"女孩背诵似的说。

"那里有云雾缭绕的玉山，蜿蜒奔腾的浊水溪，还有明镜般的日月潭。"男孩连那些形容词儿也都记住了。

"有八十多种矿藏，金、铜、硫黄……"

"有稻田、蔗林、木瓜、香蕉……"

"有高大的榕树，碧绿的樟树，挺拔的云杉，苗条的肖楠，刚直的黄松……"

"还有'阿里山神木'，那是一株长了三千多年的红松，高达五十二米……"

两个孩子如数家珍般地说下去，连水色乳白、水温达 80℃的关子岭温泉，高约千米、分做四层的蛟龙瀑布，也都一一数过。后来，女孩指着水天相接的地方说："那里还有叶伯伯。"

谈话一下子断了，断了好久好久。

"陆老师，给你手绢。"女孩的声音有些抖颤，"擦擦眼睛吧。"

"陆老师，别难过。"男孩不知怎么安慰才好。

这位陆老师听了她学生的话，倒朗朗地笑了："你们还不懂得思念这个词儿，苦难中的思念，是凄楚悲凉的；欢欣中的思念，是热切难耐的。"

我心里一动，没有望到帆，是不是也不大懂得"思念"呢？

陆老师领着她的学生走了。女孩子又说："去看看叶伯伯的小船好吗？"陆老师答应了："好，看完写篇作文吧。"她们走下石矶，披着皎洁的月光，向灯火阑珊的小城走去。

　　尽管我可以断定，这位陆老师的什么亲人至今还在台湾岛上，我也猜得出她那位亲人就是在这样的月夜离开的，可我还是要打听个究竟，似乎那里边会有什么让人寻味的事。

　　第二天见到老杨，他劈头就问："望到帆了吗？"我说："我望见了一个人。"他像昨夜也到过矶上似的："你要了解她吗？我想这样几点就够了。她叫陆玉珊，五十一岁，我市中学唯一的特级教师，五届人大代表。""我要知道的是她的心事。""她的心事吗，用她自己的话说就是'已婚尚未婚，有夫难见夫'。"有夫难见夫我猜得到，已婚尚未婚，该怎么解释呢？

　　老杨给我倒了水，又点上支烟，显然是"说来话长"了。

　　三十年前的秋天，满目疮痍的小城里，骤然涌来些神色惶恐的人，有国民党将领和他们的姨太太，有带着各种任务的特务；也有身带巨资的资本家，愁眉苦脸的老学者；还有的像不知归根的落叶，随风飘荡着。在这惶恐、混乱之中，突然响起了办喜事的唢呐声，显得那么不协调。新郎叫叶思明，二十五岁，厦门大学的青年教员；新娘叫陆玉珊，二十一岁，虽然考取了厦大，但无法入学了。叶思明有个舅舅，是国民党一个什么处的少将主任，因为叶思明的英语、法语、德语都说得十分流利，非要把他带走不可。不愿离开大陆的叶思明怎么哀告也不行，便突然结婚，以为舅舅就不好再强逼了。不想那顿简单的待客饭还没吃完，他那个舅舅就派人把他"请"去了，直到月上中天还没回来。

　　陆玉珊急了，跑出去找。那天是农历八月十四，月亮好像不知人间有这等不幸，仍然是其光柔和，其色皎洁。她去敲打那几座虎口似的大门,被兵痞用枪托子打出来。她在大街上喊着、哭着。有位好心人让她别哭别叫,到海边那简易的码头上去看看。她忍泪吞声来到海边,只见人影杂乱,从纷沓的声音中听出了叶思明正在这条船上。

"舅舅,我不能扔下玉珊啊!"

"真没出息!哪儿没有女人?"

"舅舅!看在我那死去的母亲、你那可怜的姐姐面上,放我上岸吧!"

"要当共产党去?那别怪我……"

陆玉珊什么也顾不得了,大声喊道:"思明!"

叶思明听到妻子的喊声,回了一声就要往船外跳,被人生生拉住。就在这时,船离码头了……

"思明——"

"玉珊——"

砰一声,子弹擦过陆玉珊的肩头,她身子晃了几晃,昏厥在湿漉漉的海滩上。船走了,人去了,只有那皎洁的月光,轻柔地照着她……

老杨说不下去了,我也明白了"已婚尚未婚,有夫难见夫"这两句话是多么酸楚,多么凄清!老杨又点上支烟,才说:"每年八月十四的夜里,她总要到望帆矶上去,隔海苦望,低低地吟哦着范仲淹的词:'……年年今夜,月华如练,长是人千里。愁肠已断无由醉。酒未到,先成泪。'如今,整整三十年了,她依然没有望到归帆。"

说到归帆,我想起件事,便问老杨:"叶思明还留下一条小船吗？"老杨一怔："什么船？"我便把昨夜女学生要看小船的话说了，他恍然大悟道："对！有一条巧而又巧、小而又小的独木舟，那要到陆玉珊家中去看的。"

今夕正是中秋，夜空一尘不染，月色绮丽动人。我独自去访陆玉珊。她住在二楼上，窗口正好对着海，也许她在凭轩远望吧？我的心也搅动起来，想那远在台湾岛上的叶思明，也会有这样的月色，更会思念大陆、故里、妻子，恐怕是"便做春江都是泪，流不尽，许多愁"吧？

开门迎我的陆玉珊，已经是位老人了，端正的脸庞上皱纹又多又深，许是日日夜夜思念的吧？鬓角也"早生华发"了，一丝丝银亮亮的，许是年年月月等的吧？但这倒更显得她是可亲的，更勾起人们的同情。她给我泡了茶，拿过奶糖、香烟，才坐到藤椅里同我交谈起来。她简要地告诉我，她怎样得救，怎样走进了新生活的大门，怎样受到党的怜爱，得到人们的同情，又怎样把思念变作力量，沟通着一条知识的河流，潺潺地流到孩子们的心田上去，滋润着他们那理想之花。当我问起那只小船时，她顺手从桌子上拿起只长约半尺、高仅三寸的笔架来，珍爱地托在掌上，深情地望着，顺口吟道：

"冉冉三十秋！
终有日，
潮满风顺，
天涯归舟。"

我接过来，不由得啊了一声，哪里是笔架，原来是一只雕刻得十分精美的小舟。舟体窄而长，头和尾高高地翘起，好像闽浙一带的龙舟，但因两头翘起了尖尖的棱角，又有些像笔架了。舟身刻着图案，漆出红、黑、白三色，别有风韵。舳、舻上又刻着太阳式的眼睛，好像在惊涛骇浪中眺望，寻求。

我说："陆老师，给我介绍一下吧！"

"这算是个极小的模型吧，是住在台湾兰屿的雅美人的一种小船。雅美人是高山族的一个分支，在长期的风涛生涯中，创造了这种小船。它是用独木雕制的，所以叫独木舟，不仅是一种水上工具，还可以说是雅美人的一种工艺品。这里有他们的民族感情、审美观念和勇敢无畏的情操。特别是那对太阳式的眼睛，总是望着大陆，望着亲人，好像游子望着母亲的怀抱……"

我对独木舟也动了感情，看了又看，说："陆老师，让我冒昧地猜测一下，这只独木舟是叶思明先生刻的吧？"

"是的。他的情况我无法知道，但我可以想象他的心境。去年开五届人大时，台湾地区的一位代表找到了我，交给我这只独木舟。这位台湾地区的代表，前不久曾出国访问，遇到一位华侨，得知叶思明到了台湾后，不肯与上层反动人物合流，坐了几年牢，出来后一直在兰屿，与雅美人同胞一起结网打鱼。他思念大陆，怀恋故里，无法寄托，就找了一块大陆产的楠木，用了几年的工夫，雕成了这只独木舟，可是这只天涯小舟只能在他的心潮里漂荡，无法归来。中美两国正式恢复外交关系后，他才托一位去美国讲学的学者把它捎走，几经辗转，我终于收到了它。"

听了这些，更觉得小舟的珍贵，也托在掌上望着，顺口说："这是叶先生的一片归心啊！"

"是的。这里的万语千言，我都懂得。他在思索，在怀念，在盼望。远游的燕子，终要飞回故园的，尽管我'误几回天际识归舟'，终有一天他会归来的。归，是大陆所盼，岛上所愿！是国意，外人割不断；是民心，内奸挑不散。人大常委会《告台湾同胞书》说得真切、明白。现在，该是天涯归舟的时候了。"

是呀，是该归来了！我抬头望望陆玉珊挂在墙上的一幅中国地图，见那窄长的，碧绿的台湾岛，多像一叶绿色的舟啊！你翘首遥望三十年了，该归来了。

这时老杨带着一包水果走进来，邀我和陆老师到望帆矶上赏月去。这正中我的情怀，陆老师也欣然前往。

月光，还有比中秋再好的吗？好得让人觉得美妙中还有些神秘。到了望帆矶上，波光月色，上下辉映，天高海阔，心开意朗。我站在"鸥头"上，向海天一体、水月交融的地方望去，只见一峰峰涌起的潮头，不可阻挡地推进着。就在那潮头上，突然跃出一叶帆来。一刹时，百面、千面，整个潮头之上，千帆万楫，从天涯归来了！倏然间千帆万楫变作一条大船，一面大帆。细细看去，窄长的、碧绿的，啊，是那条舟归来了吗？

我忍不住地叫着："看，归舟！归舟！"

陆玉珊笑道："我们的心情是同样的急切呀！就连那两个孩子看了独木舟后作的短文，也满怀深情地呼唤着：归来吧，宝岛！"

此时，我才明白老杨说的要"心诚"的含义。

我对他说："老杨，今天我望到了。"

没想到他竟然这样反问我："你以为这是幻觉吗？"

我怎么回答呢？在矶上月夜望到帆，也许与"海市"的道理相似。但是，站在大陆上的人们，望那归帆，却是实实在在，真真切切呀！不是吗，在所有人的眼里，那窄长的、碧绿的岛就是一条舟啊！于是，我指着潮水说：

"历史的潮流，一定会送回归帆的！"

陆玉珊点点头，又吟道：

"……年年今夜，

月华如练，

该是人归时……"

（1979 年 10 月）

墨海波澜

在省博物馆那古色古香的展出厅里，摆着一方叫作"破浪出峡"的自然形松花石砚。它竟然像个偌大的磁石，吸引了那么多名人学者！就连我们报社一向珍惜版面的编辑部主任，也大方地拿出一个整版来，让我去写篇别开生面的报道。

一方石砚，就算是玛瑙雕的、玉石琢的，也不会让这么多人如迷如醉，就算是珍珠缀的、宝石镶的，也未必值得这般宣传。要知道，我是看过砚展，见过名砚的。

在一个颇有规模的砚展上，我曾见过铜砚、瓷砚、瓦砚、砖砚、化石砚、玉砚、水晶砚、翡翠砚、玛瑙砚、玻璃砚、牙砚、骨砚、贝壳砚、木砚、竹砚、漆砚、金银砚。至于石砚那就更多了，象兰石、镜石、溜石、龟石、养老石、金凤石，等等。后来，在一个出口商品交易会上，又见到了我国的几大名砚：彩色斑斓的端砚，发墨佳良的歙砚，碧绿温润的洮河砚。所以，再让我去看其他的什么砚，便有些"除却巫山不是云"之感了。

到了博物馆，马馆长热情地接待了我，一谈到松花石，他几句话就把我说呆了。

"松花石砚与端砚、歙砚、洮河砚齐称为四大名砚。被称作'长白之精，天汉之英'的松花石，是由约占百分之五的石英和约占百分之九十五的方解石微细颗粒组成的细晶石灰岩，方解石硬度较弱，石英的硬度较强，因此松花石算得上'石质刚柔'；微细颗粒的结构十分紧密，颗粒之间的孔隙极小，遇水不易渗透，称得起'贮水不涸'；石质坚细，坚而不滑，有'发墨益毫'之长；色嫩而纯，纹理灿然，层晕生辉，有'绀绿无瑕'之誉。因此，松花石被称为'砚之神妙无不兼备'的神品。"

松花石砚这么名贵，我将信将疑问道："那么，在商品交易会上怎么不见样品？"

"样品？"马馆长笑笑，"松花石产于长白山区，那儿是清始祖的'发祥地'久被封禁。不仅长期不采，后来连产地也失知了。多少年不见松花石出土，只有故宫旧藏的几十方砚台和石料。新中国成立后，有关部门曾在民间广泛征集，若干年不曾得一块石料，拿什么去做样品？"

此时，我这个见过"巫山云"的人，如同见了虹霓彩霞一般，惊喜而又急切。我急于看到那方松花石砚，更急于知道石料是谁发现采掘的。谁知这一问，马馆长却沉默了，足足把一支烟吸完。

"他叫王蕴山，书法名家，金石高手。一九七五年七月，卒于长白山下的一个小山村。"

只说了这两句，便把话顿住了。他的眼里闪着亮晶晶的泪花，脸上的皱纹轻轻地搐动着。我是知道，他是对亡友的怀念太深，不愿轻易触动深埋着的情感。

有什么办法！要明了一支乐曲是怎样谱成的，只好去叩动他那感情的琴弦。果然，一叩即响，尽管开始有些沉缓、凄清，旋律毕竟是动人的。

他告诉我，王蕴山不仅精于书法，长于金石，还致力于砚的研究。他收藏了二百七十多方各种形状的砚台，最古老的有唐代圆形螭池青铜砚，最名贵的有方形荷池洮河砚，最精致的有嵌螺钿池紫丝砚，最小巧的是把四个石眼做成金鱼的凸睛的双鱼戏水砚。有的是家传下来的，有的是友人送的，有的是他买来的，还有的是从远方赠寄来的。他经过多年的苦心研究，决定写一部《砚林琐谈》。他是个慎重的人，为了写好这部书，到处去求教。他在故宫博物院看到了失传已久的松花石，查阅了关于松花石的零星而又含糊的资料。于是，他决定去找松花石，待它重见天日之后，再执笔著书。

找松花石谈何容易！资料上只说产于"长白山麓混同江砥石山"，凡是从长白山发源的江河，都可称作混同江，要在这么广大的地区去找，简直是大海捞针。可是，万事不负有心人，终于从一个卖瓜子的老头口中捕捉到一丝线索。这个老头的烟袋嘴很像松花石，老头说他父亲在山里放牛时捡到一块石头，绿得像汪水似的，就磨成了个烟袋嘴，如今传到他的手上。到底是在什么地方捡的，他也说不清，只记得是在家乡山里。虽说还是个不小的范围，但与长白山区来说，却是缩小到几万分之一了。

正在他要闯进这个区域的时候，"史无前例"的运动"轰轰烈烈"地来了。"清队"时勒令他交代问题，因为他收藏着一方钟形瓜池孔雀石砚。原来这是抗战胜利后，王蕴山从一个"商人"手中用重金购买来的。谁知道这个"商人"是一个汉奸。在反复追查王蕴山与汉奸的关系后，便以孔雀石砚为物证，做了个"汉奸嫌疑不能排除"的结论，遣送农村劳动改造。他几经要求，才来到卖瓜子老头的家乡，那是个被大山罩着，被大江绕着的山村。

他一去就是六年，终于找到了松花石。马馆长介绍到这儿，说："走，看看那方砚吧！"

这方"重见云天供割踏，会向墨海壮波澜"的松花石砚，果真不同凡响。它保持着玉石的自然形态，四周不见人为痕迹，只有依其形度其态做出些古朴的纹饰。远望，像一片被春雨洗净的柞树叶，闪着柔和的亮光。近看，却像用半透明的绿色液体在模子里铸出来似的。真有些将信将疑，大地的泥土怎么会孕育出这么瑰丽，这么纯洁的石头？

砚形好似一段弯曲的江流，有平稳的漫汀，也有扬波的激流。椭圆形的墨池就是碧绿的漫汀。漫汀前面有一蚕豆形镂空的贮水池，宛如已经启动的闸门。从漫汀涌来的绿水，冲出闸门，跃起十几级浪花，形成了滚滚激流。激流之上，做出一串小小的木筏。两边隆起半寸许，左缘雕出悬崖峭壁；右缘缓缓走去，琢出耸翠的山峦。左右两缘，在砚端处欲合未合，造成个让人思味的峡口。仿佛满砚的绿意，就要从这里涌出去似的，涌饱笔锋，涌透纸背，也会涌满人们的心灵！

奇中之奇的是，还有两颗碧梗粒大小的石眼，一在筏头一在簿尾,这本来给制砚者带来了难题,弄不好会破坏整个布局的。可他别出心裁,利用石眼琢出两个飞棹挥篙的流筏人来。有了这两个弄潮儿,激流活了,木筏活了,一切都活了。流筏人驾驭着木筏,蹚破层层浪花,向峡口冲去!好一幅"破浪出峡"图!真是:……道是天成天避席,还推巧手精思。天人合应妙难知。刀裁云破处,激流出峡时。

这是天然与人工的和谐,是造化与精工的统一,是大地的神韵与人类情操的融合!看了这方砚,谁不赞美大地的怀抱是那样的富有,谁不称道制砚者的心灵是这样的美好!无怪鉴赏者们留下了这样的诗句:"色欺洮石风漪绿,神夺松花江水寒。""相映朱坤山色好,千秋长漾砚池澜。"

这样的瑰宝是怎样重新发现的?我自然要打破砂锅问到底。可马馆长说:"这只有王蕴山自己能说清楚,别人是无法去想象的。他的房东邱大哥、邱大嫂还略知一二,说给你听听吧,想要再细也不可能了。"

他说,一九六九年初,五十大多的王蕴山来到山沟,主动要求去放羊。头半年,他上心学艺,把羊放得又白又胖。房东看出不是坏蛋,倒是个有学问的好人,在同情之中又添上几分敬重。谁知半年以后,王蕴山放羊放出花来了,手里除了放羊鞭外,多了件一头是圆锤一头是小尖镐的家什,天一亮就走了,不见星星不回家,甚至有两次他跟羊一块儿在山里"打了小宿"。有人说他傻,有人说他"瞎积极""乱表现",还有人说他神经不正常。

邱大哥发现王蕴山身上常带着伤,青一块紫一块的,有的地方还破了,结下了黑痂。邱大哥明白,不是滚了山就是跌了沟,衣服常常扯些三角口子,邱大嫂给他补连时,发现兜里有些七棱八角的带色的小石头块,简直是他的宝贝。有两次丢了羊羔,他主动地赔了钱,一点也不后悔,可在灯光下看那些小石头时,眉头上却像挂了把锁。邱大嫂说:"怪人,怪事。"邱大哥说:"好人不会干坏事,不准声张。"一年,两年,三年,四年,王蕴山弄的小石头块不知有多少了,光是那回偷偷扔到河套里的就是一土篮子,哪一片上没他的汗水,哪一块上没他的心思呢?邱大嫂想起小时听娘讲的找宝人的故事,轻轻地"啊!"了一声……

到第五个年头,王蕴山弄了瓶酒,跟邱大哥对喝了三大盅,邱大嫂头一次看见,王蕴山也会笑,而且笑得很开心。她心里一动,八成是找到宝了吧!是金?是银?还是灵芝草?到底让邱大嫂看见了,是一块一尺多长的石头,绿莹莹的,亮闪闪的,用手摸摸,温润润,光滑滑。不是宝物又是什么呢?有天夜里,她听见王蕴山屋里沙沙直响,偷偷一看,见他正磨那块绿石头呢!从此,王蕴山的手指肚红了,鲜红了,渗出血丝了,露出嫩肉了。他的白头发添了,皱纹也密了,脸上的笑意也多了。一月、两月、三月,从人参出土一直磨到薄霜染红了山葡萄叶儿。王蕴山又弄出几把刻刀,有空就偷偷地刻那绿石头。那个用功夫劲儿,比邱大嫂当姑娘时绣出嫁枕头还细作。一天,两天,三天……从白菜、萝卜下窖刻到山鹌鹑抱出崽儿来。邱大嫂却长长地"唉!"了一声:什么找宝人,原来做了个墨盘子!她说:"无怪别人说他傻。"邱大哥笑道:"兴许那墨盘子写出的字儿都是金子呢！"

王蕴山病了，不能再放羊了。药也没少吃，可人一天天瘦下去，后来就不能下地了。队里请示了好几回，要送他回省城治病，都被驳回来，那时正批什么"右倾翻案"呢。邱家两口子急得没法儿，弄了几个偏方，也没见效，杀了老母鸡，放上几支人参，熬成膏膏，也没治了他的病。七月根下的一天晚上，外边霹雷闪电下着暴雨，屋里王蕴山把这包包交给邱大哥，说："这些年，你们上心地照顾我，我没有什么好报答的，就能说声谢谢。这几年，我在弄件东西，也没背着你们。""就是那墨盘子吗？""对！那可是宝物啊！""真是宝啊？""真是。包里除那方石砚，还有一张图。我死后，你们千万保存好，不管是谁，不管用什么法儿，是买，是逼，都不能拿出去！""那，到什么时候……""等到所有的政策都遂心，事事都如意的时候，你把它送到省博物馆……"

马馆长说到这儿，有些呜咽了，我们沉默了好一阵子，他才指着松花石砚说："曾把它送到北京，请各方面的专家鉴定过，正是失踪多年的松花石。省地质大队宝石小分队根据王蕴山留下的图纸，找到了产地，现已正式开采，工艺美术厂也成批生产松花石砚了……"

我觉得，写篇报道的材料是够了，为了让读者看得明白，我请马馆长把松花石的特点用几句简明的话概括出来。

"可以概括这么四个词：温润如玉，绀绿无瑕，质坚而细，纹理灿然。"

我低声地吟哦着这四个词，望着"破浪出峡"松花石砚，想

151

着苦心寻宝的王蕴山。吟着，看着，想着，不知怎么，把王蕴山与松花石合为一体了，这四句话不正概括着王蕴山的品格吗？

于是，在我眼前，砚池里的绿意涌荡起来，涌成了滔滔的墨海，荡起了数叠波澜……

（1980 年 8 月）

群芳园记

　　小镇边城是个"一城春水半城柳"的地方，城东有个秀木繁荫的园子，跟县委大院只隔着红砖墙，墙上大大方方地开着一洞门儿，那两扇结实的门板，简直是虚设一般，总也不关它。这个小巧的园子就叫群芳园。据说是在十九世纪末叶，一个四品顶戴的镇边官修的。多少年来，它历尽沧桑，有蹂躏坏损，也有增设修葺，如今成了边城人民心上的明珠了。

　　我到边城来不足半天，就多次听到人们提到它，而且每当提到它时，人们的神情总是那么庄严、那么景仰，仿佛园子里不仅有花草、小池、厅堂，还有那么一种情感、正气和威力。

　　我第一次听到，还是在来时的长途汽车上。有位年近四十岁的大嫂，带着个六七岁的男孩，还有个包着煎饼的包包。有位老人闲唠着问："大妹子，你这是到城里走亲戚？"大嫂的眉峰颤了颤，说："咳！都快闷死了，还有心思串亲戚？我是去群芳园的。"老人安慰她说："别愁。到了那，准会如意的。"大嫂也点点头："我也那么寻思。"

来到城里，天已近午了，小城显得格外的忙碌。在街上遇到几位赶着胶轮大马车的老板，他们的嗓门也大："老宋大哥，过半晌结伙走啊！"一个头戴大草帽的老汉摇了摇红缨鞭子，说："大兄弟你先走吧，俺还得到群芳园去一趟。""又出啥事儿了？""公社的事儿呗。"马脖子上的串铃哗哗啷啷，走进车马大店去了。

来到招待所，接待我的是所长老于。他看了我的介绍信，便领我进了个明亮、整洁的房间。给我倒了杯水说："别看这儿尽是大山，可写的东西倒不少，就是你们这些记者不常来。"我说："这不来了，有什么线索给我介绍介绍。"他笑眯眯地望着我，说："城里有座群芳园，你该去看看。"

这么多人提起群芳园，话语中还透出几分自豪。这园子到底是怎么回事呢？恐怕不只是个供人游赏的公园吧？许是那里有什么展览？或是有什么文体节目？或是展销地方工业产品？还是……

一问老于，他便给我介绍了个大概。那镇边官搜刮民财，用了三年时间修成了个大花园，把长白山区有名的、好看的花木裁了个齐全，借园中的一眼泉子，仿长白山天池模样，筑起个小天池来。他给起了个好听的名儿，叫"群芳园"。以后换来的几任知事，又在里边修了客厅，常在那儿做官司交易，人们管那儿叫作"二衙门"。日伪统治时期，那里成了宪兵队长的住室，里边添了狼狗、皮鞭。抗联的小交通员张雨，就在那里被打得死去活来。人们都叫它"鬼门关"。抗战胜利以后，蒋介石反动派挑起了全面内战，中央军一个新编师进了边城，那个少将师长占了园子，成天飞出帖子、单子，摊粮派草，催捐要税，车把式老宋的二哥因交不上粮草，被抓进来，再也不见人了，人们又叫它为"刮民窟"了。新中国成立以后，把园子修整了一下，成了县人民政府文教、财贸两科的办公地点。"文革"期间，陈四虎当上革委会主任，占了园子，成了他的私宅，因为他姓陈，人们都叫那儿是"耳东公馆"。"四人帮"被粉碎了，陈四虎下了台，原来的县委书记张雨复任了，这群芳园也再次得到解放，人们又高高兴兴地叫它原来的名字了。

老于说到这里突然收住话头，对我眨眨眼睛说："这样吧，下午陪你去看看。今天是星期六，老张值班，去不去？"

我忙说："看来，我要是不去，你是不肯把实底儿告诉我了。"

他笑了。

吃过午饭老于就来了，跟上他顺着整齐的大街来到东门里，从县委会大门走过去，就望见了一座绿茵茵的园子，在这炎天流火的八月，望见它就觉得心里爽快呢！青砖叠起的围墙上，满是爬山虎，像披了一层绿茸茸的毡子。墙里的核桃楸树，齐刷刷地探出一排枝叶来，一串串核桃就吊在行人的头上。大墙的正中，有座拱形的门儿，门旁挂个油漆木牌：边城县人民来访接待室。

这时我才恍然大悟，怪不得人们提起这儿有那么一股神情呢！我想起老于告诉我的这座园子的历史，如今作了人民来访接待室，倒是很值得思味的。

走进大门，青松挺翠，白桦摇碧。从林间走了二三十步远，迎面见一月门，额书"群访"二字。我问老于："不是叫群芳园吗？"

老于指着那两个隶体字儿，说："那里原本是写着'群芳'二字的，年深日久也都剥落了，后来修整时把门额抹平，可是没有写字，自从这儿作了接待室，快刀斩麻，个儿月的工夫，处理了三百多起来信来访，其中有近百件是多年的积案。县高中的老校长是个名人，被陈四虎他们打成了特务，折腾了六七年，他就是在这里冤案得平的。高兴得没法表示他的心意，就用红油漆在门额上写了这两个字。他把'芳'字改成'访'字，倒十分得体呢！"

走进月门，有个用山石垒起来的水池，仿长白山天池模样，十六峰一峰不少，峰峰惟妙惟肖，几条小鱼在那里喋喋戏水。小池两旁，或长或方的圃子，想原来都是栽花种草的，如今除了马兰、丁香、杜鹃、蔷薇之外，大都种上了蔬菜，有黄瓜、豆角、茄子、辣椒、西红柿……紫的、红的、绿的果实，粉的、白的、黄的菜花儿，更增添了园子的精彩。

走过菜园，是块草坪，有四株美人松夹道相对，松叶如盖，浓荫泻绿。下边摆了几条长凳，两张长条木桌上，放着茶水儿，十来个来访者坐在那里，或是喝着水，或是抽着烟，海阔天空地交谈着，他们心中的疙瘩仿佛融化了似的，脸上也有了笑模样。在这儿我见到了头戴大草帽的车把式老宋，还有那位四十来岁的大嫂，只是她的男孩儿不在跟前。

再前面就是三面连庑的"三间两厢"（客厅左右加两厢的三合院式）的建筑，虽然算不得宏伟壮观，但也称得上小巧相宜。

老于告诉我，那三间客厅就是那些嗜血者们住过的，现在是一大两小三个接待室。左厢改成了房间,男来访者可以在这里过夜;右厢一半是女来访者的房间,一半是为来访者专设的食堂。

我称赞道:"你们想得真周到。"

老于说:"来访者想得更周到,不愿意让国家多花费,菜园他们去莳弄,有时还带着吃米、干粮。"

我想到那位大嫂带着的煎饼包包,看到那没有一棵杂草的菜圃,不由得称赞道:"这哪里是打官司告状的地方,简直是个大家庭。"

老于点点头说:"应该成为个大家庭啊!"

"天天都有这么多人来访吗?"

"不,有时三两人,有时一连两三天,还没人来,今儿个是老张值班,来的人多了几个。"

说着,我们坐到美人松下的长凳上,一位四十多岁的接待员,拿着个本子笑呵呵地走过来,认识他的还直喊他老吴。老吴一一登记着来访者的姓名、地址和来访的目的。

头一个登记的是车把式老宋,他说:"俺是来给公社领导提意见的,这几个月会开得太多了,动不动就把支书、队长、会计、妇女主任和团干部弄去开几天会,队里一大摊子事谁料理?这个月还没过一半儿,开了个民兵会,一个积肥会,还有个小秋收会。"老吴问:"没跟公社提吗?""怎么没提?公社也说改,可会还是照样开。俺赶车进城,顺便来告他们一状。"

第二个是位老大娘,为的是儿子考大学的事儿。她的小儿子和邻居的姑娘考了一般多的分,又报的是一个学校一个系,姑娘取了，她的小儿子落榜了，问问是不是因为她的丈夫在一九五七年被错划过右派的事。她是第二次来了。

第三个是位工人："老吴，我那工资的事儿咋样了？"老吴说："我们调查了，没给你调工资，不是因为你给领导提过意见，对你打击报复，是你的劳动质量不好，经常出废品，多次帮助你，你总不改进。""哼！你们也护着当头头的，我要上告到地区！""可以。不过，我劝你干活时要认真，注意提高产品质量。不然，别说不能调级，还会受到处分的。"那工人一甩胳膊："你们不讲理，我要告到省里去！""不管到哪儿，总得有理啊！""我就有理，明儿个上北京告！"说着转身就走。我们看得出，他只是虚张声势而已。老吴追上两步说："晚上到你家去，再唠唠。"

这时有位二十多岁的姑娘，领着那位大嫂的小男孩走过来。大嫂有些不好意思地说："小庞，又叫你受累了。"老于告诉我，小庞也是接待员，干这项工作还不到一年。小男孩对大嫂说："妈妈，姨姨给剪的头，好看吗？"大嫂说："好！小庞，这孩子是个跟脚星，怎么也扔不下他，简直像个巴锔子钉在我的身上。上次来，他闹不自在，你半夜五更抱他上医院，掏钱给他买苹果；这回来，又给他讲小人书，又给他剪头……""大嫂，快别说了，向你检讨还检讨不完呢！""哟！大妹子啊，再提起那一出啊，我的脸可就没处搁了。"

"嘿！老张来了。"车把式老宋一挺身儿，迎了上去。老于说："这就是县委书记张雨。县里有个规定，每周三、周六是县委常委轮流接待来访的日子。"

张雨坐到长凳上笑着说："欢迎你们来啊！一会儿咱们就谈，一件一件地办。现在把你们那儿的好事坏事、小故事、笑话什么的，给我说道说道。"于是，你一言我一语地讲开了，什么勇战山洪护庄稼，深夜捉窃贼呀，什么秋菜面积增加了，产品质量的奖和罚呀，儿媳妇虐待老婆婆呀……老张有时嘿嘿直笑，有时把眉头拧个疙瘩，还不时地在小本子上记些什么。

说得差不离了，老张说："该谈你们心里的事儿啦，一个一个地谈。"

老宋和那位大娘跟着张雨、老吴进了接待室。

老于对我说："你是记者，可以进去听听。"

我想了想，说："我不想听那些具体案例，倒是想捕捉些别的。"

老于瞅瞅小庞，说："小庞，你现在有空儿，跟记者谈谈吧。"我说："可以吗？随便唠唠。"小庞说："这叫我从哪说起啊！"

老于说："就从你跟这位大嫂打仗说起吧。"

小庞不好意思地笑笑："我跟大嫂热热闹闹地干了一大仗啊！我本来在县委宣传部工作，一下子调来当接待员，心里老大的不满意。一天接待那些打官司告状的，净是些纠缠不清的事儿。来访的都是些有理不让人、没理争三分的茬口，一天能气八个昏。张雨同志亲自找我谈话，说来访工作是发扬我党密切联系群众的优良传统的纽带，要相信群众，依靠群众，为群众办事。我心里话，这样的人还能相信依靠？我把来访者放到我的对立面上去了，好像人家比我低了一等。所以，我往桌前一坐，脸儿一绷，冷若冰霜，开口就训人，有时还带上些损人的词儿。没到三天，就遇上个厉害茬口。"

"我厉害吗？"大嫂扑哧笑了，"我心里那么憋屈，寻思找你们解决解决，谁知把我当犯人看了。我能让那个劲儿？你说我胡搅，我说你官僚，你拍了桌子，我踢了凳子。哎哎，真膙人。"

车把式老宋谈完走出来，对大伙儿扬扬手说："嘿嘿！这一状准了！"他就这么嘿嘿地笑着，走出了群芳园。

小晓说："大嫂，那事儿怪我，现在还后悔呢！"

大嫂说："后悔的是我。我的火上了房，还管三七二十一？就从墙上那个老也不关的门儿进了县委大院。见一个屋子里有十几个人在开会，一头拱进去，张嘴就问：'这儿是不是人民政府？管不管百姓的事？'后来知道是开常委会，那天硬是叫我给搅了。老张安慰我，我也不听，指着他说：'你们当官的就不能接待接待？在早年的县官，天天问案子，你们这么多县官就不能听听民情？'老张还直点头呢！"

"当成大事办了。"小庞说："你走了，县常委会就定下个制度，常委们轮流接待来访。"

那位大娘笑呵呵地走出来，老于一问，她说："心里的石头落地了。我那老小子报的是物理系，他物理考得不好，才五十来分，邻居姑娘比他多十八分，就是因为这个。没考上，我也高兴，不斜眼看咱了。说来也太不该了，为这点小事，让老张他们费了多少心，还亲自给招生办公室打过电话。"

大嫂站起来。把睡在怀里的孩子交给小庞，整了整衣衫，说："该我的了。"小庞接过孩子："慢点说，别急。""放心，不能再踢凳子了。"大嫂的眉峰颤了颤，快步走进了接待室。

　　我问小庞："她的事儿有点复杂吧？"

　　小庞一边轻轻地拍着孩子，一边小声告诉我："他爱人原来是生产队长，被陈四虎他们折腾得落下了残疾，丧失了劳动能力，生活上有些困难。问题早就平反了，县委决定给予补助，可是在公社和队里都没落实好。这不，她又来了。还是我们的工作没做到家啊！"

　　她怀里的孩子睡得甜甜的，她还是那么轻轻地拍着。我有所感触地说："小庞，你这个接待员准受群众欢迎。"小庞摇摇头："怎么说呢？跟人家吵嘴、打仗，现在刚刚转过弯来。那次，跟大嫂吵个凶，我就提出不干了。张雨同志什么也没说，领我在群芳园里转了一圈，来到这几棵美人松下……"

　　那是个月夜，风儿也爽，可小庞满心的不痛快，非要离开群芳园不可。

　　张雨指着松树问她："树长得这么高，大风怎么刮不倒？""根子扎得深呗！""根子扎在哪里？""扎在土里呗！"

　　张雨领她来到水池旁，指着水中小鱼，问她："这鱼为什么能活？""有水呗。""水从哪里来的？""泉眼呗。"

　　老张望着整个园子，说："是呀，如果把政府比作树的话，群众就是肥沃的土壤；如果把党的机关比作鱼的话，人民就是奔涌的江河。鱼儿离不开水，树儿离不开土，这就是我们与群众的关系。来访者是群众，是人民啊！他们有疾苦，到这儿来，是相信党和政府，也相信我们这些工作人员……"

　　像小锤敲在小庞的心坎上，她的心震动着，翻腾着。

　　"小庞，你知道这座群芳园多少年来人们都怎样称呼它吗？”

“知道。叫它二衙门、鬼门关、刮民窟，还有耳东公馆。”

“嗯。我在‘鬼门关’里吃过苦头，车把式老宋的二哥死在‘刮民窟’里，你爸爸那个商业局长，不肯在‘耳东公馆’的交易桌上与陈四虎合流，被戴上走资派的帽子送到偏僻的山乡去劳改，犯了糖尿病也不让治，含愤带冤地死去了。孩子，这里是党与群众密切相连的纽带，不是压迫人民的衙门啊！”

小庞说到这里，眼里闪着泪花：“那几句话，深深地烙在我的心上，一辈子也不能忘。从那儿，才知道了肩膀上的责任有多重。一步步转过弯来。不过，还是刚开个头儿……”

那位大嫂回来了，从小庞怀里接过孩子。说：“叫你受累了。”小庞问：“谈得好吗？”“老张听了挺生气，说明天县委办公室主任下乡到我们公社，让他给办这件事，一定办实落了。这回可好了，再也不用往这里跑了。哎呀，我要想大妹子咋办？”“有空到我家去串门，我妈原也是农村的……”

不想她们结下了这么深厚的姊妹情谊。

我和老于走出群芳园，已是夕阳衔山了。不是那么炽热但是更加多彩的阳光，给园子涂上了一层金色，更显得迷人。我回头望望门口的油漆木牌上的大字儿，在金霍霍的阳光里，真的化成了一条长长的带子，把县委大院和全县的土地紧紧地联系在一起了。于是，大地上的一切更丰茂了，流霞也更绚丽了……

（1980 年 6 月）

秋声还远

明天就要踏上旅途了，夜里睡得不那么安稳，听得外面时有飒飒的风声，还似乎听到了淅沥的雨滴。早晨起来，天倒是明净高远的，推开窗子却扑进来一阵凉风。小院子一夜间发生了好大的变化，杨叶儿由油绿变成苍绿了，架上的几个大玉瓜明显地现出了点斑。呀，昨夜那风声雨滴，竟是来报秋的啊！

对这报秋的声音，我怕过，也盼过。小时，家境窘迫，怕那个漫长而又严寒的冬天，所以一听到变黄了的树叶飒飒地响了，心里就发愁，因为跟着树叶飘落下来的便是冰凉的雪花了，棉衣、鞋帽都是没有着落的，哪能不怕！新中国成立后，日月变了，便盼着早一点儿听到报秋的声音，因为变黄了的树叶飒飒地一响，高粱红了，谷子黄了，大豆摇铃了，一年的汗水变成了收成，收成得越多，下年的日月就越富足，哪能不盼呢！

参加工作后，一直住在城里，又是搞工业的，觉得春来秋往，只是时序的变迁。春花美好，秋实可贵。我觉得工厂一年四季总在开花，也总在结果，所以对报秋的声音既不怕也不盼了。

不知是什么时候，自己的记忆力不那么好了，想问题也不那么敏捷了，而身上似乎有些发怠，两条腿也有些沉笨。起初并不怎么在意，以为是锻炼不够的缘故。可是隔壁的张师傅退休了，我才暗吃一惊：身上这种种情形，是不是我的报秋的声音呢！

人，年轻的时候，风华正茂，朝气蓬勃，称之为"青春"。如果以此类推的话，中年该是大有作为，热量蒸腾的"盛夏"，那么秋天呢？上了年岁的人，是不是像那结下了果实，完成了使命的叶片，该落去了？可不可称老年为"深秋"呢？我也知道，这个比方不恰当，更不准确。不过，有人一问我的年岁，便觉得秋声可闻。但没想到秋声来得这么快，三天前怀着怅然若失的心情填写了退休报告书，真乃是秋声盈耳了！

这么多年，对自己的岗位说不上挚爱，可一旦要离开它，才发现自己的眷恋之情是那么深啊！离开厂子，待在家里，无所事事，养花下棋，聊天扯闲，等着那一天……真不敢想下去。

这次去青城调材料，也还是我主动要求的，倒不是因为一年多没见的妹妹住在青城，只是想为厂子再办件事吧。

踏上旅途，又是一番心情，也许是最后一次因公出差了（以后将是私人旅行），觉得车厢是亲切的，旅客是友好的，他们交谈着，思索着，工作着，各自都是负有使命的，就连忙上忙下的人们，也叫人羡慕，他们在忙啊！看到这些，心中油然泛起一层悔意，以往做事，有时怕多，有时嫌难，拖拖拉拉、黏黏糊糊的时候也有过。咳！那些时月，怎么不珍惜呢！

在青城，事情办得特别顺利，头一天洽谈，第二天上午办手续，下午材料就发出去了。看看表，才三点多钟，到妹妹家去住一夜，把心里话跟她掏掏，也许会开朗些。有人说妹妹能说会讲，其实她的话多是入情入理罢了。咳！我要是有妹妹那两下子，就不会让我退休了。妹妹是新中国成立那年参加革命的，先在部队文工团，后来到军分区当干事，转业到青城来，当过市委宣传部秘书，团市委副书记。动荡的年月里，她一直在干校喂猪，拨乱反正以后，出任市妇联主任，还被选为市委委员。听说那次党代会，要不是因为妹妹五十出头了，就会选为市委副书记的。别看妹妹只是个十七级的中层干部，但上上下下，包括许多基层单位，大都知道她，说她是"三能干部"：能干、能讲、能写。她原则性强，头脑清醒，做事有魄力，抓工作下狠茬子，从没有半路松手的。每年有一半以上的时间在基层，男的女的一律叫她大姐，老的或小的不好叫大姐，就叫她赵妇联。不管叫什么，她都响快地答应着。她也有个毛病，见不得那拖拖拉拉，松松垮垮，温温吞吞或是阴阴阳阳的人和事，一旦见了，不管是谁，也不大分什么场合，挑起细长的眉毛，瞪圆了杏核似的眼睛，说得人家脖粗脸红的也不算完。支部会上她做过检讨，我每次来也都提醒几句，她也真心地想改，可一遇到那些情形，细眉毛又挑起来，杏核眼又瞪圆了。尽管这样，大伙儿还是愿意跟她一道工作。假如我有妹妹这样的能力和威信，起码还能干上五年！

妹妹住在大楼和平房参差交错的居民区，她在那座大红楼中有一个小小的单元，而楼前是一片很不规则的平房儿，一条通向红楼的道儿，叫各家的仓房、偏厦、小院、木障子挤得粗粗细细，拐拐折折。有一次，我是夜间来的，新做的毛花达呢上衣，让一家院障上的铁蒺藜扯了个三角口子，好不心痛！只得两眼照顾左右，不想碰在挡住去路的仓房檩条头上，前额顿时起了个包，恨不得骂这家几句。一边揉着头一边拐过这个近乎直角的弯儿，脚下一滑，坐了个腚蹾，虽说不疼，可那儿倒的是一桶洗鱼的脏水，裤子上沾着鱼鳞、鱼肠子，好腥呢！进了妹妹家，妹夫说："哟，来了个伤号！"我说了缘由，妹妹一边找衣服给我换，一边说："用不多久，那儿就盖住宅楼了。"

以后每次来，都分外地加小心。

从大马路拐进一条宽宽的巷子，巷子尽头就是那片很不规则的平房儿了。一望见那些古旧的、半新的、横的、竖的，还有斜的屋顶时，心里就有些怅。走近了，心里一喜，是盖楼了，正在搬迁呢。细一看，又不像，一伙子女人，在拆仓房，拔院障子。一个五十来岁的女人，穿了件什么厂子的旧工作服，一边搬那些砖头，一边指挥着。没想到她竟然是妹妹。妹妹掏出钥匙，放到我手上："哥，你先回去歇歇，自己冲杯麦乳精喝。一会儿我回去炒两个菜，跟你妹夫喝盅酒。这会儿，我实在倒不开空儿。"

妹妹住在三楼，站在这小小的阳台上，不仅能看清她们在干什么，连大声说话都听得一清二楚。妹妹哪里像个五十五岁的人呢，看那样儿仿佛是位将军，正指挥着一场大战。而她的战士全是女的，又多是五十上下的人。妇联嘛，也是做街道妇女的工作。我佩服妹妹，她的工作做到了基层。

这时，走来一个三十来岁，拎着大提包的女人，大声地叫着："你们这是干什么？谁叫你们拆我的仓房，拔我的障子？这不是欺负人吗！"一位老太太说："媳妇，别胡说，是我答应的。""妈，你也真糊涂！仓房拆了，破破烂烂，煤球劈柴什么的，往哪儿放？障子拔了，连个院儿也没有，多不方便？"妹妹走过去，拉着那女人的手，说："你出门十多天，不知道。你看，咱们这块儿弄的，道不成个道，院不像个院儿，杂杂乱乱的，一点也不美观。咱们动动手儿，该拆的拆，该拔的拔，修出条进出的光光溜溜的直道儿，然后规划一下，仓房在什么地方，障子从哪儿夹。你别急，拆了的还要弄上的，保准比原来的好。用不上半个月，这儿就整整齐齐的了，仓房一个式儿，一般大小；障子也夹成一道线，一般高矮，各家院里栽些花草，再修个脏水井。自己方便大家也方便，环境也美了，心里头不是更熨帖？"那女人把提包一放："大姐，你看我干点啥活儿？"妹妹笑道："你们在班上的都忙，快去休息，这是我们的事儿。"

　　不一时，她们收了工，各自回去办置晚饭。妹妹跟我说了三五句话，就脱去工作服，洗了脸，扎上围裙下厨房了。刚把一条鱼收拾好，进来位六十多岁的老太太，妹妹忙出来，解下围裙，跟她说话。老太太说："有客人，你先忙吧。"妹妹说："是我哥。我寻思吃了饭再过去跟你说呢。""咳，眼瞅就到国庆节了，急呀。"妹妹说："国庆节你就给儿子办喜事吧！"老太太忽地站起来："怎么，准备这些就中了？""中了！"老太太惊喜中还有几分疑虑："亲家那头乐意了？""乐意了。""不要八铺八盖，四套呢子四套毛料了？""双铺双盖，儿子一身呢，媳妇一身料就行了。连凤凰车、菊花表也减了，媳妇上班有班车，订婚时买的上海表还挺新……""哎呀，这叫我怎么谢你好呢！""谢啥，到时多吃几块喜糖就有了。""咳！为这事儿你跑了多少趟啊，骑个自行车，从城南到城北，从亲家的单位到他家，怕是有六七趟了吧？还得好言好语，真难为你了。""有啥难的，把理儿掰开就是了。""亏得你呀，别人去还怕不中呢。就凭你赵妇联一出马，亲家就得通啊！现在不兴那个了，要是兴啊，非叫儿子过来给你磕个头不可。""哎呀，那成啥了！只要他们和和美美地过日子，扎扎实实地干工作，啥都有了。"

老太太欢天喜地地走了，妹妹刚拿起围裙。妹夫下班回来了，一边跟我打招呼，一边夺过围裙，说："你们兄妹说话，今晚看我的手艺！算你来着了，中午买了三条鲜鲤鱼。"妹妹说："你说话还不一样。"伸手去要围裙。妹夫说："歇会儿吧，拆仓房搬砖头，都是力气活儿，够累的了。"说完，转身进了厨房。

妹妹说："什么时候，他总是支持我。"我说："你这工作也没个边儿，妇联妇联，有女就联。不仅联到青年人的婚事上，就连仓房、院障和道儿也连上了。""再若不整治一下，你进来怕要成重伤号呢。""不是要盖大楼吗？""要盖，还得个一两年。反正也不费什么大事，张罗张罗，大伙儿动动手，就是再住一年也值得。这不光是为个道儿，为了环境，还能把邻里间因为这些产生的矛盾也解决了。"

妹妹心里装着那么多事，想到的就要干出来，总是那么忙碌，忙得那么有兴致。我本来是要跟妹妹谈谈即将退休的心情，此时张不开口了。她是个干起工作不顾命，没有事做活不成的人，要是知道我马上要退休了，心里还能好受？

"笃笃笃"，门有节奏地响了三下，进来位中年妇女。我以为是市妇联的，人家要谈公事，便顺手拿起一册《中国妇女》翻着。也只是乱翻，什么也看不下去，她们的谈话我倒是听明白了。那中年妇女原来是街道主任，跟妹妹谈的是街道居民的事儿。她说："你这么大年岁了，忙了这么多年，应该好好休息休息，照说这事儿不该落给你，可大伙儿硬是选，做了几次工作也不顶事儿。有什么办法，众望所归，只好让你劳累了。"妹妹倒是蛮高兴的："什么劳累！这不是我自己要求过的吗？好，我这个居民组长今晚就上任！"我心里犯了嘀咕，妹妹也真是的，一个妇联主任就够你忙的了，还别出心裁，弄个业余居民组长当！

妹妹送走了街道主任，妹夫便把饭菜摆上了。妹妹找出瓶好酒，给我们倒满了杯，想了想，找出个小盅儿，自己也倒了半盅："来，我陪陪你们。"妹妹是不动酒的，今晚显然是太高兴了。高兴，是因为我来了，还是因为……

刚一动筷儿，妹妹就告诉妹夫："街道通知我了，当这个居民组的组长，今晚就上任，还得请你多支持呢。"妹夫对我笑笑："你这个妹妹呀，要是不找点事做就活不成了。这不，刚刚退休，就张罗着……"

我吃了一惊："什么？退休了？"

妹妹点点头："一个月了，没倒出空儿给你写信。"

"妹妹，你不该退休！你不能退休！你还能干！能干！正经能干几年呢！"我显然是激动了。

妹妹摇摇头，用嘴唇抿了抿那酒，说："不是那几年了，不服气不行，岁月不饶人，这也是不以人的意志为转移的规律吧！心想干好，精力不行了，该叫那些年富力强的人来干，会干得更好一些。"

"那你就这么闲起来了？"我一口搁下去多半杯，"到外甥那儿哄孩子去？"

"小孙孙在幼儿园，比我哄得好。你也用不着替我着急，趁身板还好，能干点什么就干点什么，或多或少，能干的事总是有的。"

我由吃惊变作思索了，以至妹夫有几次问话，我竟然所答非所问，惹得妹妹笑了好几回：" 怎么样？不服老？我看你也该退了……"

不知是喝了点酒的缘故，还是听了妹妹的话，见了妹妹做的事，反正这一夜睡得比较安稳。早晨起得迟了些，日头照上窗棂了，妹妹妹夫都走了，桌上给我留个条子，说饭菜热在锅里。我走上阳台，晨风缓缓地吹过来，很是清爽，像一把梳子，梳理着我心头的那团乱麻，抬头望望，天好像高了许多，蓝了许多，那云片也似乎薄了许多，轻了许多，天地间显得开阔，明朗。低头看去，妹妹正领人热热闹闹地盖仓房呢，一条宽宽的道儿已经显露出来。她，还是那么满怀热情，那么信心十足。顿时，我心中也开朗起来，想那飒飒的风声也好，淅沥的雨滴也好，都不是报秋的声音。我虽然五十七岁了，过几日就要退休了，可我还有我能做的事，或大或小，总有事做的。

秋声还远，秋声还远呢！

（1982 年 8 月）

溪 流

花山大队在老林子里，顺着弯来绕去的小道儿，得走多半天。一路上只有山溪与我做伴，同我一块儿往前赶。小溪里的水干干净净，不慌不忙地流着。两岸的映山红开得火喷喷的，把溪流都映红了。这水又甜又美，叫人喜爱。可惜，它竟这样白白地流着，假若它能涌流激荡，冲出峡谷，为生产、为生活做出点贡献该有多好！我走着，这样想着。

峰回路转，林木一稀，眼前却出现了一大块平地，平地尽头，那个小山根下，便是拥有二百零三户人家的花山大队了。

真是花山！山上高的是松杉，绿得发黑；矮的是赤桦和白杨，刚刚抽叶，绿里透黄，而那更矮的是映山红，像条虹带似的，把这个小小的山村系在这花山之下。村前是一片放了水的稻田。我四下里望望，不由得一阵惊喜，原来就是伴我走来的小溪，滋润着这一片稻田。

生产队的办公室紧挨着小学校，和许多山村一样，小学教师和会计都在一个屋里办公。这也是下乡的同志的头一个落脚点。天黑了不久，进来个二十来岁的姑娘，扎着短短的辫子，一对亮闪闪的大眼睛嵌在紫红的面庞上，分外有神，她怀里抱着些大大小小的本子，手里擦着一卷煎饼，和我简单地打过招呼，便坐在桌子前，边吃边批改起作业来。

她的样子，使我想到许许多多农村小学教师，一个人默默地工作着，有时连饭也顾不上吃。我仔细地打量她一眼，这才注意到她还光着脚板，裤脚高高地绾起，脚上、腿上都沾着些泥点，看样子是带着学生劳动刚刚回来。

"同志，用'适时'造句，他造了个'适时插秧'"，她突然向我发问，不等我回答，又自语着："对倒对，好像缺了点什么。"

"这是个短语，不是句子。"我说。

"同志，你住几天？"她突然睁大两只眼睛，惊喜地望着我。

"看情况吧，总得个十天半月的。"

"好啊！"她跳起来，"上回文教局老马来了六天，讲算术的分析法、综合法，学出点门路。这回跟你学学汉语。"

"哎呀，那可不行！"我急忙道，"我是一知半解呀！"

"反正比我强，我半解还不解呢！"

这时，进来个中年人，说道："找了大半天才找到那个县中学，又等了两袋烟的工夫，戴眼镜那个曾老师才下课。你提的那个题儿，大概不浅，他想了大半天才给你写信。"

她连声谢也没顾得说，埋头看信去了。

不知从什么时候起，西屋里挤满了人，热闹起来。但她像根本没听到似的，专心致志地读着信，直到桌上的马蹄表叮铃铃一叫，才急速收拾起作业、备课簿、粉笔盒，快步向西屋走去。

走到门口儿，犹豫了一下，转过头来对我说："你走了一天道儿，怪累的，本应该休息，可是对不住，想请你去听听我的课，给我提提意见。我是初学乍练，不得法儿，你得帮帮忙儿。"

她那恳求的眼光，使我不好再说什么。

我一进西屋，愣住了。满屋的学生，相差得太大了，有的十五六岁，有的二十七八，还有的是孩子妈妈了，也有的长了小黑胡子。

原来是民校啊！有的地方也叫农民夜校。

一个二十多岁的小伙子点过了名，那姑娘大大方方地进了屋，立时人们挺直了腰板，睁大了眼睛看着她。这一课是毛主席的词《西江月·井冈山》。她又读又讲，从当时的时代背景，讲到毛主席的伟大战略思想，从秋收起义到井冈山会师，到黄洋界的战斗，又通俗又明白，是在讲文学课，也是历史课，又那么有情有节，她的"学生"个个听得入了神。主席诗词中洋溢着的革命气魄，当然是吸引听众的原因，但谁又能忽视那准备得充分地资料，清晰的讲解和那富有感情的语调呢？不知为什么，我忽然想起伴我走来的小溪，想起那清清亮亮，日夜不停地灌溉着一大片稻田的小溪来。

第二天，我们一起到水田去劳动时，抓紧时间向党支部书记吴贵同志了解这位姑娘。他告诉我：这姑娘叫李春枝，今年虚岁才二十一，是位老贫农留下的孤女。老爷子在旧社会做下了残疾，后来复发了，没治好。去世那年，春枝才十岁，村里供她念书。学习挺好，可是到了四年级却留了级，老吴贵对十四岁的孩子说："春枝呀，国家供你念书，指望你为国家出点力气呢！谁知你那么不争气！"春枝是倔强的孩子，一声没吱。
第二天去找老师："老师，让我升级吧，先念一个月看看，实在
跟不上我再……"老师答应了她。第一次月考，她竟然考了第
二名，九十多分。一直念到初中三年级，眼瞅剩几个月就毕业
了，她回来看望乡亲。那时大伙儿正在抗旱，她就干上了。谁
知一场雨带来场雹子，把小苗打得好苦，叶子像叫木梳梳过似的。
大伙儿没白没黑地忙着救灾，春枝也顾不得上学了。老吴再三
劝说，她才回校。毕业之后，扛着行李，唱着小曲儿，回队了。

有人对她说："好水要流进大海，才能翻起浪花。"

春枝说："好水不光要往大海里流，还要往田地里流。"

有人笑了，有人摇头，还有人说："看着吧，做个新
鲜呗……"

春枝听了，也不回话，只是笑了笑。

春枝找到老吴："大叔，你分派吧！"

"你的活儿，找生产队长去。"

"这个我知道。除了生产之外，你看我还应该做点什么？"

老吴乐了："这个，可是有件大事。不过，等一个时期再告
诉你。"

聪明的姑娘，懂得了支书的意思，她煞下腰，埋头干起庄
稼活来。她本来是农家的孩子，就是念书，星期假日也没断过
劳动。所以，两三个月的工夫，就成了妇女堆里出色的劳力了。
三个多月当中，她也发现了那件大事。

原来村里办了个民校，主要是扫盲，教的是小学课程，高
小毕业生不能参加学习。这几年，由高小毕业的二十来岁的青

年就有二十多人了。劳动中，春枝和他们闲唠，都提出了学习的要求。她在团支部会上提出了这件事儿，哪还有不拥护的！只是没有教员，没有教员不是白搭了吗？大伙儿把眼光集中在春枝身上，春枝低下了头。她虽然是初中毕业，可怎么能教中学呢？中学的老师都是大专毕业呀，就连小学老师还大都是师范毕业的呢！

节骨眼上，老吴来了。团支部书记刚想跟他说说，他却摆了摆手，问：

"怎么？和我要教员？中！等咱打个报告，叫国家给分配一个。"

"哎呀，那得等到啥时候啊！"青年们急了。

老吴坐下来，笑呵呵地问："你们说，当这样的老师得有啥条件？"

春枝不假思索地说："得有大专文化程度。"

老吴说："可咱们这里，没有大专文化程度的呀！县里又没余人可派，怎么办呢？就这么等着？你们说，那些做出大贡献的人，除了他们的文化程度，还靠什么？"

"还靠精神，不畏艰难的革命精神。"

"对！"老吴说，"有那么高的文化，还得有这种精神！没有那么高的文化，有了这种精神，也能克服困难，做出贡献，提高自己的文化。"

春枝张了几次嘴，眉毛蹙紧又舒展，才说出一句话来：

"我来当吧。"

老吴满意地笑道："这就对了。不过，春枝呀，你可得好好想想，这是大事，大事就会有大困难……"

"无论有什么困难我决不灰心，不做逃兵。"一个偏远的山村，成立个中学班民校，轰动不小。开学那天，公社书记、文教助理，还有县业余教育办公室的同志，都来了，满满地挤了一屋子。

春枝这堂课，备了几十遍了。她对着大树讲过，对着锄头讲过，也对团支委讲过。尽管这样，她还是怀揣小鹿，走进教室。

"报告！"有一只白腻腻的手举了起来。

春枝往那儿一瞅，心里就一颤：冯家声怎么也来了：这小子跟他老子学滑了，念了两年高中，因为在社会上缉窃，在学校里要流氓，屡教不改，被开除学籍，后来又受了一年劳动教养，回乡也不好好劳动，三天打鱼两天晒网，又不听劝。虽说文化不低，可大伙儿信不过他。

"学生有几个字儿不会写，"冯家声摇摇摆摆站起来，一脸嬉笑，小眼睛不住地眨巴，撇着嘴角说：

"想请教请教老师。寓远的'寯'，一庹两度的'庹'，猪下膪的'膪'，摭面子的'摭'，都怎么写？"

春枝的脸腾地红了，四个字她一个也不会写。

学员们忍不住了："冯家声，你刁钻古怪个啥？你不会，不好去问字典？"

"对对！"冯家声抑制不住内心的高兴，把春枝难住了，威信弄掉了，怎么当这个教员？还不得来请我冯家声？讲一晚上课，要二十分工，不，三十……少说也得二十五分，一年不用进地，赶上俩劳力……越想越美，小眼睛都眯缝起来了，浑身上下挺了几挺，又问：

"珍馐佳肴的肴字，为什么那么写？绫罗绸缎的罗，为什么绞丝不在一旁，而在四字底下？仓颉造字，其理大也，罗字必有其缘故，望老师开开我这愚昧的茅塞。"

春枝的脸不红了。她从几十双信赖、鼓励、又带着气忍的眼神里，特别是从最后一排射过来的，老吴那严肃而又镇定的眼光里，得到了勇气和力量。她望了望冯家声，一字一句地说：

"珍馐佳肴也好，绫罗绸缎也好，都是劳动创造出来的。过去，劳动人民创造的这一切，被统治阶级、剥削阶级剥夺了；现在，劳动人民为自己的国家，用劳动去创造这一切，但是，不仅仅是为吃好的，穿好的……"

"那么，"冯家声有些胆怯了，但还不肯死心，"我们不是也讲幸福生活吗？"

"讲！幸福生活固然包括改善我们的吃、穿、住、用，这一切都离不开辛勤的劳动。什么是幸福？离开劳动会不会得到幸福？请你坐下，我们这课书，就来回答这个问题。"

春枝在黑板上写下一行大字：

　　第一课：什么是幸福？

她竟然这么顺利地、有声有色地导入了讲课，获得了意想不到的成功。事后，她还在日记中写了，要发动青年帮助冯家声丢掉游手好闲的恶习，使他成为一个劳动者。当然，她也不会忘记，冯家声问的几个字儿，是乡亲们常讲的但不好写的"嘎咕"字儿，不会就学嘛！于是，翻开新华字典，从第一页开始，到最后一页，一字没落地学了两遍，还做了笔记。这是多么惊人的毅力呀！冯家声也曾跟她来过几次"说文解字"，结果倒拜了下风。

老吴讲完这些，用手一指："你看，春枝是个有心人。她跟人家学修池埂子，这不才三天，弄得像个样子了吧？"

我扭头一看，她穿个红线衣，缩着裤脚，溅了一身泥点子。那高腰水靴子有点大了，走起来有些笨，可大铁锨在她手里倒使得蛮灵活。她突然高声念道：

> "大炮大炮，
>
> 干劲真高。
>
> 一马当先，
>
> 左右挥锨，
>
> 质量差点，
>
> 起个大包。"

说着，甩开膀子，只三五下，便把那个大包打平了。引得大伙儿一阵好笑，叫"大炮"的小伙子，红着脸，把他修的又从头检查了一遍。

老吴笑得眯起了眼睛："这孩子，也有缺点，就是性子急，要强心切，有时对事儿看得不十分周全。可她听话、虚心，一指点也就明白了，记住了。这一年多，进步可真不小啊！前几天填了入党志愿书了。"

哨子响了，大伙儿坐到地边休息了。

春枝坐在一棵老柳树下，打开红头巾包着的作业本和备课簿，又忙活起来。

我怀着敬意走了过去，细细一看，最后一本作业也改好了，正在做函授学院寄来的作业题。

"你参加函授了？"

"嗯，刚考上的，不学点儿怎么行。"

"学得好吧？"

"挺吃力。不像在学校，不会就去问老师，这就得靠自己狠钻，可也有好处，这么钻出来的，记得牢，总也不忘。"

"你又学习、又教课、又批改、又劳动，还搞宣传，能干过来吗？"

春枝笑了笑，调皮地说："我有个好老师。"

"老师？谁？"

我顺着她的眼光望去，见是老吴。他正弯着腰，用铁锹修理着池埂，向稻田里引水。

我看着，看着，又想起了来时给我做伴的那条溪流，那条清清亮亮、永不停歇的溪流！

（1964 年 5 月）

青云曲

全市青少年风筝放飞表演大会将在明天举行，报道工作交给了我这个小记者，免不了在兴奋中带上几分紧张。虽说这种大规模的放飞表演很多地方早就搞过（仅武汉市在"文化革命"前就举行过四次），但在这里大家仍作"创举"看，争一睹为快。更引人注目的是，大会主席是那位五十好几、拔了顶的市委书记徐宗良，还请了个叫宋巧手的白发纸匠当顾问。据说参加表演的可达四百人，有集体放飞，也有个人表演，比放飞技术，还比风筝的设计和制作，想来一定会热闹非常。要把盛况如实地记录下来也许不会吃力，但是要把这别开生面的放飞表演报道得生动有趣，难处还是不小的。

编辑部主任为我准备了一些资料，有《韩非子·外储说左上》《询刍录》《独异志》，还有曹雪芹的《南鹞北鸢考工志》。我读了一些段落，知道早在春秋时代就出现了木、竹制作的风筝，在汉时发展成纸制，又称为风鹞、纸鸢。"风筝"一名始于五代，在纸鸢上带着竹做的哨笛，飞起来长风入竹，发出像古筝一样动听的鸣响，就叫作风筝了。还知道了，人们用风筝来传递消息，甚至用到军事上去。有人说风筝是"超险阻而飞达，越川泽而空递"，有"辅舆马之不能，补舟楫之不逮"的特殊功能。还有人说放风筝是一种医疗手段，《续博物志》说放风筝是"引丝而上，令小儿张口仰视，可泄内热。"简直把风筝说神了。

　　我推开窗子，夜空明净得一尘不染，月牙儿好像从水中捞出来的，星星像睡醒了的孩子那闪闪的明眸。暖风挟着春泥的芳香款款地吹着，野地里草芽放绿，枝头上蓓蕾初绽，春光越来越浓了，春夜也越来越美了。我仿佛看见一群风筝扶摇直上，一直融进朦胧的月色之中，耳边依稀是风筝发出的铮铮之声，不由得想起刚才看到的风筝诗："夜静弦声响碧空，宫商信任往来风。依稀似曲才堪听，又被风吹别调中。"于是，对明天的报道充满了信心。我决定把市委书记老徐头作为采访的重点对象，因为他对风筝分外地感兴趣。

　　一夜也没怎么睡好，明天是个星期日，可是清明才过了两天，"清明时节雨纷纷"，若下场雨可怎么放飞呢！我盼望翌日是个天晴风好的日子。

　　当朝阳把大江的波涛染成金色的时候，江边那一大片草地上，人群早已拥拥挤挤了。他们笑吟吟地仰着头，指点着空中的风筝，开怀地笑着，惬意地谈着。这是参加表演的人在试飞，也有并不参加表演的，就在表演之前表演起来。草地上花团锦簇，从八九十岁的孩童到十五六七的少年，以至年近二十的青年，穿着色彩丰富的春装，在草地上奔跑着，巧手儿抖动着细细的弦儿，兴奋中带着谨慎，仿佛风筝上系着他们的心似的。我仰头望去，碧蓝碧蓝的天空中，轻荡着几朵淡淡的白云，白云下一群群风筝浮动飘摇。有的像流星倏地从头上划过，有的像小舟在那微波荡漾的水皮上漂动，彩蝶伴着蜻蜓在铮钹认的风笛声中翩翩起舞，振动双翼的雄鹰迎着长风直入青霄，蜈蚣腾空倒立，雏燕上下翻飞，给这无边的春色增添了多少诗情，给这明媚的春光增添了多少色彩！我也顿时心开意朗，野趣横生了。

顾不得细看这个精彩的序曲，急忙去找我采访的重点对象。倒也没费什么事儿，在主席台后边见到了他。他个头不高，身材也不算壮，本来就不窄的额头一拔顶，把他的年岁和经历都显露出来了。他居然也返老还童了，手中摆弄着一个旧风筝，细一看是一只大雁，周身是用旧的白绫子糊的，现在已经变了色，看来时月不浅了，也许是他少年时代的念物，今天再放起来，他的情怀该是何等的畅快啊！

"老徐同志，你也打算参加表演吗？"

"哦嗬，是小记者。"老徐把风筝像爱子似的抱在怀里，"怎么样，能写精彩吧？"

"就凭五十三岁的市委书记带头放飞这一点，也够精彩的了。"我笑道，"看来，这风筝是你童年的好伙伴了。"

"小记者啊，我的少年时代里是没有风筝的，有的是一杆放牛鞭啊！到现在，我只见过风筝，可从来还没亲手放过一次呢。"

"那么，这只大雁……"我指着风筝问他。

"大雁是从远处飞来的，飞在我的怀里……"

"这是怎么回事呢？一定有奇异的情节吧？"

"哦嗬，你们做记者的就是敏感，既然让你抓到了线索，我也只得坦白交代了。这也许会对你的报道有些启发或是参考。走，到那边的长凳上去，时间还来得及。"

当我们在长凳上坐下来时，老徐问我："小记者，你该知道，风筝能用在军事上吧？"

我刚看过资料怎么会忘记呢，顺嘴举出几例："相传，春秋时公输般为了侦察敌情，曾制作了木鸢；南北朝时，梁武帝肖衍住的台城（南京）被侯景叛军所围，他向外求援的诏书就是用风筝传送的；刘邦将项羽包围在垓下，刘邦手下大将韩信做了个大风筝，挑个身轻体巧的人坐在上面，飞到项羽的楚军军营上空，唱起了楚国的歌子，引起楚军合唱，思念起遥远的故乡、白发的父母、孤零的妻子，瓦解了楚军；唐末，田悦的军队包围了临安城，临安守将张伾把求援书信捆在风筝上放出城去，田悦军队想用强弓劲弩把风筝射落，无奈风筝已飞得高达百余丈了；宋朝时使用的'火神飞鸦'，就是让风筝带上火药，预先点燃导火线，飞入敌营，引起燃烧。还有……"

"嗯，风筝不可小看吧！"老徐望着手中的风筝说："我告诉你件更真实的事情。那是一九三八年春上的事儿。东北抗日联军为粉碎日伪的讨伐，牵制敌人，支援全国的抗日战争，靠人民群众的支持，开展了灵活的游击战。青草刚刚发芽的时候，我们一路军袭击了老爷岭隧道以后，敌人恼羞成怒，调集兵力围剿。我主力部队将敌一个团引进深山包围起来。我们这个排埋伏在一条山沟里，狙击南警备道方向的援敌。山里围歼胜利了，我们转移到一个山梁上休整，然后去找主力会师。这个山梁面对着一个镇子，也就是四五里地。日头卡山了，小镇上空是一缕缕的炊烟，叫晚风一吹，直朝我们这边扑，炊烟里还传来一声声狗叫。这种情形已经惯了。几天的狙击实在乏困，要美美地歇一夜。转眼间日头滚到岗后边去了，晚风吹得山林呼呼作响。突然，一班长对我说：'排长，你听，是什么声音？'我细一听，风声中传来铮铮的鸣响，像笛子不是笛子，似箫声不是箫声，不是归巢的山雀，也不是落涧的山泉。我让大家注意观察。还是一班长眼尖，指着灰蒙蒙的天空说：'你看，一只大鸟，白的，像一只大雁。'我也看见了，是一只大雁！春天是要过雁的，怎么是只孤雁？而且声音根本不是雁鸣啊！一班长突然笑了：'排长，原来是只风筝。'那风筝越飘越近、越低，落到前边一棵大树上了。我让一班长爬去拨拉下来，正好落在我的怀中，就是这一只。"

我以为有什么奇异的情节，原来是这么平常，不免有些失望。

徐书记翻动着风筝，说："风筝是白绫子糊的，细一看是件小褂的两只袖儿，翅膀上还画着一对大眼睛。我觉得风筝有些来历，就翻来覆去地找，终于在雁肚子里，贴着脊梁的地方，找到一个纸卷儿，原来是一份情报，说敌人知道了我们的行踪，为了报复在山里的失利，今晚要包围我们。敌人四个连是黄昏时分进镇的，正在开饭，全镇戒严了。我们立即转移，把旧帐篷留在那儿了，周围埋了几十枚手榴弹。后来听说炸死不少敌人呢。这个风筝，是托一位老乡保存下来的，新中国成立后又找到了它。"

"放风筝送情报的人也找到了吗？"

"没有。我打听了多少回，小镇里没人承认。也是啊，当初他用风筝送情报并不是为了以后会有人去找他。这还算罢了，前几年我又遇到了一件事儿，也无法落实啊！"

我正要问发生了什么事，走过来一位六十多岁的老人。老徐介绍道："这是咱们编织社的老技师宋长生，风筝专家！今天你会看到他的孙女宋青云的精彩表演。"说完，被人叫去接电话去了。

老人给我讲了许多放风筝的好处，还说时代前进了，风筝的设计和制作，放飞和控制也随之发展了，同青少年们的学习、知识、爱好、向往，紧紧地联在一块儿了。所以说，集中了体、智、美。

"爷爷，爷爷！"一个十五六岁的少女边喊边跑过来，她穿着件淡绿色的毛线衣，胸前用白毛线织出一行驾着云朵的大雁，乌亮的短辫上扎着一对粉红的大蝴蝶，在肩头上轻盈地翩跹着。那一对夜星一样明亮的眼睛，闪烁着探求的光彩，她就是宋青云了。

"爷爷，刚才试飞了一下，收到信号了。"

"可不准满足，这才开了个头儿，还得多看书，多动脑子。你的区域降落怎么样？"

"你把大雁放到它该去的地方，我也把大雁落到它该落的地方……"

"多嘴！"老人严肃起来，"今天的要求严格，你的区域又小，到时候看吧！还不快去准备！"老人生生把女儿撵走了。

我们走上主席台，在一阵欢快的乐曲声中，场地四周放起八只大风筝，都带着长长的纱布飘带，上边还写着朱红大字："好好学习，天天向上""向四个现代化进军""未来是属于我们的"。
简短的开幕式过后，就是集体放飞表演。有"阵雁横空"，十几
只大雁凌空飞起，由一字而人字，而之字，队形不乱，飘摇翱翔。
大雁过后，来了个飞行中队，三架一组，三三见九，不知放飞
者是怎么操纵的。耐人寻味的是"孤雁归队"，一群大雁飞得很
好，有一只雁贪恋山光水色，飞飞停停，东逛西游，脱离了大队，
孤独地飘荡。后来下了决心，追赶上来，终于归队了。这是天上，
草地上呢？青少年们或站或立，或小跑或慢行，或弓身或探步，
种种姿态也都优美和谐，富有节奏，简直是一种独有风韵的舞蹈。
表演者是那么认真，手、眼、步、神都集中在风筝上，仿佛他
们那烂漫的心灵和美妙的憧憬，也随着风筝直上青云了。

宋巧手到孩子们中间去了，我身旁只有老徐了。他瞪眼望着，
开心地笑着，仿佛这一天风筝都是他放起来似的。我又问起那
件"没法落实"的事儿。老徐收敛了笑容，眉峰颤了颤，微微地
眯起了眼睛，把那深沉善思的目光放到江对岸去。

"我们都会记得一九七六年的春天的，我第二次被打倒，被
送到那里去。"老徐抬手指指江对岸。对岸离江边几百米处有一
座小丘陵，青砖大墙顺着山势起伏成围，丘陵顶上有几棵什么树，
一抹葱绿，墙里还有几栋房子，是个什么研究所，那时被"砸烂"，
成了个"学习班"。

"那时，我的心脏病是很严重的，得不到任何药物和治疗，
只有每天半小时的散步时间。这半小时也是珍贵的，在那棵树
下走几步，吸几口新鲜空气，见一见暖和的阳光，望一望挂在
心怀的城市。可是，这也无法使心脏正常起来。有一天，两位

战友扶我来到树下时，心中剧烈地绞痛，难道到了与同志们告别的时刻了吗？这时，不知从什么地方飘来一只风筝，在围墙顶上浮动了一阵，然后一头扎下来。我想起送情报的风筝，让战友去捡过来。啊，也是一只大雁，双翅上还画着小小的红十字儿，我心里陡然升起一团希望。在雁肚里贴脊梁的地方找到了，是药啊！用塑料口袋包的，有一百片'心可定'，是治疗心脏病的常用药；还有四十片'三硝基甘油片'，那是速效急救药。我马上含了两片，六七秒钟后，从危难中解救出来了。我在包药的纸上看到一行稚嫩的字儿：'你是好人，好人一定能斗过坏人。'我依着大树，慢慢站起来，向江边望去，只见对岸站着个孩子，穿了件花布衫……"

"你也没有找到她吗？"

"不但没找到，连那风筝也无法保存，让战友放飞了。"老徐把目光移到草地上，说："走，看看去，该个人放飞了。"

青少年们大显身手了。那风筝有木的、竹的、塑料的；有纸的、绢的、薄膜的。区域降落是相当精彩的。有的放起双燕，有的飞出彩蝶，有的是仙鹤展翅，有的是白鸽鸣春，都向指定的区域飞去。双燕落到一块春土上，是要衔泥筑巢吗？彩蝶落到花丛中，是要采那芬芳的花粉吗？而宋青云的那只大雁，要落在仅有篮球场那么大的一块沙滩上，可算"高难"了。大家兴致勃勃地看着。草地上响起了一片欢呼，好一个"雁落平沙"！

接着表演的，大都带科技性了。有的能发出悦耳的响声，组成一支简单的曲子，有的放起来，能传回什么信号。宋青云小组放的是一只飞船，上边还写着"敲门者一号"。里边有些电路装置，用的是微型干电池。这完全是由几个十五六岁的初中学生设计制作的。"敲门者一号"飞起来了，转眼飘入高空了。草地上放着个小木匣，上边有个"猫眼"，一闪一闪的，是从空中传来的信号。宋青云把这些奇异的信号用符号记在小本子上去。

我问她："这些信号说明了什么？"

她闪动着大眼睛："现在还不明白，有一天会成为我们熟悉的语言的。"

我点点头，深信不疑。仰头向空中望去，只见飞船的尾巴垂下一条纱带，上边也有字，只是看不太清，问了她才知道是"敲开现代科学技术宝库的大门！"怪不得叫"敲门者一号"！

此时，望着满天飘摇的风筝，我想到传递情报的风筝，送药解危的风筝，眼前这些探求奥秘的风筝，不都寄托着他们的心愿吗？而这些寄托着美好心愿的风筝，飞起来需要的是春风啊！你看，战争年代，春风吹散了阴云；在"四化"建设的日子里，春风鼓起了理想的风帆，吹绽了智慧的花朵，育下了奇妙的果胎。啊，春风浩荡，雏燕展翅，春晖灿烂，幼苗拔节。看，一张张稚气的笑脸仰望碧空，理想、信念、追求，从那明净的眼神中飞腾出来了：

"好风凭借力，送我上青云。"

（1979年4月）

古渡夕照明

　　到了山区，谁不想到山里头饱览一番那旖旎的景色，领略一下那多姿的风情呢？这次进山，正值晴秋，是百宝下山的时候，准会是满山秋色任我看，遍地秋情随我采了。更惬意的是搭了个极好的伴儿——县文化馆的老郭。老郭对山里的事儿知得多，摸得透，有些事儿让他一说，活脱脱地显神了。

　　老郭要领我去访一个渡口，说诗人到了那儿能写出隽永的诗作，画家到了那儿能画出奇妙的画儿，说我到了那儿会写出动人的文章。于是，我跟老郭访问这个渡口去了。

　　不知为什么，我对渡口，特别是那"一人一篙一叶舟"的小渡，分外地有感情。也许是我小时生活的地方有一处渡口的缘故吧：那里印着我童年的足迹，藏着我那不着边际的幻想，还有那些带着翅膀的梦。我总觉得是家乡渡口那条小船儿，把我送到生活的激流中来的。

　　我们在五花山中转着。这时的山，枫叶红得似那一团团烈火，柞叶紫得像血染了一般，白桦的叶子黄得耀人眼目，而一棵棵大松树又是绿苍苍的，怪不得山民们称这时节的山叫五花山呢，山真的五花了。

上了一道冈，眼界突然开阔了，望得见从山里流来的一条大河。河水弯弯曲曲，叫阳光一照，波光闪闪，煞是好看。我想，第一个在传说中创造了龙的人，一定是站在高处看到这样一条大河。看，河上的每一片浪花，叫阳光照得闪闪烁烁，像层层鳞片；弯弯曲曲向前滚动的水流，又像那蟒蛇在前行；而那浩浩荡荡的气势，卷风挟雷，更有腾云驾雾之感。于是，灵机一动，便描绘出了神奇的龙。所以我说，如果说有龙的话，那便是这样的大河的别名。

河水也真有些龙的气势，生生把一座高巍巍的大山切开，两岸留下了斧劈刀削般的峭壁。高高的石壁上，有石沟、石洞，挂着青藤，泻着流瀑，缀着佛手，长着崩松，把石壁打扮成了一幅古朴的画儿，又把河水映得碧蓝深幽，添上几分秀气。

老郭指着遥遥的石壁告诉我："看见那个豁口没有？那就是石门，渡口就在那儿。石门以上，十几架大山，连连套套；石门以下，十数里石壁高耸，曲曲折折，只有石门一处可以通过，它就成了这一带进山出山的关隘了。传说，古时候这里发生过一场大战，只有一千兵卒扼守的石门，三万人马竟没有打开。至今那石门还留着字儿呢。"

来到渡口，走进石门，更觉石壁高耸、河水浩荡了。所谓石门，就是石壁断开了个二十几米宽的大豁口。两边的石壁，青中透黄，几万年的风雕雨琢，留着斑斑的纹痕，真有点古城堡石垣的样子，显得古老而又庄重。上边錾着四个斗大的字儿，年深日久，已有些模糊，细看还认得出来，左为"石门"，右为"锁钥"。老郭说留下的字儿，想必就是它了。

夕阳衔山，陆陆续续走来些扛筐背篓的人，山货采得好足啊！黑珍珠也似的山葡萄，绿宝石似的猕猴桃，红玛瑙样的山里红，珊瑚珠子般的五味子。还有一串串蘑菇，一吊吊松塔，一朵朵山丁子，简直搬下来一山秋色。

老郭告诉我："河东小二十里没村屯，山货资源丰富，石门村的社员常过来采集。听说，光是今年这个小秋，他们每户也能闹上三四百元呢。"

采山货的多是妇女和辅助劳力，壮男力可能正在抢收农田呢，听说这里的霜雪来得早些。采山货的人们，坐在河边的石板上，畅畅快快地说着笑着，间或带出些小笑话。眼睛呢，都望着河西，盼着那条大木船快些开过来。

见我们是外来人，这个捧过葡萄，那个送来山果，真心地让你吃。我看到他们额头上的汗珠，不好意思吃了。

一位大嫂说："进了山，就得随山里的规矩，客人一定得吃，这叫'尝山'。"

我只得吃了。这个规矩有多好，充分表露出山里人的豁达、淳朴和友情。我不仅尝到了鲜美的山味，更尝到了他们那火热的盛情。

有位五十来岁的瘦老头，忙忙活活地把背筐里的葡萄摆了又摆，像里边有什么怕人看的东西似的。

大嫂瞪了他一眼："老六啊，别捣弄了，玉山大哥这一关，怕你不好过呢。"

"嘿嘿，怕啥！"瘦老头笑笑，"咱这是山货，谁也查不出毛病来。"

我心中一惊，怎么渡口还要检查行人呢？这可是要不得的，准是队上订的"土政策"。我便问老郭："这个渡口也不是海关，还检查什么呢？"

"不检查的，从来也没有查过谁。可是，不对劲儿的事情，还真过不去呢！要不我就带你到这儿来了？你当光叫你看看这石门啊？"于是，他给我讲起渡口的艄公郑玉山来。

郑玉山今年六十岁了，十八岁上就从父亲手里接过一根长篙，一条尖头细尾的小木船。他跟别的艄公不一样，不是过河就要钱，有呢，就给几文，没呢，留句话，有人明明兜里有钱也不掏，玉山淡淡一笑，罢了。有时候，他这摆船的还把在河里打到的小鱼儿送给过河的呢。

有一年，山里来个游医郎中，在这儿渡了几次，跟郑玉山结下了交情。那郎中还悄悄地在石门的石壁上用一种什么颜料，写下一副对联儿：

远岫云中没
春江雨外流

这是元人的诗句。过去也有文人在这儿题诗留句的，谁也没当什么。哪知这是暗号呢！从此，郑玉山常常深更半夜地摆渡，有时还得摆个十趟八趟的。可是石门村热闹了，炮楼子起了火，伪警察所让人端了，一个作恶多端的恶霸汉奸在逼得个穷家俊女跳了河后，就被除掉了。石门村的人，扬着笑脸，压低声音："抗日联军到咱石门了！"

有天夜里，郑玉山刚把游医郎中领的十几个抗联伤病员渡过去，就来了日本"讨伐"小分队，二十来个呢。把郑玉山逼上船："快快地过河！"这是要追那些抗联伤病员啊！郑玉山双手抱住长篙，说："钱得多给！"鬼子没办法，掏出些钱来："过了河的给。快快的！"郑玉山笑了笑，撑着木船，压着波浪，来到江心了。那时正是雨季，河满浪高，木船直晃。他喊了声："坐稳！"用长篙一别船帮，船翻进滔滔的大浪里去，"讨伐"队员全都淹死了。抗联伤病员安全转移到密林医院。

郑玉山的水性好，也是拼上命才游上岸来，擦去了那副对联儿，连夜走了。新中国成立以后，他又回到了渡口。说到这儿，老郭用手一指："船来了。"

一条大木船耕波犁浪，稳稳地开过来。这木船能装几十人，也能渡牛马牲口什么的，是红松板新打制的，刚刚油过不久。河上高高地架着一条钢丝绳索，上边有个滑车儿，船头的钢丝绳就连在滑车上。老艄公轻轻地扳着舵，滑车慢慢地向前滑动，船儿就像条被钩住的大鱼一样，跟着绳索稳稳地往前走。岸边，有个小码头，石板砌成的台台上铺了层厚木板，伸到河里去，下边有二八一十六根小盆粗细的柞木桩子支撑着，很是牢固。船儿轻轻地靠在木板旁，人们拎起筐篓，鱼贯地上了船。因为人太多，每人都是一筐沉甸甸的山货，一船没载了，剩下了大嫂，再就是我和老郭了。

老艄公歉意地说："马上就回来。"

我忙说："不急，在这儿看看景儿。"

老艄公把头上那顶高粱秸蔑蔑编出花纹来的大草帽往脑后一推，露出张风雕霜琢的脸来，满脸都是深深的皱纹，每一条都像刀子刻的那么明晰，纹中藏着他那不平常的经历。也是这些皱纹，使整个脸膛显得善良端重，热情开朗。花白眉毛下的老眼，停在老六的葡萄筐上了。

瘦老头老六耸耸肩膀："玉山大哥，尝尝我采的葡萄？全是红梗的，又酸又甜，吃上三五串赶上喝杯葡萄酒了。"

老艄公说："我可怕醉呀。"说完，走到筐前，把手轻轻地探下去，问道："在东大泊子采的？"

老六伸出大拇指："好眼力！"

老艄公笑道："这叫什么眼力，好眼力能看到筐底儿才是。"

"嘿嘿嘿……"老六干笑着，显得有些紧张。

"老六，你家十只鸡吧？"老艄公问，"一天能捡二十个蛋吗？"

老六眨眨眼睛："十只鸡咋捡二十个蛋呢？"

老艄公一脸正色："你把鸡杀了，把蛋荏子全掏出来，怕要成百呢！"

"这……"老六涨红了脸。

"我说的是气话。"老艄公抽手带出一段葡萄蔓子来，"老六，你这不是砍树摘果吗？"

瘦老头老六低下了头。

大嫂瞅瞅我们："咋样，没混过去吧？"

"老六，说句打脸的话，你这就是杀鸡取蛋呀！"老艄公又拿起一串带着粗蔓地说，"光图快，把蔓子砍断扯下来，来年靠什么结葡萄？后年呢？大后年呢？靠山吃山还得养山，这是大伙儿定下的规矩，你咋又犯了？采药的见了小人参秧子都不挖，在河里打鱼的还不把网眼织得太小呢！"

"我，一时没，没在意……"老六辩解道。

"这也不是头一回了。什么没在意，你家种的豆角，怎么不一下把蔓子全拽下来？连豆角架一块拔了多痛快！"老艄公有点气了。

老六只得认错儿。老艄公对一个媳妇说："你回家对你家男人说，咱那规矩得细点，再有破坏资源的，得好好地帮助帮助，老也不改的就罚他！他是队长，这事儿也得管。嘻，东泊子又少了架好葡萄。"他说着，轻轻一扳舵，船向对岸荡去。

我望船儿，说："这事儿管得真好。"

大嫂听了，笑道："这还是小的呢。"

我转过头来："怎么，还有大的吗？"

"怎么没有？就是几个月前的事儿。"大嫂给我讲了这样一段故事。

夏天，有个人牵了匹花骒马，要过河。老艄公问："大兄弟，是来卖马？我们石门可是缺马呀！"

那人说："听说这儿缺，从外地买来的，嘿嘿，也算支援农业生产嘛！"

"那好啊，这马个头还不小呢。"

"敢情。这是骒马，明年就能下个好马驹子，那是两匹了。谁买下，也不会吃亏。"

那人说完，拉马就要上船，被老艄公笑呵呵地挡住了。

"大兄弟等等，让我看看手续。"

那人愣了："这要什么手续？"

"我要的不是介绍信，要的是检疫证。"

"检疫证？"

"对，有了这个才好过河，进屯儿"。

"你们这是啥规矩？"

"这可不是我们自个儿立的，卖大牲畜的都得有检疫证。要不，带进来什么传染病……"

"哎呀老哥哥呀，马就在你眼前，你看看嘛，有病没病还看不出来？"

"我不是兽医。大兄弟别见怪，这是外来的牲口……"

"老哥哥呀，怪兄弟没想到这一层，买时也没要。不过，真的没病，你看，多龙性！"

虽然老艄公不是兽医，毕竟是山里人，对骡马牲口也多少明白些。他看马的两眼不亮，没有神采，尾巴也不怎么灵活，就说："这样吧，你先在这儿歇歇，我去把饲养员大宋找来，他是个土兽医，他要说这马没病，我就给摆过河去。"说着开了船，真的找大宋去了。

等老艄公跟大宋回来时，那人和马都无影无踪了。两个知道这里有鬼，顺路就追，追出十四五里地，才追上。大宋一看，就知是匹病马，拉着那人到了就近的一个兽医站，一检查，是一匹患有严重传染病的马，说这种病传染快，得上就没治。马上报告县里，及时作了处理，才免了一场大祸。

这事儿让县畜牧局知道了，写了篇稿子，县广播站给播了两回呢。弄得郑玉山脖红脸发烧，直门说："这是干啥！这是干啥！"

我听了，高兴地说："老艄公，古渡口，是个好关口。"说着，我点上了支烟。

老郭也跟着神气起来，指指那石壁上的字儿说："要不怎么叫'石门锁钥'呢！"

这时，大木船披着夕阳回来了。

我望着黄昏时的河面，望着那条木船，仿佛乘上了一艘巨舻，在生活的激流中扬帆鼓浪，向那理想的港口进发。船后留下来的是一页又一页闪光的历史，其中有一页该写着古渡口的老艄公。

我们走上船时，老艄公笑呵呵地望着我。有点为难的样子："这位同志是远道来的吧？头一回进我们山区吧？"

我点点头："以后我会常来的。"

"那就不怪你了，上秋了，山里的草啊叶啊，都晒得干干的，有一星儿火，也许出场乱子呢！"

老郭和大嫂这才看到我手中的香烟。

我忙把烟掐灭了，抱歉地说："在县城我是听过护林防火宣传的，可我没记住。"我心中又说，这一回呀，我会牢牢记住的。

（1982 年 1 月）

在记忆的屏幕上

　　列车由山城通化出发，过了流金耀彩的浑江，便钻进了苍苍茫茫的大山，向鸭绿江畔的边陲小镇——临江飞去。我所依凭的窗口，宛若一面遮幅银幕，正演着一部引人入胜的纪录影片。这锦山秀水，我是熟悉的，那里留着我的汗滴和脚印；然而它又是陌生的，由荒凉贫瘠变得丰腴娟秀了。于是，在我脑海的屏幕上映出的却是记忆中那些闪光的画面。感情的链条，神智的剪刀，把它剪接成一部动人情怀的影片。记忆中的影片与现实的影片复合着、交融着，叠印着。有时竟也分不出哪是记忆中的，哪是现实中的。明明是一群身着花衫、头戴草帽的姑娘在水田地里除草，在我的眼里却成了腰扎彩带、手执花棍的秧歌队，甚至还听到了她们那甜爽热烈的歌声："一根那个花棍呀一条心，王大娘送子去参军呀……""光荣光荣真光荣，骑着马来披着红……"

　　难怪我这样！我就是"骑着马来披着红"，在唰唰的花棍声中参加东北民主联军的。那是一九四六年初冬，以蒋介石为代表的国民党反动派，挑起全面内战，由山海关、秦皇岛三路进攻东北解放区，烧杀抢掠无所不为，刚刚从日本侵略者的铁蹄下解放出来的三千万东北人民，又被推进战火硝烟之中了。我军实行战略防御，让开大路，占领两厢。在辽东，我解放区只有长白、靖宇、抚松三县和临江县的一部分。工作队是军队，军队也是工作队，深入民众，减租减息，实行土地改革，巩固根据地，武装人民群众。而敌人自以为得计，牛皮吹得山响，要在几天内攻占小镇临江。于是，"四保临江"的战斗揭开了序幕……

车窗这幅屏幕上，映出了当年的战地。那曾经发生过白刃战的山谷，运出来一车车乌亮的原煤；那曾经阻挡过我军前进而最终被炸毁的桥头堡旁，立着红格黑道的水位标尺，那曾经掩护过我们愤怒的大炮的松林间，搭起了栽培人参的棚架；那曾经浸透了战友们的鲜血的山坡，鲜花静静地吐着芬芳。不是我忘记了一场场浴血的战斗，忘记了那硝烟裹着的冲锋号声，忘记了那一滴滴鲜血，因为在我眼前闪过的是走在山路上的大车，横渡滔滔浑江的小船，坡地里正在中耕的小伙子，水田里拔着杂草的姑娘们，使我记忆的屏幕上映出了一支奇特的队伍。

这支队伍，不管男女，都穿着青布棉衣，头戴狗皮帽子，脚蹬牛皮乌拉，肩上挎着刚刚从敌人手里缴获的各色枪支，拉着一张张小巧的爬犁。爬犁上有为伤员准备的棉被，也有干粮、咸菜、粉条子，有的爬犁上还有自制的二胡或是亮铛铛的小铜锣。说他们是支军队，有枪却不着军服；说他们是支担架队，却又运送着给养；说他们是支运输队，还有铜锣和二胡；说他们是宣传队，却有为伤员准备的棉被。他们都不属于"这些队"，是刚刚翻身做了主人、分得了田地的农民，自愿组织起来跟随在队伍后面的，他们也都属于"这些队"，遇到什么干什么，需要什么送上什么。于是，他们得到了一个光荣的称号——民运队。这种民运队到底有多少支，实在说不清楚，反正是在"四保临江"的各处战场上，到处都有他们……

我实在忘却不了那些诚挚开朗的面孔和坚毅不惑的信念，忘不了那些知难而进的身影和沉稳扎实的脚步，就像闪现在我眼前的：老板的面孔、艄公的身影、小伙子的脚步、姑娘们的歌声，他们与我记忆屏幕上的影像复合着、交融着、叠印着。列车在一个小站停了两分钟，缓缓地启动了，我的思绪也缓缓地启动了，列车越走越快，我的思绪也越来越条理，最后归到谷秀英和她带的民运队在长春沟的战场上。

那年冬天出奇的冷，多是在零下四十摄氏度，吐口唾沫不等落地就变成了冰片儿，夜里杨桦树被冻得咯叭叭地爆裂了，天傍亮时冷得枪栓都拉不开。阵地上的战士们一时也不停歇地跳动着，仿佛身上的血少了，流得也慢了。肚子里还发空，肠子咕咕噜噜地搅动着。天就要亮了，战斗即将打响。国民党反动派在通化设了长官指挥所，于一九四七年一月二日，以五个师的兵力三路进犯临江，我军四个师两路迎敌，战斗将是艰苦的、激烈的。那时，我们多么需要一盆火、一杯开水、一块热干粮！这些，都是战斗力啊！

树林中飘来一阵烧木头的味儿，谁在那儿生火？我跷起脚望望，四外没有一星火亮。不一时，又顺着风儿飘来烤干粮的香味儿。不知在什么地方有火，有热干粮，我们更觉得冷，也更觉得饿了。

吱吱嘎嘎的踏雪声由远而近，在皑皑的积雪的映照下，依稀看得见林间走过来一支拉着小爬犁的队伍。到了跟前才看清，是些头戴狗皮帽子、脚蹬牛皮乌拉的年轻农民，一人一张小爬犁，上边鼓鼓囊囊地装着什么，全都用棉被焐着。被子揭开了，我们全都愣了一下，接着便跳了起来。爬犁上是一桶桶冒着热气的开水，一片片烤得焦黄的干粮，还有咸菜呢。这就是我第一次见到的民运队。我们"大吃二喝"，肚里饱了，身上暖了，好像血液也多了，流得也快了。那个领头的小伙子还歉意地说："没来得及做菜，本来爬犁上有白菜、粉条，还有一方子肉。"我们已经满足了，他们实在是辛苦了。怎么生的火呢，既能烤好干粮、烧开雪水，又不让远处看到火光？那干粮才不易烤呢！因为前线需要太多，临江城内的居民们、山村里的农户们，把干粮做得盆儿大小，大的要五六斤苞米面子，外边是蒸熟了，里边只有七八分熟，等运到前线，全冻成了一块块大石头，摔不碎，切不开，只得烤一层切一片，烤好一个干粮得好半天，当然也够三五个人吃的。烤好的干粮中夹着一条条咸黄瓜，或是咸豆角、咸芥菜缨，吃起来很是爽口。

吃饱了，喝足了，发现我们的枪没了，我抓耳挠腮地问连长，连长笑呵呵地指指小爬犁。机枪、步枪全在爬犁上，用刚包过热水、烤干粮还带着余温的棉被包着，不用怕拉不开枪栓了！我乐得没法儿，用刚跟战友们学的握手礼，表示心意吧。我憨笑着把手伸给领头的小伙子，他望望我，腼腆地一笑，伸出手来。

哈哈，这个庄稼人，手又细又小。

天大亮了，整个大沟里静悄悄的，雪野白得耀眼，空气里似乎还带着细细的雪粒儿，每个人的身上都挂了一层白霜。战斗打响后，担任正面狙击的我们连遭到炮击，减员很大。敌一九五师装备精良，被吹为"王牌军"，师长何世雄是中央军中的红人，正踌躇满志，简直像条发了狂的疯狗，要把我们连守的山头轰平，妄图从这里插入我军腹地。当然，我们只要有一个人在，也不会让他们爬过去。运动过来的敌人大概是一个加强营，如果我们是一个整连，是完全顶得住的，可是如今减员几乎近半了，困难是相当大的。民运队员们，把伤员背下来，放在小爬犁上，裹好棉被，在弹雨中飞下山坡，隐进密林，交给另一支民运队转送医院，然后他们又急忙忙带着弹药返回阵地。

敌人找到了山坡上一条弯弯曲曲的小沟，沟旁长满了小叶红柞树，枝枝杈杈影响了我们机枪的射杀力，他们虽然扔下了一片尸体，但还是摸上来了，战斗的态势发生了急剧的变化，敌人二三倍于我们。战士们急得眼里冒火了，血染山冈在所不惜，丢了阵地，将给全歼敌一九五师带来严重困难，甚至是损失。

"进入阵地！"领头的小伙子一挥手，六十来个民运队员抱着手榴弹，拿过受伤或是牺牲了的战友的枪支，穿插地趴在战士们中间。我扭头一看，整个阵地，该有人的地方都有人了，灰军服和青棉袄插花看，真真是一个整连了。这是多么迅速、多么及时的增援啊！领头的小伙子从爬犁上解下一些绳子，接成长长的一根，绑了好大一捆手榴弹，顺着山坡的雪壳慢慢地朝下放着，一直放到那个弯曲的小沟里。我真不知道他是怎么弄响的，简直赶上一发炮弹了，把那小沟炸平了一大截子，炸死十几个敌人，吓得他们调头往下退。连长见机不可失，一声令下，我们排跃出阵地，向坡下猛冲，一下子就把敌人压到山脚下去了。那小伙子领着二十多个民运队员也冲了出来，回去时还捡了二十来条枪，民运队员全都武装起来了，阵地欢腾了。我得了一把二十响匣子，交给连长，连长送给了领头的小伙子。

小伙子掂了掂匣子枪，笑了。这时，我才细细地打量他，棱角分明的面孔，薄薄的嘴唇，淡淡的眉毛下有一双明亮的眼睛。睫毛一动，闪出一道热亮亮的光来。他突然把大狗皮帽子摘下，深深地给连长施了个礼。我简直呆了，这个小伙子脑后还吊着一对短短的辫子。连长告诉我们，她叫谷秀英，是临江建国街的妇救会主任。后来才知道，这支民运队中有十七八个姑娘呢！

我们用谷秀英的办法，将那条小沟轰平了几十丈，成了开阔地。敌人一时上不来了。谷秀英把她的队员带走了一些，不到一个小时，带上来了烤干粮、白菜粉条汤，汤上漂着油花儿，还有薄薄的白肉片儿。那是她家杀的年猪，一半支前了，一角慰问了军属，剩下的一角她又带到阵地上来了。

一场激战，歼灭了敌一九五师，击毙了敌师长何世雄，震动了东北战场，鼓舞了我们这些新入伍的战士的士气，也鼓舞了这支刚刚建立起来的民运队。从此，他们就跟随我们部队，搞运输、抬担架，还参加战斗。宿营的时候，常常给战士们唱歌、扭秧歌，谷秀英说，这是她们几个人跟鸭绿江文工团学的。我们不能不佩服年轻的队长谷秀英，虽然她比我们这帮战士还小一点，可我们还硬是喊她大姐。她呢，也响响快快地答应着。每当解放了一个村镇时，民运队更加繁忙了，有的去补充给养，有的去动员支前物资，有的修理小爬犁，有的到穷苦人家的炕头上去唠嗑，有的给老乡挑水、劈柴、扫雪。而谷秀英常常在大道上插杆红旗，敲起铜锣，一面宣讲战场的形势，一面动员青年们参军上前线。她那一口庄稼话，直往人心里去。每一次，都有当场报名的。

也难怪谷秀英有这两下子，原来在临江她听过党中央的代表的讲话，跟东北民主联军副总司令唠过嗑，而辽东军区司令员在她家住过好些天。她在司令员的教导下提高了觉悟，参加了革命，成为临江城内第一批党员之一。因此，我们对她又羡慕又有些敬重。万没有想到，她在第四次保卫临江的战斗中牺牲了。那次，敌人打着十四个师的番号，向临江作第四次进犯。我们在运动中解放了一个较大的村子，约有四五百户人家，因为情况复杂，需要留下人来帮助建立农会、民兵等组织，部队只休整了一天一夜又投入战场，谷秀英和十几个民运队员留了下来。我们刚刚结束了一场战斗，留在村里的民运队员送给养上来，还带来了二百多个戴着大红花的青年，里边有几十个姑娘。怎么一个村子一下子有这么多人参军？还跟谷秀英牺牲有关呢！这是民运队员含着泪讲给我们的。

谷秀英她们很快地建起了农会、民兵、妇救会、儿童团等组织，村子里一片沸腾。有天夜里，谷秀英和两名民运队员跟二十来个青年人谈参军的事儿，突然一伙人把房子包围了，领头的是个披头散发的二十多岁的女人，不知怎么穿了件红毛衣，满嘴喷着酒气。她爹是恶霸，被镇压了。她男人原来是个作恶多端的占山虎，后来投了中央军，在长春沟战斗中被我军击毙了。解放村子时，他哥哥往我们连部扔炸药，被打死了。她纠集了几个原来在他男人手下当土匪的亡命徒，妄图进行报复。谷秀英为了青年们的安全，带着民运队员冲出屋去，三支枪顶住十几支枪，青年们从后窗脱身了。等民兵们赶来时，谷秀英已经成了血人，她击毙了穿红毛衣的那个女人。可是终因伤势太重，只留下一句话："告诉柱子，一直打到南京去。"好久才弄清，柱子是她的未婚夫，在三纵当排长。谷秀英的牺牲是个极好的动员，使大家知道了，不彻底打垮国民党反动派，就不会有好日子过。一天一夜，竟然有二百来名青年报名参军，占全村青年总数的一半还多呀！

　　粉碎了敌人的四次进犯，我军挥戈进攻通化，东北战场我军转入了全面进攻，这支民运队一直战斗在我们身旁，只是队长由一个机灵的小伙子代替了。我曾想过，为什么打败了几倍于我们的敌人呢？原来有这么多人跟我们一起战斗，正像首长对我们讲的，战争的伟力在民众之中。从这支民运队上，我看到了这种伟力，一种永不枯竭的伟力，一种任何力量都不能战胜的伟力。我所见到的仅仅是一支，整个战场上到底有多少支呢；要把他们集合在一起，那是一支何等壮观的大军啊！几十年后的今天，在我依凭的车窗这幅银幕上映现出来的一切，能够"旧貌换新颜"，不也看到了这种伟力吗？那么，靠这种伟力，美好的明天就一定会创造出来！

　　列车一声长鸣，啊，小城临江到了。变化真是大啊，要不

是有猫耳山为证，有鸭绿江作凭，我还真不敢认了呢！建国街
在哪儿？后台村在哪儿？杜光华师长的陵墓在哪儿？这些，又
一次照亮了我记忆的屏幕。眼前的景象与我记忆中的情形又在
复合着、交融着、叠印着……

啊，在我记忆的屏幕上！

（1981 年 6 月）

将军的足迹

　　我怀着庄重的心情，走出了古朴的靖宇（原称蒙江）县城，过了一个叫作保安的小村落，便转进了弯曲的青龙河套。踏着冰凌，逆流而上，由幽深的峡谷，走进绵密的山林。约行千余米，到了一个簸箕形的山峪中，我停下了脚步。这就是抗日英雄杨靖宇将军壮烈殉国的地方。

　　我默默地站在那里，在靖宇将军纪念馆中看到的史料和文物，一桩桩一件件在眼前闪现着。我是来凭吊这位威镇敌胆的英雄？是在缅怀将军那亲切的音容笑貌？是来追思他那可歌可泣的业绩？不，我是在寻找。是寻找刻在红松树上的标语？是寻找洒落在沃土里的血滴？是寻找留在密林中的雄壮豪迈的旋律？不，我只是寻找足迹，寻找那些足以使我们后代人深省的足迹。

　　杨靖宇将军殉国四十余年了，那时的小孩子也已年近半百了，那时的小松苗长成了参天大树，那时落地的参籽儿长成了老山参，一切一切发生了多么巨大的变化啊！将军留下的足迹还会在吗？我还能寻觅得到吗？

我抬头望去，那高塔，那碑志，那围垣，青松庄重肃穆，冰凌花遍地金黄，青龙河唱着怀念之歌。我情不能禁，低低地吟哦起来：

> 为寻足迹访冰凌，
> 碧血化作杜鹃红。
> 巨石嶙嶙齐为碣，
> 古木森森自有情。
> 九曲流水唱赤胆，
> 三叠长林漾雄风。
> 遥听松涛澎湃处，
> 将军犹唤百万兵。

从将军殉国的地方慢步登上山头，回头望着河谷、莽林，遥想当年那场激战，更盼着能寻到将军的足迹，哪怕只有一点也好。

按节令已经过了雨水，可长白山区的蒙江密林，依然是积雪皑皑，寒风凛冽。只有向阳坡头斑斑驳驳地露出树叶草根，多么像一行行足迹在山林中穿行？崖头上的杜鹃虽未吐叶，枝头上的蓓蕾却透出了一丝丝血红，多么像一行行足迹在险崖上铺去？青龙河那没有结冻的地方，翻着一朵朵银亮的浪花，多么像一串串足迹在峡谷中缓缓流去？那天空明净而又高远，一片片彩云慢慢地飘动，多么像一串串足迹悠悠地飞向远方……

啊，将军的足迹，在草丛间、崖头上，在流水里，也在天空中。流水和天空中怎么会有足迹？这并非遐想，那里确确实实有将军的足迹啊！

一九三九年深秋，日伪调集了四十余万兵力，在临江、辉南、金川，直到蒙江的大片山林里，实行"篦梳式""踩踏式"的围剿讨伐。将军率领的东北抗日联军第一路军进入了最艰苦的岁月。入冬后，天又冷得出奇，常在零下四十余度，冻得大树在夜里"叭叭"地裂开了，清晨时枪冻得拉不开大栓。雪也分外的大，浅处没膝，深处齐腰，有时陷进雪窝子，连影儿都不见。又加粮食极度短缺，破絮难以御寒，活动更加艰难。所以，部队化整为零，分头游击。伪通化省警务厅长、警察本部长岸谷隆一郎"发明"了一种自称为"狗蝇子"的战术，他自己解释说："就像狗身上的蝇子，钻在狗身上一直不离开。不过，是些带枪的蝇子，跟在杨的屁股后。"还说："杨的一活动，就要在雪地上留下足迹，我们这些长胡子的、威风凛凛的狗蝇子，就顺着足迹叮上去……"这不能不说是个威胁。日伪讨伐队成群结队，日日夜夜在山林中搜寻抗联的足迹。

发现了！雪地上有一行清晰的足迹。少则几百，多则成千的讨伐队，让这行足迹拖着、牵引着，在密林里转来转去。转到后来，论伐队一个个瞠目结舌了，足迹不是断在树下，就是止在河旁。难道，足迹让流水带走了吗？或是让云彩送去了吗？

是的！是流水带走了，是云彩送去了。抗联战士为了不把足迹留给敌人，有时要把脚印送到空中去。用根长长的木杆儿，搭在两棵大树之间，双手抓住木杆在空中挪动，从一棵树到另一棵树，木杆倒了一次又一次，就这么从空中飞走了。这办法看来"笨"些，慢些，但毕竟把足迹送到空中去了，敌人无法找寻。有时，为了摆脱敌人的追击，要奔冬天也不上冻的暖河流段，将军带领着战士，蹚着刺骨的寒水，在河里走上几里路。他们冻得浑身发颤，双腿发木，仿佛整个身子都凉透了。在河里走还算好呢，等上了岸，让风一吹，双腿成了硬邦邦的冰柱了，得用一根棒子，把冰一层层敲下来。赶到宿营地，生起篝火，烤衣烤鞋时，就更难了，鞋脱不下来，那是不能烤的，一烤要伤脚的。得像缓冻梨那样，用冷水把冰凌缓出来才行。这一切，需要多么坚强的毅力啊！就这样，足迹飞了。"狗蝇子"战术失灵了。于是，人民群众中流传着抗联会飞的传说。连岸谷隆一郎也无可奈何地说"杨的就是了不起！""是个英雄""是个代表人物。"

啊，将军的足迹让流水带走了，让云彩送去了……可我，依然在山头上漫步，苦苦地寻觅着。向阳坡头，那斑驳的积雪中，有一丛丛冰凌花儿，霜染风欺，细碎的叶片愈发显得翠绿生辉，冰封雪压，金黄的花瓣更加流光耀彩。这花儿，是从将军的足迹中开放的吧？是的，将军的足迹深深地印在大地上。曾经有过一个足迹，震动了整个"东边道"，那是一九四〇年二月十五日。

这年的二月初，将军带着十八个人，去找二方面军商讨给养和反讨伐事宜。一路上时时与敌遭遇，到了十四日只剩七个人了。为了早日联络上二方面军，将军决定兵分两路，他只带着警卫员朱文范和聂东华向约定方向运动。十五日，小朱、小聂搞粮食去了，一股敌人朝将军扑来。将军一边倒退着，一面用树枝扫掉足迹，渐渐进了密林。由警佐绪方忠雄和叛徒、讨伐大队长程斌、崔胄峰带着六百多讨伐队员，一窝蜂似的搜索过来。

"脚印！"一个讨伐队员惊叫道。

讨伐队立时紧张起来，仿佛在他们面前不是个脚印，而是将军的千军万马，一个个望着脚印，抽着凉气。崔胄峰指挥着布下了警戒线，绪方振作了一下，说："这是一个希望。"于是，一个"足迹会议"开始了。其中有些人是被岸谷专门训练出来的足迹"权威者"，岸谷曾对当时的日本记者说："我们有足迹权威者，根据足迹的数量、幅度、方向等情况，可以判断出人数和去向。但在这个时候，他们也考虑到这一点，所以不管多少人走，只有像一个人走过一样。我们的足迹权威者根据雪被踏的坚度、深度，是能够知道有多少人的。"他们经过分析，认定只有一个人，而且是刚刚走过。这是不错的，因敌人追上来，将军掩埋足迹时漏下了一个。

雪地上的足迹，使叛徒程斌呆呆不语。

狡诈的绪方注视着程斌："程的，你的认出是谁了吧？"

程斌点点头。

警尉补益子理雄狂叫起来："这是我们连做梦都不能忘的杨靖宇啊！"

程斌曾在将军的第一师当过师长，是熟悉将军的足迹的。将军的脚宽大，一般的鞋子穿不上，常常用兽皮或是一块破棉衣缝成"棉鞋"，留下的足迹就自然有特点了。

程斌认出来了，益子猜中了。可讨伐队员却吓呆了。

送信人飞跑下山，军用电话急急地叫着，蒙江城顿时乱了套，坐镇蒙江的岸谷火速发令，一股股守备队、警察队跑步出发，一辆辆大卡车冒着烟儿冲出城门。伪通化省的嗜血者们，吃惊，担心，疑惑，他们一面向日伪东南满讨伐司令长官野富昌德和伪治安大臣报告，一面派出黑老鸹似的飞机，连连飞向蒙江。一个足迹震动了东南满，这是个使外寇惊魂，内奸丧胆的足迹啊！在这样的足迹里，怎能不开出傲雪凌冰、金光灿灿的花儿来呢？这一丛丛"金英翠萼带寒色"的冰凌花，不就是将军那踏实的足迹吗？

丛丛冰凌是将军的足迹，那么崖头上透出红意的杜鹃花下，会不会有将军的足迹呢？我走上崖头，细心地寻觅着。扶着那倔强的枝干，望着那刚刚抿嘴的花苞，眼前闪出一行血红的足迹……

就是这一行足迹，使六百顽敌倒于雪地。

还说那年的二月十五日吧。那个"足迹会议"之后，六百多个"狗蝇子"围追上去，终于发现了将军。他们以为六百比一，是可稳操胜券的，便一边高喊活捉，一边提心吊胆地往前凑。将军甩开大步飞跑着，在密林雪地里如履平途，双臂摆动比头还高，大步迈得如同疾驰的鸵鸟，很快就上了山头，利用地形，击倒警尉伊藤，射伤叛徒崔胄峰，接着击毙了一个日军警尉，射伤六个伪军。六百支武器，步枪、手枪、机枪，同时开火，一张密集的火力网，紧紧地裹着将军。将军左手负伤，滴滴鲜血落到雪地上。将军撤走了，雪地上留下一滴一滴的血迹。

　　这时天黑了，讨伐队没带手电筒，只好划着火柴，沿着血迹向前追寻。将军用鲜血染红的足迹，牵动着六百敌人。讨伐队从早上出发，已经在雪地里奔跑十几个小时了，什么东西也没吃到，又累又饿。事后益子回忆说："寒气袭人，疲倦困人，肚子哗哗直响，有些疼。"绪方回忆说："在雪地上吧嗒吧嗒倒下去的人出现了，掉队地出现了。从早上出发的六百名讨伐队，剩下三百名，二百名，一百名……到了十六日早晨二时，不知不觉仅剩下五十名队员了。"而这五十名，也还是遇上了一辆卡车，坐车跑回了蒙江。这一人一串足迹，拖垮了六百顽敌，在古今中外的战史上，也是不多见的吧？何况将军几天没吃东西，感冒未好，左手又带着伤呢？那一行用鲜血染红的足迹，就像雪野绽开的点点红花。现在，我眼前的一丛丛"冲寒先喜笑东风"的杜鹃花不就是将军留下的闪光的足迹吗？

　　我已经寻觅到了将军的足迹，从山崖走下来，到了青龙河边，想去寻找将军最后的足迹。最后的足迹是一九四〇年二月二十三日下午三时留在河边的一棵拧劲子树下的。现在，这儿竖着一块碑牌，我细细地读着碑文，得知将军原名马尚德，一九〇五年二月十六日生于河南省确山县李湾村，一九二五年六月加入中国社会主义青年团，一九二七年清明节领导确山农民起义，而后加入中国共产党。一九二九年调到东北，曾几次被捕，被党营救出来后赴哈尔滨任市委书记，代满洲省委军委书记。一九三三年组织中国工农红军三十二军南满游击队，任政治委员。一九三四年当选为中华苏维埃中央政府执行委员。一九三六年任中共南满省委书记，东北抗日联军第一路军总指挥兼政委。一九四〇年二月二十三日壮烈殉国，年仅三十五岁。我一边读着这样的碑文，一边回想将军最后的战斗，寻找将军的最后的足迹。

将军拖垮了六百顽敌，去约定地点会合小朱、小聂，谁知两位勇士在筹粮中，与敌遭遇，壮烈牺牲了。只剩将军只身一人了，他仍要去与二方面军联络。他忍着伤痛和饥饿，避开讨伐队，几经辗转，于二十二日晚来到保安村的一个地仓子里。保安村的人家，早被归到城里去，只剩农田中这座小仓子了。这儿离蒙江县城仅五六华里，前面有一道河谷，后面是个缓缓地山坡。几天来，将军只吞咽了几团棉絮和枯草，脸和鼻子都冻坏了，伤口和感冒又使他浑身发烧，已经没有一点气力了，全凭着坚定的信念支撑着他。

次日上午，将军遇到几个砍柴人，谈了一阵子，拿出钱来托他们买点干粮。没想到其中有个特务叫赵廷喜，来到蒙江县南门报告了特务李正新（新中国成立后赵、李被处死刑），李立即报告给县警务科长王某，王马上用电话报告岸谷，岸谷立命绪方、益子、大网等纠集城内的零散兵力，又从伤兵中挑出八十名较轻的，分批向保安村奔去。

这时，仓子的后坡上，留下几行杂乱的足迹。将军见打柴人不回，为防意外，需立即转移，只要爬上这座坡度不到三十度，长不足半里的山坡，就可以进入密林，岸谷将又一次扑空。可将军的体力不行了，无论如何也爬不上去了。从雪地上的脚印看，将军爬了三次之多，有几处印迹扑落得好大，显然是多次跌倒。爬不上山坡，足迹沿着青龙河往山里去了。这就是留在青龙河边的最后一行足迹。

将军用了好长时间，才走出千余米，敌人赶来了，他知道今天很难突围，体力不支，是最后的战斗了，在一块青石下，留下一堆纸灰，很可能烧的是随身带着的文件。然后，来到河旁的一棵拧劲子树下。敌人从山头、山腰两路包抄过来，将军一人打响了一场激烈的战斗。相距很近时，益子喊话，让将军投降。事后益子稍带惊恐地对日本记者说："他拼命应战，用两手开枪。距离五十米再次劝他投降，但代替回答的是他的子弹。"将军与敌只离三十米了，两支手枪对着几百支长枪、短枪、机枪，对着日寇，对着汉奸，对着叛徒，他在打击，在惩罚，在宣判。密集的弹雨从三面飞来，劝降的喊声充满山谷，可将军身躯巍巍然挺立如磐石，双目炯炯然犹如电火。三时许，一排罪恶的机枪子弹，从将军的肩头斜向胸部穿过。我们三十五岁的将军倒下了。虽然"壮士头颅呼不起"，可在雪地上留下了鲜血染红的、踏实而又清晰的一双足迹……

> 松花江水流不停啊，
> 不灭日寇气不平。
> 长白山上英雄多呀，
> 数着杨靖宇杨司令……

我心头回响着深沉的、怀念的歌声。可眼前，那棵拧劲子树没有了，树茬子也烂了，那块将军用鲜血染红的土地，开着一簇簇冰凌花。那么，足迹呢？我该到哪里去寻？

徘徊了一阵，仰起头来，望望那三米半高的巨碑，默诵着那简短的碑文，心头豁然一亮，将军最后的足迹不就是这庄严的巨碑吗？是的！巨碑，是将军在人生的道路上走过三十五个年头留下来的一串熠熠闪光的足迹！

啊，将军的足迹，在山林里，在大地上，在花丛中，在碑文里……不！更确切地说，在长白山区人民的心头上，都留着杨靖宇将军那踏实、明晰而又有光有热的足迹啊！

（1982 年 2 月）

小镇陈情

　　要不是退休了，我还不会回到小镇来。尽管我知道小镇大变样了，可多少年来从未萌动过探乡的念头，因为四十年前离开小镇时我发过誓：不再回来！永远也不回来！并非小镇没有给我留下美好的记忆，也不是我对小镇缺少眷恋之情，只是因为……

　　不管因为什么，总不会把记忆屏幕上的影像抹掉。记忆，有些像老酒，越是年深日久越发醇浓。也越发牵动人的情肠。那个只有三万人口的小镇像一只红色的蜻蜓，闪动着透明的翅膀，不时地飞到我的梦里来。

　　记忆中的小镇像幅水墨画儿，没有斑斓的色彩，倒是透一派古朴素雅的韵味。全镇没有一座楼，全是青砖黑瓦房儿，临街的似乎少了一面墙，里面便是千奇百怪的铺面。探出好长的廊檐下，挂着各式招牌，显示着小镇的全部所有，就连卖豆腐脑的也要挂出个小幌儿来。

　　说起那些牌幌，也真有意思，饭馆挂罗圈幌儿，煎饼铺挂个带红布的木牌，皮铺挂着只长脸细褶的大乌拉，药堂挂起两串菱形的木牌牌。最难忘的是我家斜对门儿，有那么三间低矮的旧瓦房儿，看上去有些下沉了，门面也有些寒酸，惹人眼目的是那个全镇独一的怪幌儿。那是三块缸形的厚木板，小口大肚平底，还油成了紫红色，上边各有一字，连起来便是——半街香。

每当这三块缸形招牌出现在梦中时，心里便猛地一沉，那只红蜻蜓倏然飞出梦境。醒来时不但觉不到梦回故里的甜味儿，倒生出无限的酸楚。酸了一阵子，还是那句话，不再回去！永远不回去！反正红蜻蜓飞走了。

人的感情是很怪的，天天在班上，虽然不十分忙可也不得消闲，誓言从未动摇过。可是一退休，真真闲起来时，那只红蜻蜓闪动着透明的翅膀，在我身前身后地飞舞，仿佛要用那薄薄的翅翼把我载回去，载进小镇，载到那条街上。亲切的乡音在耳边呼唤，淳朴的乡俗在眼前闪现，浓重的乡情萦绕在心头，于是乡思萌动了，而且愈演愈烈，那三块缸形的招牌再也压不住了。

一踏上旅途，压抑了四十年的思念，一股脑儿涌上来，涌成一条浪花奔腾的长河，列车也似乎变成了一只船，顺河而下直扑小镇了。

那次真是坐着条大木船回到小镇的。童年，在小镇上度过，也许是太小，没留下什么闪光的记忆，全是些小把戏。在城里的姥姥家一住就是九年，无忧无虑的九年。当拿到毕业文凭时才感到有些茫然，天真烂漫不见了，为自己设计的锦绣前程也不见了，只好坐上大木船顺河而下，回到我出生的那座房子里去。一天天郁郁闷闷无所事事，书也看不下去，那些言情小说一个套儿，什么《满洲新闻》《协和》杂志，还有电影《白兰之歌》更是不看的。妈妈安慰道："别愁，找个地方学个手艺吧，好赖是个饭碗。"爹摇摇头："学做买卖吧，咱这个床子不大，不能发福生财，混饱肚子还能办到。"可我既不想学手艺又不愿做买卖，到底想干什么，连我也不知道。

有天早上起来，一推窗子，扑进一阵香风，好像在田园的清香中融进了熏肉味儿。田园的清香使人向往，熏肉的浓香让人垂涎，而此时的香味儿醇而不浓，清而不淡，让人把向往和垂涎揉在一起。我问妈妈这是什么香味，妈妈说是大酱味儿，我怎么能信呢？她指指斜对面："那家一开酱缸，多半条街都能闻到香味儿，要不人家就送名'半街香'了？"说着，找出一个钵儿，掏出些钱，让我去买酱。

我半信半疑地循着香味儿去了，先看到那低矮的旧瓦房，那寒酸的门面，又看到那奇特的招牌，有些忍俊不禁。进得屋来，不见卖酱人，只见些大肚子坛儿，用白生生的布块盖着。

"谁家的？进来吧！"从后院传来了女人的声音，亲切甜爽。我突然发现，这种香味儿是从后院飘散开来的。我想见识见识这个酱园，便穿过铺面，出了后门。见一个不大不小的院落，收拾得很是干净，四边还种了花草，二九一十八口大缸，并排儿摆在一个个厚木墩上，好像十八罗汉虎威威地蹲在那儿。缸前背对着我站个女人，高挑的个头，匀称的身材，一头乌发拢在脑后，梳成个长辫，用根红绒绳儿扎了，落落大方地垂在腰际。

她穿了件粉红色的府绸褂儿，在晨风中显得轻轻软软。她一手握着一个酱笆子，张开双臂，在并摆的两个缸里搅动着，这是给酱打笆。不知怎么，我觉得她那双臂像一对翅膀。对，是翅膀，她不就像只蜻蜓吗？像那款款飞舞的红蜻蜓！

我说了声买酱，她才转过身来。呀，是个年轻轻的姑娘，浑身透着灵秀，粉团也似的脸上有双明澈的眼睛，闪动着一层层娴静的涟漪。她不无惊讶地问："呀，这位小哥是谁家的？咋不认识？"听这话仿佛全镇的人她都认识似的。不过，从这话中可以断定，来买酱的人不少，而且不是来一回两回。

"我是你们斜对门王家床子的。"

"噢！听王婶说有个小哥在城里喝墨水儿，敢情就是你呀！"她伸手接过钵儿，"喝墨水的，能吃这大酱吗？"我长长地咳了一声，她怔怔地瞅瞅我，仿佛知道了我的处境，柔声地说："叹什么气，有墨水总比没墨水强，你不知道没墨水人的苦处呢。"说着，给我盛了酱。那酱不稀不稠，细沫中带着几片豆瓣儿，紫里透红，上边有层亮汪汪的油色。不用吃，就凭这色、味，便可堪称小镇一绝了。

她把钵儿递过来，我刚伸手去接，她又把手缩回去，转身到一个大肚坛子边弄了点什么，才笑吟吟地递给我。我掏出钱来，她用手一挡，说："俺这酱园子有个规矩，头一回来买酱是不收钱的。""那你们……""赔不上的，要是酱好，准能再来。""要是不来呢？""你会再来的。俺信自己的手艺。"她说得那么自信，仿佛吃了她的酱，会把什么山珍海味都忘了似的。

回到家来，早饭摆好了，添上这钵酱，似乎增加了不少光彩。

我用筷子在酱里一搅，搅出几条细嫩的小黄瓜，还有什么条儿、片儿，吃起来也真爽口。妈妈笑道："也不怕齁着。照你这吃法，怕是要把小床子吃进去呢。"我低头一瞅。也笑了，酱已让我吃了小半钵儿，害得傍晌时喝了两大碗开水。

这一天跟妈妈的话儿也多起来，少不了要说那个"半街香"酱园。我这才知道，是张家老两口子开的，做了一辈子酱，不光凭力气和手艺，还凭好心眼儿和实惠劲儿，这才在镇上有一块立脚地。出生在酱园的独生女，自然也会做酱，到了十六七岁便成了主角儿。这两年，老两口子身板差了，隔三岔五起不来炕，担子便落到姑娘的身上。往日还能剩几个，现今不行了，捐税一起连一起，老两口子又得吃药，这么下去说不定哪一天酱园会销声匿迹的。妈妈的话里透着几分同情，我已经神情愀然了。

从这以后，我几乎天天去买酱，每次只买那么一点儿，因为次日还要去的，而且买酱的时间一次比一次长，反正也不误她做生意，有时还能伸手帮帮她，搬搬大肚坛子，拿拿酱缸的尖顶大帽子，我甚至学会了给酱打耙。她也不拦我，浅浅的一笑算是谢了。有时还故意做给我看，仿佛我要跟她学做酱似的……

我读过书的县城是火车道的尽头，姥姥去世，舅舅调走了，一打听，江上的大木船早已停航，因为从城里到小镇有一条沙面公路了。到了客运站，刚好还有趟车，晚上便可回到镇上，住到弟弟家了。

公路在山间盘绕，我依稀认得出，这就是我当年离开小镇时走的那条崎岖的山间小路。那时我把愤懑、怨恨，还有泪水，留在这条山路上了。汽车拐过了一个山头，在一段平岗上行驶。路边是绿茵茵的草，我认得，有车前，有马齿，有节骨草，有猪牙草……那是什么？一丛一丛的，长长的叶条，弧形地垂下来，梃儿上开着一朵朵蓝中透紫的小花儿，几只蜻蜓，闪动着透明的翅膀，恋恋地盘旋在上面。这不是马兰花吗？是马兰花！心里立时搅动起来，那马兰花不是开在路旁，是绣在一双鞋上……

有一天，我又到她的酱园去，她把我的钵儿放在一边儿，拿出个小泥盆满满地盛了，说是送我的。怎么好收呢？她说："好歹算点心意吧，远亲不如近邻，再要外道，就算不得邻居了。"我只得端回来，谁知里边藏了几块瘦瘦的酱肉。妈妈说："这怎么好？她家艰难呢！"爸爸用他那做生意的脑瓜，立时算出，连酱带肉值三块五角钱，够她挣两天的。妈塞给我三块五角钱："送去吧，这咱也领情，有时拿钱也买不到这样好的酱肉。"我拿上钱走到那座旧瓦房前，却不能进去，送钱岂不伤了她的心？

我顺着街面往前走，走出好远，拐进个胡同，遇见几个搽胭脂抹厚粉的女人，倚在门框上，一边嗑瓜子儿一边浪声浪气地叫我先生，气得我扭头跑回来，不想在胡同口撞在一个老头的挑子上，东西洒了一地。我一边道歉，一边给收拾归拢。嗬，还有几双绣花鞋，针线精细，款式好看，只在鞋前脸儿绣了朵灵灵秀秀的马兰花，不俗不艳。一问价码，仿佛老头知道我有多少钱似的："三块五。"我挑下一双，用张纸裹了。

进了酱园已是黄昏时分，落日把余晖铺在那些大酱缸上。

她正在给酱打笆，见我来了，才停住手，瞅着我问："小哥，来送钱的吗？""不，不！"我讷讷道，"我是……给！"她疑惑地接过纸包，打开一看，怔住了。我怕她不收，果然她放下了脸儿，包上了包儿，我冷不丁想起她的话来，说："好歹算点心意吧。远亲不如近邻，再要外道，就算不得邻居了。"她把头微微地低下来，慢慢地打开纸包，水汪汪的眼睛盯着绣花鞋，脸儿红润润的。我说："穿上试试。"她没作声，脱下脚上的鞋子，用那张纸把袜底擦了擦，才轻轻地伸进绣花鞋里。"呀，大了，快，我去换一双。"她吃吃地笑了："换了就没意思了，这是给我买的呀，我的脚还正长呢！"她把鞋子收好，正颜正色地说："不许有第二回了。"

我帮她打把，说着话儿。她问我想不想找个营生在小镇待下去，自然我也要问她。她说，想把酱做得再好一些，多收入点钱，把父母的病治好，再把这房子修一修，就在这儿做一辈子大酱，镇上的人不能没酱吃啊！这就是她的理想吧？多单纯，多朴素，这也是她人生的翅膀，虽然是薄薄的，但却是透明的。我不由脱口说道："你真是一只红蜻蜓。"她回过头来："你骂我是蜻蜓？"我给她解释了一番，她笑了："小哥，到底是你们喝过墨水的人。"……

汽车驰进了小镇，天已经黑了。小镇到处是灯火，像无数颗明珠，闪闪烁烁。看样子小镇大了许多，也有许多现代化的样子了。我看见一座又一座楼房，看见一块又一块招牌："橡胶二厂""国营制鞋厂"是木牌牌；"第三百货商店""重光路副食品商店"是霓虹灯的；"知青饭馆""玉山居"都是挂着大红幌的，不由得想起那三块缸形的招牌来。

汽车鸣了声长笛，一条胡同闪入了我的眼帘，它虽然旧貌换新颜了，但我还认得出，这就是我撞倒老头挑子的那条胡同，那条惹人恨、折断了她那透明的翅膀的胡同！

就在我送给她绣花鞋不久，爸爸要带我去做生意，怎么说也不行，只得走一趟了，让爸爸看看我不是那块料，也就会死心的。走前我到酱园去找她，她说这是好事，总不能在家待着，待着能待闲了，待坏了。我看见，她脸堆着笑，眼里却有一丝泪花。"你喜欢什么？碰上要带回来。"她摇摇头："凭你吧！"她转身跑了，留下一句话："快点回来！"

谁能想到一走就是多半年呢？爸爸倒是会做生意的，赚了几个钱，不想病在外头，闹了三个多月才好。等我们回到小镇来一算，是七个半月，赔了一百二十元，可妈妈还是蛮高兴的。我顾不得歇息，跑出去直奔酱园子。嗬，房子修了，可能因为修房子，招牌也拿下去了。我一步跨进去，一位胖大嫂说："铺子还没开张，正收拾呢，请您过几天再光顾。"我愣在那里了，一定是发生了什么变故。

跑回家来问妈妈，妈妈说张家见酱园利薄，变卖了房产，搬走了。她——红蜻蜓对我说过，要卖一辈子酱的，她不会说谎。缠了妈妈几天，妈才说了实话，原来张家老两口子在一个多月的光景里，先后去世了。姑娘哭着办完了丧事，债主上门了，逼她把房产卖了，孤零零地走了。

啊，红蜻蜓飞走了！你飞到哪里去了呢？怎么不给我留下个地址？啊，也许她自己也不知道要到什么地方去吧！还是闪

着那透明的翅膀款款地飞吗？不是了吧，头上是乌云，身旁是
瘴气，脚下是坑洼，翅膀一定是很沉重的。要是再来一阵急风
暴雨，薄薄的翅翼会不会折断？真不敢想下去。从此，我门也
不出，硬是在家里憋着。妈妈见我一天天瘦下去，逼我出去走走。
这么大个人了，总不该再让老人操心。一天黄昏，我沿着大街
信步走去，不想又走进撞倒老头挑子那条胡同。那些搽胭脂抹
厚粉的女人，仍然歪歪地倚在门框上嗑着瓜子儿，斜着眼瞅人。
我低下头来，想匆匆穿过胡同。

"先生，过夜吗？"

声音不是浪声浪气的，仿佛含着一种哀愁，我没回声，只
想快步走过去。可我的眼睛，看到一双绣花鞋，鞋前脸上是灵
灵秀秀的马兰花。难道会是她？我倒抽了一口冷气，不由得止
住步。"先生，算你帮帮我。"声音更像她。我抬起头来，果然是她。
长长的辫子剪了，粉团也似的脸儿变得苍白无色，明亮的眼睛
也失神了。

她啊了一声，双手捂住脸，泪水从指缝间流下来。"你，你
……"我气得不知说什么好。"红蜻蜓的翅膀折断了，再也飞不
起来了，落在泥坑里，就要死了。小哥，忘了我吧！"她转身跑开，
留下一串呜咽……

原来妈妈告诉我的还是有假话，她那点家产———一座破房
子，几口大缸，哪里抵得上债呢？她被人家逼了去，说当干粗
活的佣人，两年期满。她去了，谁知没几天，就被卖到烟花巷
里来。霎时间，小镇也黯然失色了，还怎么能待下去？我说是
去学生意，其实是远离。爹很高兴地打点着，妈妈倒是明白了

几分。临走那天，下着蒙蒙细雨，替我流着泪。走远了，回头望去，小镇罩在一片灰暗之中，我发誓说："不再回来，永远也不回来！"……

从小镇的客运站走出来，沿着灯光映照的马路，去寻弟弟的住处。那些楼房、铺面、招牌，还有住宅楼的灯光，都牵动着我的眼神。走时，小镇好比一个衣衫褴褛，蓬头垢面的病人，现在是容光焕发，喜笑颜开了。迎面有一座二层小楼，大玻璃橱窗，里边摆着坛坛罐罐，两扇漆木玻璃门，里边似乎挂着折出褶来的纱布。突然，我的心缩紧了，门楣上有一块圆式招牌，刀刻油染地凸出三个深绿色的大字——半街香。

啊，半街香又出现了。是什么时候出现的呢？是新中国成立以后，还是近些年？是红蜻蜓飞回来？还是她的子女继承了她的手艺？抑或是一伙知识青年，他们把酱的传统做法找到了？

我望着那块招牌，站了良久，想了好多。定了定神，走上台阶，推开了那两扇漆木玻璃大门……

（1982 年 3 月）

青春的报告

青年人，在这里，在那里。
他们用自己的青春之蕾，
编织出这般奇妙的花环。

——摘自日记

小桥流水人家

春风使劲地摇着河边的柳条儿，柳条发青了，柳狗狗撑绽了紫色的包皮，露出白绒绒的头来。于是，河水显得更绿，浪花显得更白了。

河上架着一座坚实的石拱桥。每天早晨，一车车化肥，农具，日用品，从清河店出发，哗啷哗啷走过小桥，奔向山里的村村屯屯，黄昏，装着粮食、药材和土副特产的胶轮大车，呼吐呼吐地从桥上走过来，投宿清河店。

清河店坐落在这条盘山绕岭的一百八十华里的公路的中途，它是县城到北山，大方等四个公社来往车辆的投宿地方。

这座小小的店房，背依着雄伟的西山，面对着碧绿的清河，红彤彤的店幌儿，就挂在门前那苍劲的松枝上。屋后，有几丘小田，河面游着几十只鸭子，院里有一群鸡在长条的性口槽子下边，咯咯地刨食着，圈里的肥猪，懒洋洋地拱着圈门儿，哼哼呀呀，好一派农家的风光。

店家只有两个人，乔欣和夏莲，是一对勤勤劳劳、恩恩爱爱的小夫妻。乔欣原是县商业局直属的一个供应站的仓库保管员，夏莲是县客运站的售票员。一九六一年春天，交通局和商业局，根据北山、大方几个公社的要求，决定在清河桥头建个车马大店，解决来往车辆，行人的住宿，吃饭问题。可是，当那五间店房建起来时，人们才注意到，它离县城是那么遥远，显得偏僻，清冷；而与山里那些村屯，又是隔山隔水，显得孤零、寂寞。在城里上班的，谁愿意到这儿来呢？乔欣、夏莲两个共青团员，商量了几次，写了申请，要来清河开店，当"店小二"。终于批准了，他们就在店里举行了结婚典礼。那天，双方的家长来了，交通局、商业局的领导同志来了，北山，大方公社的代表也来了。使简单的婚礼变得庄重而又热烈。他们在这里不声不响地干了两年，把小店办得这般红火，这般热闹了。

我们住在这座农家院儿似的店房里，感到格外地亲切，舒服。店里干净、清爽，南北对面火炕上，坐着从四处来的车老板子，天南地北的欢乐话，生动诙谐的俏皮喀儿，闻所未闻的新鲜事儿，把我旅途的劳累全解了。

一个满脸络腮胡子，矮墩墩结实实的车老板儿，拿出几个大鸡蛋，扭头喊了声：

"夏莲——"

"哎——"

随着脆生生的声音，进来个大方、利索的少妇。黑亮亮的头发，红润润的脸庞，眼里闪着光彩，眉上挂着笑意。雪白的围裙扎在蓝湛湛的小褂上。右手提着两个暖壶，左手托着个放着茶碗儿的方盘儿。含着笑意的眼睛，从每个人身上扫过，都感到她是热情地给你打招呼了。接着，把一碗碗茶水送过来，还大伯，大哥地叫个火热，看来她与老板们熟着呢。

她来到我这个唯一陌生的客人面前，歉歉地笑笑，说：

"山野小店，杂杂乱乱的，需要什么吱个声儿，哪儿不中意叫我来收拾，千万别客气。"

我一时不知说什么好，讷讷道："这就蛮好了，蛮好了。"

她从怀里掏出一把小钥匙，递给我：

"住二号单间吧。嘻嘻，说是单间儿，其实就是个小屋子罢了，好歹将就着。"

我接过白亮亮的小钥匙。问道：

"怎么，这里还设有单间啊？"

"给女客们预备的，今天没有女客，你住吧，就是屋子小点儿。"

不知为什么，我把钥匙送回去，说：

"不，和老板们住在一块儿更好，我爱听他们的庄稼嗑儿，有滋有味的。"

她那大眼睛扑闪了几下，接了钥匙，说：

"随你的便儿，反正行李都是干净的。唉，对了，你不怕打呼吗？这里边可有高水平的，震得炕沿都发颤呢。"

"我知她说的是笑话，不过车老板打呼那是平常事儿，不过我不太怕。"

那个络腮胡子瞪了夏莲一眼，说：

"我的呼有那么厉害吗？给你！这蛋是新品种，听说叫二百八，就是一年能下二百八十个蛋，是从省里一个什么研究所的鸡场弄来的，可别小瞧了。你孵上看看，保准你满意。"

"谢谢了，谢谢了。过年请大伙儿来尝这二百八下的蛋吧，兴许那鸡蛋味儿都不一样呢！"

夏莲咯咯地笑着，爱惜地捧着那几个鸡蛋，笑吟吟地走了。不一会儿，外间响起了刀勺声，吱吱啦啦的爆锅声，油香味儿从门缝挤到屋里来，顿时我们都觉得饿了。

这时，我才想起面前的茶水。水甜津津的，还有一股清香味儿，一口下肚，满心爽快。再看那水，是淡红色的，里边半浮半沉着几道暗红的线条儿，我不由得问老板子：

"这是什么茶？头一回尝到。"

络腮胡子是个爱唠嗑的人，不等别人张嘴，他就告诉我了：

"这茶可有名堂哩！叫作玫瑰茶吧。是乔欣和夏莲采的、做的，怎么样？有味儿吧？过些日子你再来，这儿山坡上通红一片，全是刺玫花儿，听说书上叫它野玫瑰？那花的香气才正呢！他们把刚开的花瓣儿采回来，晒一晒，满满地装上一缸，放上几斤白糖，封严了，下到地窖里。一年三百六十天，客来客往，茶水总是不断。有几回蒸糖包，里边放了点玫瑰丝儿，嘿，又是一个滋味。"

"嘻嘻，别光说滋味。"一个上了些年岁的老板说，"这茶水还是药水呢，清心祛火。咱们赶大车的，起早贪黑，能常喝这水，不知少得多少病呢！"

"就是呀，还开胃口呢。"一个年轻人冲络腮胡子笑笑，"要不，你一顿吃那么多？要不觉能睡得那么香，呼噜打得那么响？"

夏莲放好桌子，端上饭菜，招呼我们坐在桌旁。菜是韭菜炒豆腐干，大葱拌酱，还有白菜粉条豆腐汤，豆腐也是他们夫妻俩做的。饭是两样，一样是油汪汪的花卷儿，一样是又薄又软的混合面煎饼。老板们大都吃煎饼，我也学着，放根葱白，把煎饼卷了，咬一口，筋筋道道的，越嚼越香。边吃边说：

"这煎饼，有风味儿，有手艺！"

我这一说，车老板们七嘴八舌讲起这家小店来。讲乔欣怎样种菜，养猪，为的是给过客改善伙食；讲夏莲怎么给车老板缝衣服，半夜里起来摊煎饼，起大早给旅客预备饭食……

使我动心的有这样几件事儿：

去年春天，从山东来了一位老大娘，突然病在小店里，还挺重的。乔欣二话没说，带上手电，登上自行车，往返一百八十里，回来腿都酸肿了，给大娘抓来了药。夏莲立时给熬上，侍候大娘喝了。又细米细面地侍候了四五天，乔欣还到清河里打了些小细鳞鱼，添油加姜地做了鱼汤。大娘临走时，含着眼泪留下几捧花生米。这几捧花生，以后被住在店里的孩子们吃了。

从那以后，乔欣便学上了医道，现在店里有些常用药和注射针剂，小病儿他都能治了。车老板们见了乔欣，还半真半假地喊他乔大夫……

还有一回，一个车老板没把车上的绳子结牢，掉了一包药材，老板说："也不知掉在哪儿了，认赔了！"可第二天早晨，那包药材放在屋地上，是乔欣去给找回来的，也不知他找了多远。问他，他说没走几步就找到了。

还有一回，店里住了个姑娘。夏莲见她精神不好，时不时地发恼，还有时痴痴呆呆，问她到哪儿去，她也支支吾吾。晚上，夏莲跟她一屋睡，东一句西一句地唠着。慢慢地姑娘跟她说实话了。她爹图钱，硬要她嫁给个没见过面的男人，她一气之下跑了出来。姑娘在队里还有个相好的小伙子。夏莲送她回去，在姑娘家住了一天，生把姑娘的爹给劝过来了。前不久，那姑娘跟心爱的小伙子结婚，传信捎话让夏莲去，夏莲因为忙没去上，姑娘给捎来一大包子喜糖……

"还有一回，这事儿你们都不知道。"络腮胡子卖着关子，门帘一挑，进来个清秀结实的小伙子，怀里抱着台收音机。

"哈哈，乔欣，到底买来了？"

"买了，省得大伙儿聋耳朵。这回，大伙儿住这儿，是听新闻，还是听戏，随便！"

"啧啧，一百多元吧？"

"嗬，好牌子，'美多'的，听起来可就是多美啦！"

乔欣打开收音机，正播着山东吕剧《李二嫂改嫁》，车老板子一多半是山东人，都听得入了迷，乔欣在一旁咧着嘴儿笑。

络腮胡子告诉我，这是乔欣两口子从工资中节省出来的。照说，店里的利润是不少的，买台收音机也行，可他们不。

"丁零零……"

小闹表响了，哟，九点了。车老板们立时收了话语，打开行李睡下了。乔欣把大吊灯捻暗了，又在长条炕上瞅了瞅，才轻手轻脚地退了出去。不一时，车老板们发出了甜甜的酣睡声，络腮胡子果然打起呼噜来，只是没有夏莲说得那么响。

可我总也睡不好，一对年轻人的影子在心上闪动着，他们为什么来到这儿，为什么干得这么畅快：

皎洁的月光照在玻璃窗上，窗上映出那对青年人的身影。他们还没休息，在忙什么呢？我披衣坐起来，把脸儿贴在窗口上，望着他们。

长长的木槽前，有人给牲口添草拌料。夏莲拎着装满料水的桶，均匀地向槽里倒着，乔欣用个小木铲儿，熟练地拌着。那些牲口，唰唰地嚼着。哪有开店人给老板喂牲口的呢？

他俩还唠嗑儿呢。我侧耳听听，倒也听得见。后来他们的声儿稍大了点，我便听得清清楚楚了。

夏莲问道："你昨晚给我念的那首诗太好了，可惜我没记全。"

乔欣说："我再给你念念，是这样的。"

> ……
> 我不再有什么要求，
> 我的要求就在大家的要求里头；
> 我不再追求什么幸福，
> 我的幸福就在大家的幸福里头。
> ……

"夏莲，这几句话，可越琢磨越有味儿呀。"

"乔欣，越琢磨越像咱们的心里话呢。"

啊，这对年轻人的心啊！现在，我所见到的一切，听到的一切，感到的一切，都得到答案了，一个朴实的美好的答案！

报春知

"春来也！春来也！"

一夜细雨，浇出遍地芳芽；一朝和风，吹绽满枝杏花。红杏枝头上，落着一只小小的山雀，它没有五光十色的羽毛，也没有清丽婉转的歌喉，但它却被山里人真心地喜爱着，因为它的每一声呼唤，都在人们的心头唤起一团新的希望。听，它叫得多好："春来也！春来也！"也不知我们的哪代祖先，给它起了个既贴切又好听的名字，叫"报春知"。

"报春知"的叫声，引着我匆匆地向杏岭走去。心上揣个疑团，也顾不得听"报春知"的呼唤了。昨天，杏岭大队的支部书记刘致义给我捎来个条子："老姜，这个叶老师是你送来的，现在你来把她接走吧。你快来！"条子是给我这个文教助理写的，内容又不明不白。我不知道发生了什么事情，今天，一大早就上路了。为了快些，还走了这条近上五里路的小道。

不错，小叶是我送来的。那是一九七九年的秋季，我们公社的中小学都开学了，可杏岭小学还没有教师呢！原来的教师

——一个棒小伙子——调回城里去了，人家嫌山区苦吆！我急得给县教育局挂电话。真也不巧，从早晨到下午两点，就是没接通，气得我呱嗒一声撂下耳机。

“咯咯，发火了。”

谁？我扭头一看，面前站着个细细高高的姑娘，一包不算小的行李，一个大柳条包，还有一个提兜，看样子是刚下汽车。

“你是姜助理吧？”姑娘拿出张介绍信来，“我来报到。”

还用看嘛！心想，教育局也真欠考虑，一个男的都没呆住，又派来个一朵花似的大姑娘，叫我往哪儿安排？再说，顶多在这儿对付个一年半载，学校成了桥儿，苦了孩子们了。看她长得吧，多像个演员，特别是那双眼睛，黑亮黑亮的，会说话呢！还有那两片红润润的小嘴，念台词准是又流利又有感情。看她笑的，多自然，多大方，既不像我们山里姑娘那么哈哈大笑，也不像城里姑娘那么哧哧巧笑。看那穿戴，倒也顺眼，准是把花裙子高跟鞋藏在柳条包里了。想到这，我接过介绍信，说：“我们这地方，就这么个环境，看见了吧？”

“看见了。”她扭头望着窗外，顺口念起诗来，“四周是一片辽阔的田野，就像蔚蓝的大海在起伏动荡。”

哼，念念谢甫翠科的《白杨》中的两句，有什么可显示的！我顺手展开了介绍信，立时惊住了，她叫叶知春，是省城师范学院专科毕业呀！当然是一九七七年考上去的，不会是个孬茬子。她怎么没留在省城，家就在那儿吆！起码也能留在县城中学吧？我问她：“县局有什么交代吗？”

"叫我好好干。"显然，她没明白我的意思，我只好直说了："我们这所农村中学满编了。"她咯咯笑道："介绍信上写的呗，小学。"我沉吟了一下："那……只有杏岭小学没人，不过那是个……""大山沟是吗？好了！深藏在大山深处的村庄，那将是我生活的地方。这柳条包里全是书，托你保管一下，过两天我再来取。"说着，她背起行李，拎起提兜，稍有歉意地说："我乍出校门，本该好好谈谈，可是得放在以后了。现在，铃声已经在醒来的操场上回荡，召唤着我早一分钟走进课堂。请你把我送出村子，再给我指指道儿。"

她这般热情、爽快，我有些感动了。想起在公社农技站的弟弟说今天要去杏岭，正好把她领去，打电话一问，弟弟早走了。我拿起不算轻的柳条包，说："走，我送你去。"……

"春来也！春来也！"

杏树上的"报春知"，被我惊得扑棱棱飞起来，扑落了几片杏花儿，滴溜溜地落在林间小路上。哦，已经进入杏岭地界了。站在岗顶的杏林里，能听到杏岭村的高音喇叭呢！那年我送小叶来，走的也是这条近便的山路。那是初秋时光，又带着那么多东西，到了这儿，已满身是汗了。我们坐在杏树下休息，我想起她的名字，问道："你这名字谁给起的？好怪。"她又咯咯笑了："怪吗？一点也不！爸爸说'都说一叶知秋，就不能一叶知春'？名字就这么来的。起一个好名字并不难，做好一件事情可不那么简单。"我也笑了："你怎么总在念诗呀？"她收了笑，灵透的目光穿过杏林向远处望着，是回答，又是自语："生活本身就是一部奇妙的诗。我想，如果教师本身是一首好诗，学生的灵魂一定能被诗化了。"年轻人，把一切想得太美妙了。我说："你认为一切都是诗情画意吗？""诗，也有各种内容，各种形式，各种味道呢！""那儿遥远又偏僻，生活艰苦又有些单调，你将进行一个教师两个班的复式教学。你敢说你以后的诗不带上苦味或者是孤单的调子吗？"她点点头，转过身来，浅浅地一笑："很可能呀！如果说生活是一条长河，还不知道我将遇到什么。假如，我的旋律中出现了那种调子，就是我需要帮助，需要力量了。那时，请不要对我暗暗摇头，该伸出一双双滚热的手。到山乡任教，是爸爸提议，我自己要求的。临走时，爸爸一再让我有足够的思想准备呢。""你爸爸真好，他在哪儿工作？""你也要问这个？父母的地位，绝不是子女的身价。"我的脸忽地红了："请不要误会，是你提起来，我顺便问问。"她又咯咯地笑了："也误会不了，我爸爸在省里，一个楼里的人还不知道他叫叶长林呢。"

这时，一只小雀从头上飞过去，她站起来，望了好一阵，问我："这种小鸟是不是'报春知'？"

"不是。这是人参鸟。你怎么知道我们这儿有'报春知'呢？"

"……在县里听人说的，我觉得有意思。"

提起"报春知"我也来了情绪："告诉你，这种雀儿才喜欢人呢！就是不能养，有人试过好几回。咱这儿是老区，有个游击队长叫赵前，后来在这儿当了几个月的区政委，就是现在的省教育厅长。听人说他养过三回，都没弄成。"……

"春来也！春来也！"

"报春知"的叫声把我从回忆的帷幕中拉出来，想到刘致义写来的条子。小叶会出什么事吗？不安心了？不会的，听说杏岭支部要发展她入党呢！哎呀，要回省城吧？人家到了谈恋爱的年龄了……这个刘致义，写明白点不行吗？偏把我闷在葫芦里，像半年前那张条子一样。记得那次条子上只写着："你快来查查叶老师吧！"虽说我养病在家，也赶紧来了。原来刘致义听说要评全县的先进教师，他认为小叶够，三寸长的纸条把我调动来了。一接触社员和孩子们，真叫我吃惊。小叶刚来时，我来过两次，只是发现她任教很耐心，有股子劲儿。后来我的风湿性关节炎犯了，去洗汤疗养八个月。回来后，听弟弟说了些小叶的情况，他们农技站在杏岭搞科学种田，老往那儿跑。听说小叶干得不错，没想到刘致义飞来这个条儿。小叶在杏岭一年多了，她干得怎么样得从学生身上看嘛。

孩子们变了，不着新穿细，衣服却很整洁，咧怀的、黑脖子的一个也找不到了。孩子们说话也响脆悦耳，土味全没了，是标准语音。孩子们对人讲礼貌了，说话也文明起来，以往挂在嘴上的脏话听不见了。刘致义说，这一条还影响到家长了呢！整个村子的风气都在变化，真是有了点诗味呢！

我翻了许多本作业，不但本子干净，字也写得工整起来，横平竖直，满是样儿。批改更是极细致的。我问她："这么细致，怎么做到的呢？"她反问我："不是本该这样吗？我每打开一本作业，面前就出现了个活灵灵的孩子，还有他未来的影子。那些影子能否变成活灵灵的大人呢？这跟我有很大的关系！爸爸说过，'教师是塑造人的'。我也想过，栽下树苗并不等于有了大树，应该从汗珠里看收获。"啊，这就是她细致的原因啊！

更叫我吃惊的是四年级学生的作文，都能说明白一件事或是一个意思。她的批改，是在本子上改错别字，不通顺的句子。有的教师不易发现的她都批出来了。尔后，又把学生一个个地找来，当面传授……一条知识的泉流，汩汩地流到孩子的心田上。我还听了孩子们唱的歌，看了孩子们作的画，我真觉得有些诗意盎然了。

因为是复式教学，一个课时得分作两节。小叶根据农村早晚饭晚的特点，让四年级早上两节，二年级晚放学两节，虽然中间三节还是复式，到底为每个年级争得了两节单式教学机会。我说："这样好是极好的，只是你受累了。"她摇摇头说："我仍然有时间看些书呢！一天做了两天的事情，那就把生命延长了一倍。我只不过多上了两节课，实际上是为我自己在二十四小时内多活了九十分钟。"啊，她对生命是这样理解的。当然，也带着诗意。不，还有哲理。……

"春来也！春来也！"

我已经来到杏岭村头了。刘致义老远就迎过来，我们在一棵大杏树下相遇了。我急忙问："小叶到底怎么了？"刘致义瞪着眼睛说："出问题了！""出问题了？什么问题？""家庭问题！这回她填写入党志愿书，这才露出来。""她家庭有什么问题吗？""她爸就是老区委赵前啊！"我又惊又疑："是省教育厅长？她怎么姓叶？跟她妈姓？"刘致义一拍大腿："咳！人家原本姓叶，叫叶长林，打游击时改的名。"我高兴地说："老区委的孩子回来了，算什么问题？""咳！我的助理啊，她能待久吗？就是叶老师不吱声，也会有人给办呢！大伙儿呢，舍不得她走，也不忍心留。你说怎么办好呢？"

"咯咯，在背后议论人！"

叶知春像一朵彩云，飘到我们面前。我把脸儿一绷："叶知春同志，为什么向我保密？"她望着我说："爸爸经过慎重的考虑，给我订下了这条规矩。爸爸是对的呀，昨天把志愿书交给了支部书记，今天就把你搬来了，说不定什么时候会惊动县教育局局长呢！若是那样，我这个教员还怎么当？"我和刘致义都递不上话儿了。

"求你们别声张出去，因为没有那个必要。我不走，将来我就在这儿安家，等爸爸妈妈退休了，就把他们接来，在老区度过晚年。"小叶真诚地说。

"真的？"刘致义盯着小叶，"不信！"

"那么你呢？"小叶又盯着我，"你也不信？"

她见我没摇头也没点头，微微地把头低下去，脸儿越来越红，似那杏花，似那云朵。她用很小但又很清晰的声音说："你们，逼得我过早地泄露了心上的秘密。"我不解地问："什么秘密？"她望了我一眼："回去偷偷地问问你弟弟吧。"说完，她又像一朵彩云飘走了。

我和刘致义愣了半天，突然醒悟，开心地笑起来。我说："这回放心了吧？"他说："我得向你道喜哩！""小叶真行啊！""那还用说，人家的爸爸就是好样的哩！""这姑娘，真是一首诗呢！""诗？依我说，就是那'报春知'！"小叶跑进了杏林，杏林里飞出一群"报春知"。

"春来也！春来也！"

（1981年6月）

猎人的小屋

在长白山密林里，有座猎人的小屋，房墙是用原木垛的，屋顶是桦树皮苫的。房后是茫茫苍苍的老林子，门前有一条叮叮咚的泉流。老猎人永伯和他的独生女儿山红，就住在这座小屋里。

关于山红姑娘，我在村子里听了些近乎"传奇"的介绍，只能听着，不能全信的。说她在百步以外，就能听到野猪的咳嗽声，能在雨后的腐叶上认出鹿的踪迹，能从大树上留着的"爪花"（黑熊到树洞里冬眠时挠的）断定树洞中有几头熊在蹲仓（冬眠）。至于说枪法，那就更神了，说在百步以外的树枝上吊只小山雀，她一声枪响，把绳儿打断，吓破了胆子的山雀扑棱扑棱翅膀飞了。这些，自然有些夸张或是渲染，不过肯定山红是一名出色的猎手。

要打听猎手的事儿，就得找副业队长。副业队长老谭，虽说五十出头了，可还是那么硬朗，说话嗓门也大，还有些文化，说话还有因此所以那些词儿。他有个儿子叫凤岐，是个二十五六岁的大小伙子，听我们说山红的事儿，他便往前凑。

老谭说："没你的事儿，我们说说山红的事儿。"

"许你说，也许我说。"凤岐说，"她呀，就打着有那么几手，也不该瞧不起人呀！"

老谭从柜中拿出件新结的毛线衣，说："刚捎下山的，怎么瞧不起你了？"说着把毛衣扔过去，凤岐抱住，嘿嘿笑着跑开了。

老谭告诉我，在日伪时期，永伯是个没有"劳工证"的"黑人"，在村待不了，只得逃到山里去。老婆得了伤寒病，死在老林子里，扔下个七八个月的孩子，嗷嗷待哺。永伯急得没法儿，把孩子包包放在炕上，出去跟踪了一头母鹿，终于在第二天早晨，把母鹿赶进了鹿窖。正好，这鹿是刚生过崽儿的，奶头棒得溜圆。永伯想了个法儿隔着笼儿挤奶，可能母鹿也觉得舒松，竟让他挤了。从此，饿昏了的小山红，有了个"鹿妈妈"。吃着鹿奶，一天天长大了。

解放了，老谭进山把永伯和山红接回来，还有山红的"鹿妈妈"。这鹿温顺得很，见了人也不走，亲热地跟你刨蹄壳儿。它后来是国营养鹿场头一个"场员"。后来，队上成立了副业队，永伯又进山狩猎窖鹿。十五岁的山红就留在老谭家里了，那时她刚念完小学。老谭又把山红和凤岐一起送到县里念了三年初中。

说到这儿，有人来找老谭，他说："我明天要上山红那儿去呢，道上再唠吧。"

第二天，老谭赶上大车，我舒舒服服地坐在上边，去访猎家父女了。哪知道儿不好走，老谭得时时照看牲口，没唠上几句。等道儿稍微好了一点儿，就看到猎人的小屋了。小屋藏在绿树丛中，长蔓的元枣藤子爬到窗台上，山红伸手就能摘山果吃呢。到底是女孩子家，院里还栽了些花儿，引得山蜂儿嘤嘤闹闹。

老谭甩了几声响鞭儿。小窗噗地推开了，探出个红扑扑的笑脸来。长长的睫毛下，有一双明锐的大眼睛，那是猎人的眼睛啊。她见老谭来了，无声地笑了，眉毛弯了，眼睛细了，显得那么好看。

"叔！"姑娘像只燕子，随着声音飞出了窗口。她那跳窗的麻利劲儿，看出了猎人的功夫和性格。

"山红！"老谭望着她，"想村子了吧？"

山红只是抿嘴儿笑，眼睛在车上搜寻着，好像在找什么。大概是她盼的东西没有带来，有些失望。她伸手接过鞭子，把车赶进院里。

我们进了屋，她又像小鸟般的活跃起来，端来了松子儿，去年做下的葡萄糕，还给我们沏了热腾腾的白山茶。客客气气向我这个外来人打听城里的事儿。

永伯回来了，一见面就告诉老谭："来拉鹿吗？窖的两只梅花鹿驯好了，拉走吧。山红，你还不下窖去拿肉，来客人了！"

山红从墙上摘下两支枪，一支钢枪，一支土炮，往肩上一背说："远道来了稀客，陈肉是端不上桌的。爹，你烙饼吧。"说完一闪身走了。

老谭说："不光来拉鹿，还请你下山，到公社……"永伯马上打断他的话："你陪着客人，我烙饼去。"说完转身走出去。夏天，嫌火灶在屋里热，就挪到院里了。

我又缠着老谭开讲，知道山红初中毕业就回来了，凤岐上了高中。山红手巧胆子大，枪法越练越出奇，比他爹还强了几分。功夫越练越有成色，三年的光景，名字就挂在这一左一右的猎人们的嘴上了。凤岐高中毕业，本来是找到工作的，有两个地方要，可有山红恋着，也回来了。那还用说，山红乐得什么似的。凤岐干活也出力，种地还常闹点科学试验，就是枪法差点儿。山红说了几次，凤岐说差不多就行，气得山红好长时间没下山。从去年冬天，凤岐才下了功夫练枪法……

"嗵——"枪在前山响了。

永伯高兴地走进来："你们有口头福啊，山红打住了一只狍子。"

"能这么快吗？"我有些不信，"咋知是狍子？"

"这是土炮声，打大山牲口才用钢枪呢。你没听有弹子声吗？打野鸡草兔是不用弹子的。"

"那……"我问，"准打住了吗？"

"准。照我看，你在狍子身上找不出枪眼呢。"

我有些不解，也不相信，那不神了吗？

一会儿，山红真的扛回一只黄黄的狍子来。我马上去查看，果真没枪眼。老谭扯起狍子的耳朵让我看："你看，是从耳朵打进去的，一点也不伤皮子。"

我简直是惊住了，在村里听到的那些我也信了，连连称赞道："好枪法，好枪法！神了！要不是看见，谁说我也不会信的。"

"可别那么说，哪个猎人不在枪上用心呢！"山红说着，把刚才给我沏的茶端过来："快喝吧，别凉了。"

我接过来，还冒着热气呢！

　　猎家父女收拾狍子去了，老谭要插手，山红硬是不让，我就让老谭给我讲山红的事儿。

　　"我也不知道给你讲些什么好。"

　　"你就拣那神的，给我来几段。可不许添油加醋，该怎么是怎么。"

　　老谭哈哈大笑："叫我编，我还编不上呢！"

　　老谭装上了一袋烟："说起来，山红还救过我的命呢！去年冬，有人说西河套里的憨大杨有黑瞎子坐仓了。那儿离屯不远，人来人往的，特别是小孩，好上那儿出溜冰，砸干锅抓小鱼儿，别出了什么事儿，就决定去掏那个仓。树上没有瓜花，不知里边几个，我组织十四个人，净是好炮手，又都是拿的钢枪。头天晚上研究好了，谁在什么地方，怎么个打法。又定下来我去叫仓，就是到跟前去敲大树，把熊引逗出来。这活危险，引动出个头是不能打的，打住了，也掉在树洞里，怎么拿？再说，谁知里边还有没有？得熊出来大半截身子才能打。可有时熊一下子蹿出来，就跟叫仓的人闹个面对面，炮手怕打着人不敢轻易放枪，那可就坏了。所以，古语说：'掏仓亲兄弟，上阵父子兵。'就是说，叫仓的跟打枪的得是亲兄弟才行。

　　"谁知第二天一清早，山红跑得满头大汗，一头闯进来，瞪着两眼问我：'叔，要去掏仓？咋不叫我？'我说：'组织了十四个人呢！''二十八个我也不放心！不是信不过那些炮手，是我心里不落实。要去就得带我，我知道叫仓的事儿准是你。'我想了想说：'那好，再多一个，你就在你于二叔和铁山哥当间儿。''叫我去看热闹？不行，我得坐头炮！'这可难了，头炮，就是在最有利的位置上，第一枪由他打，而且必然命中要害，一枪了事，不然叫仓人就坏了。所以，头炮跟叫仓的性命关系极大。她见我不吱声，又说：'头炮是姜大伯，二炮是喜三叔，都是好炮手，可姜大伯五十六了，眼神、腿脚还行吗？喜三叔身板不好，得了肺病才好，真要是出了点什么事儿，他们怕心有余而力不足吧？'她说得也在理，一时我也没递上话儿。她又说：'叔，你信不过我的枪，还是信不过我的心？'这下子把我闹住了。说话工夫，猎手们都来了，山红说：'各位炮手都是我的长辈，就是同辈的也比我多吃十来年打猎的饭。可今天，我要坐头炮，我的枪法、胆量大伙儿知道，我的心大伙儿更该知道。'大伙儿一商量，可也中，让山红坐头炮，老姜给照料着。

"我们到了西河套里，一个个到了自己的位置上去，我拎起了明晃晃的大斧子。突然山红拦住我：'等等！我这个位置不行，太远。'我说：'还能再近吗？'她说：'早年使火枪打围，离这么远行吗？现在有了钢枪，可是万一出点什么事儿，就是飞毛腿也不敢趟啊。'说着往前走了足有四十步，找好了地方，把刀子也拔出来放在眼前，还叫我把前面的一棵小弯弯树砍了。这样，她完全是暴露的，熊一出来就能看到她，分散了熊的注意力，这对我当然是好的。可是熊要是一下子蹿出来，几步就可以扑到她跟前。我刚想说话，她却说：'叔，你放心去吧，有我呢！'

"我把斧子往空中一扬，大伙儿立时紧张了，乌黑的枪口对着憨大杨树上的洞口。我运了运力气，稳了稳神儿。叫仓，我不是头一回了，可每回也都挺紧张。我突然大叫一声，几步就跑到杨树前，抡起大板斧，用斧头狠狠地敲那树，敲一下喊一声：

'咳！咚——''咳！咚——'敲了半天也没动静，我的力气使了一半了。虽然还是喊，还是敲，声音小了，斧头也慢了。

"喜三给我打了个口哨，我一扬头，熊刚露出个头来，像没睡醒的样子。我心中一紧，这是最难办的，不再叫下去它不会出来，叫下去不知它啥时呼一声跌下来。我一回眼，看见山红的枪口随着熊头在动。我狠狠地敲树，敲得树身直晃。

"'噢'一声，熊往外一蹦，我一侧身，山红的枪响了，熊在空中翻了个跟头，一头栽进雪窝子里了。不用再添枪了，敢坐头炮的都必须有这点功夫，熊脑瓜子开了花。我出了口长气，想转身撤出来，我不出来，炮手们谁也不能动。谁知就在这时，同时从洞口蹦出两只小一些的熊来，山红一枪打住一个，另一个就坐在我的眼前了。我一斧劈下，它一爪子抓住了斧头，就势站起来。我和熊支起了黄瓜架，它把我带得乱转，哪个炮手敢放枪？山红只三五步就闯上来了，她也不能放枪，照熊后心就是一刀子，熊疼得'噢'的一声，松了斧子，转过身去，山红一闪身，倒地滚开，老姜的枪响了。要不是山红这一手，老姜怎敢放枪？哪个猎人不服呢？连我那个凤岐也服了。"

老谭说到这儿，突然想起什么，叫道："山红，你快来！看我把这东西给忘了！"

山红走进来，定定地望着老谭。老谭从怀里掏出个小包儿递给她。

山红打开了包儿，是一个什么动物的爪趾硬盖，弯弯的，还带着锋利的尖儿。山红的眼睛忽地亮起来，脸也腾地红了，连呼吸也有些急促。我知道这与凤岐有关，却没想到她竟是这样的大方，猎人的大方。

"叔，这是凤岐打的？"

"他还敢弄假？要弄假我也不能让他！"

"是那只几次伤了人畜的豹子吗？"

"是，这里就发现过一只豹子。"

"那……一枪打的吗？"

"他和别人都没添枪。"

山红乐得一转身跑了出去，不知她在外面怎样笑怎样乐呢。

开饭了，山红拿出一瓶浸着老山参的酒，满满地斟了两杯。

老谭端起酒杯，对山红说："今天得让你爹喝。你说他有什么毛病不能多喝，那行；今个儿得喝一杯，送他到新的地方去。"

山红接过酒杯，手颤了一下，望着永伯。

"红儿，公社不是建了个鹿场吗？说了好几回了，让爹去当技术员，教教小青年驯鹿养鹿，爹一直没答应。你谭叔今儿个又是为这事儿来的，我还是得去，别凉了大伙儿的心。"

老谭说："副业队要调几个人上山，咱队也办个小鹿场，还要狩猎，采药，给队里添点家底，给社员增些收入。山红，你先在山上做点准备，来两个女的，四个男的，都归你领导。"

"都有谁？"山红问了，脸就红了。

我插言了："听说有个叫什么凤岐的？"

姑娘噗一声笑了："你这同志真有意思。我们就是那么回事儿，我也盼他来。要笑我，你一块儿笑吧。"

是羞，是兴奋，她的脸儿红红的。还对永伯和老谭说："叫我挑个头我就挑，你们放心，我们一定干出个样儿来。"

　　过了十几天，我随凤岐他们几个青年人又进了山，看见猎人的小屋旁，堆着木头、椽子、树皮，是山红为新伙伴们预备的。我想，这深山里的猎人小屋，随着日月的变化，也将会有一番新的变化的。

（1963 年 10 月）

渡　女

半过晌儿，我来到柳叶渡口。

松花江水从长白山里带着松脂的芳香蜿蜒而来，穿山破岭，水势好急。柳叶渡这里，水势就更急了，波涛翻滚，訇然作响。我站在这里，撕破嗓子喊了好一气，不要说摆渡人的影儿，连个回音儿也没有。我可真有点急了，但想来想去，也只好坐在江边一根立着的大松木杆下等着。弄不好，弄不好也许要在这儿打个小宿儿，倒霉的渡口。

我正在抱怨摆渡，忽听后面传来扑腾扑腾的脚步声，回头一看，是两个挑挑儿的。一打听是碱场乡供销社的营业员，给前面那个红松大队送镰刀的，因为大秋要到了。我心里好高兴，三个人一块儿喊，对面摆渡小屋里大概正在酣睡的懒人也许能够听到。

小营业员是个细高挑的小伙子，放下挑子，走到松木杆跟前，掏出毛巾擦着汗，望着对面岗顶上的土地，像在告诉我，又像在自语：

"小柳大概在庄稼地里拔大草呢。"

年老些的营业员是个矮个敦实汉子，笑了笑，说：

"也许在摘西瓜。小柳种的西瓜可真叫好，上次我吃了一大块，红沙瓤的。吃完把嘴一闭，张不开了。"

小伙子问："怎么了？"

"糖分太多了，粘住了。"

我们三人一齐笑起来。

小伙子一按木杆上的一个小橛，只听唰的一声，一面小红旗落下来了。我一看这杆子上，还有字儿呢：要想过江，请按木纽。

啊，这里有信号旗呀！怨自己"有眼无珠"，光看对岸去了。

中年汉子又把小红旗升上去。小伙子急忙拦住他：

"落下这么一会儿，要是看不着呢？"

中年汉子蛮有把握地说：

"这旗挂在人家心里呢！只要滑下二寸，保证就来船。你看，那不是来船了吗！"

我放眼望去，果见浪花中飞出一条船来。那船像支箭，斜冲过来，桨板劈碎浪花，船头斩断激流。

一阵歌儿，顺着水皮飘过来了：

> 大浪如马跑，
> 小船像燕飞，
> 送客又接人哟，
> 来来又回回……

歌词虽然浅显,倒也有些意思。可是,在这么急的水中摆船,还有心思唱歌?我侧头对那中年汉子说:

"这人边摆边唱,不怕顺了流?"

"一江大水装在人家心里头,哪朵浪花都摸透了。人家小柳,生在这条江上,在浪花里长大,闭着眼睛也能摆过来。"

我点点头:"怪不得呢!"

船冲过来了。原来摆渡是个大姑娘,小红衫儿。鲜艳夺目,宛如一朵"出水芙蓉"。她,袖子高高绾起,辫子盘在脑后,眼睛盯着船头,两臂有节奏地摇动着。

船靠了岸,她热情地跟营业员打着招呼。我这才看清,她的身材粗壮,面孔黧黑,但并不失俊美。当她看见我时,首先打量了一下我的照相机,然后笑道:

"你是报社的吧?支书今早叫人捎信来,说有个记者到我们队来,晌午就做好饭,西瓜都摘了,没想到你们一块来了。"

那中年人摇摇头说:"这可沾光了,开开胃口。"

姑娘长而黑的睫毛一挑:

"我还有二十条垄的大草没薅完,一人十条,不多不少,不偏不向。"

就这么一会儿的工夫,对这样个爽朗的姑娘,有了个极好的印象。我们坐在船上,任波浪厮打,任小船颠簸,就像坐在汽车里一样定心。因为我已经信服她了。

上岸了,走进了这个摆渡人的落院,只见屋檐下吊着串串药草、绿莹莹的豆角,紫白相间的茄子串儿,金丝般的是倭瓜条……进了屋,见饭已摆在桌上,左推右辞,还是不行,这顿饭是非吃不可了。

她见我们上了桌，歉然地说：

"真对不住，你们随便吧。我还得下网去。"

我瞅瞅盘子里煎得黄酥酥的鱼干儿，问她：

"一天能拿多少斤？"

"没多少，十斤八斤的。"

中年汉子说："还少吗？一个人摆渡，还种了三亩大田，一片黄烟，一片西瓜，一年给队里收入多少？"

小伙子伸出两根指头，掂了掂："去年，她给队里收入差不多两千元。"

姑娘用眼一瞥："小米干饭堵不住你的嘴？"说完背着渔网，一溜小跑奔江边去了。

我们一边吃一边讲这姑娘，中年汉子告诉我，她叫柳叶，是个烈士的女儿。她父母早就住在这儿，父亲被抓了劳工，母亲领着她凄风苦雨地打鱼种地。后来，母亲当了摆渡，那是送了三只鸡一篓鱼从屯长那儿买来的活计。

可是，她常常在黑夜里摆渡，那些刮风下雨的天头，也常常要出船。有时，她那小窝棚里，来几个带着枪的人，那是杨靖宇司令领导的抗联战士。

有一回，一位抗联战士从城里给小柳叶带来一小盒蜡笔。小柳叶乐坏了，就在墙上、门上，红一条、绿一道地画起来。

一九四二年初春，杨靖宇司令在蒙江密林里壮烈牺牲了，抗联一路军转入了分散的秘密活动，妈妈夜里摆船送人就少多了，眉头上那个疙瘩，老也解不开。

有天夜里，下着毛毛细雨，柳叶正用蜡笔画小人儿呢，妈妈把一位受了伤的叔叔扶进屋来，用块白布给包上了。柳叶认出来了，就是给她买蜡笔的叔叔。

柳叶张着小手扑过去。叔叔亲了亲她，说："下回叔叔来，给你带件好玩的来。"

也不知有什么急事，妈妈领着那位叔叔上了小木船。江面上黑乎乎的，跳起的浪花刚看出点白色。小柳叶从开着的门儿望出去，什么也看不见，连妈妈划桨的声音也让雨声给盖住了。

突然，坡上响起了枪声，吓得小柳叶一哆嗦，赶紧关了门儿。不一会儿，窝棚里闯进来一帮当兵的，这也翻那也看，连吵吵带骂，吓得她哇哇直哭。

几个家伙用刺刀逼着她，恶狠狠地问：

"你妈呢？"

柳叶不哭了，睁大了眼睛。虽然才五岁，可也懂点事儿了，知道妈妈和叔叔上了船，要到江那边去。

"痛快说！"

柳叶摇摇头。

"来没来个人？男的？高个儿？"

柳叶摇摇头。

"不说，用刺刀捅死你！"

刺刀逼在小柳叶的胸口上，她浑身抖动着，向后退着，可后边是墙啊。

柳叶倚在墙上，使劲地摇了摇头。

"你说，给你钱。看，这么多的钱！"

好几张花花绿绿的票子，在刺刀顶上抖着，在她眼前晃着。

柳叶望着那钱，小头摇得像拨浪鼓儿。

这帮家伙又扑到江沿去了。只听江水呼叫，黑漆漆什么也看不见。突然，几道闪电照亮了江面，看见了那一条小船，荡在波峰浪谷之间，枪声响了。随着一声炸雷，小船儿一歪，一切又是漆黑漆黑的了。

第二天，妈妈被绑回来，身上还带着血。她哭着扑上去，抱住妈妈的双腿：

"妈妈，你不能走啊！"

"妈妈，我也跟你去！"

"妈妈！叫他们把我和你绑在一块儿吧！"

妈妈那滚烫的泪珠子，落在她的脸蛋上：

"柳叶儿，你不能去，找你李大叔去。就是要饭，也要长大，等你爹打完劳工回来……"

妈妈再也没有回来。柳叶就住在李祥叔叔（如今的党支部书记）家。解放了，柳叶爹才从鹤岗那边回来，在这江边儿摆船。

柳叶在村子里念了几年书，又回到江边来，那时年老的爹爹盖起一座小房儿啦。跟着爹爹摆了三年船，学了一身好功夫。爹爹打劳工时做了一身残疾，不能再摆船了，她就成了这里的正式摆渡了。

那年她才十七，是个娇小的姑娘，她摆的船，没人敢坐，气得她把船划到江心，在那些大波大浪上表演一番，再把船划回来，过渡的人就在她那咯咯的笑声中安心地走上船来。她那双桨轻轻一摇，小船倏地跃入浪花，那顺嘴编的歌儿，就随着江水一块流过来了。没用上半年，这柳叶姑娘就出了名，不知是谁先把这儿叫柳叶渡的，一叫就传扬开了。

柳叶在渡口长成大姑娘了，觉得这个渡口不算忙，有时半天没个过客，她就把江边的地包下来。起初，在田里干活，有时误了过江人。后来她想起战争年代中的"消息树"，就发明了这"信号旗"。她在地里干活，一抬头就望见"信号旗"了。就这样，她不知渡过了多少行人，还有扁担挑筐，土产山货。她自己说，她的小船上载的是丰收、喜悦、幸福、欢乐……

吃过饭，一支烟没抽完，柳叶背着鱼篓回来了，打了半篓子鱼，一条条还张嘴甩尾巴，白生生的鳞片上挂着亮晶晶的水珠儿。

她把鱼篓交给中年汉子，说：

"麻烦你给带到村里去，交给西头老姚奶奶，就是那个五保户，听说这几天她闹不自在。"

我说："他俩挑挑儿，我就一个小背包，这鱼交给我吧。"

"怎么好辛苦你呢。"她说着，从一个筐里拣出两个香瓜，"给。"

中年汉子打趣道："辛苦钱。"

柳叶瞅瞅他："不敢再给你吃了，要是把嘴再粘住，我还得去请大夫。"

我们一边笑着，一边出了屋儿，穿过一片玉米地，顺着一道缓缓地坡口，好一气才走上岗顶。回头望，只见一江波涛在落日的余晖里奔腾跳跃。就在那跳跃的浪花间，一条小船，像一条大鲤鱼，嬉戏遨游。只见一个红点点，不，像一朵花儿，绽放了……

　　此时，我突然后悔起来，为什么不在柳叶驾船飞于浪波之上时给她拍一张照片呢！

（1963 年 2 月）

大森林的眼睛

有人说，天的眼睛是星，地的眼睛是泉，山的眼睛是绿叶，河的眼睛是风帆；那么，大森林的眼睛就该是那平平常常的森林瞭望台了。

瞭望台总是设在林中的最高处，孤零零地踏着青山，顶着蓝天。松涛把它高高地捧起，悬在云霞之间；白云又把它紧紧地裹住，系在碧净的天上。如果把林子比作海的话，它就是一篷帆了。

瞭望台是得天独厚的，一年四季第一滴雨，第一片雪，总要落在它的身上；它第一个听到南飞的雁叫，第一个看见春天的足迹；每天迎接太阳的第一线光辉，也送走最后一片夕烧；它能体察出大地那充满活力的脉搏，也能感觉到森林那生机旺盛的呼吸。

可是瞭望哨是艰辛备尝的。日日夜夜，风吹雨淋是不要说了，年年月月孤单寂寞也不要讲了，生活上时时处处的难处更不用提了，就连吃一口水，寄一封信也不容易，要是生了病得去看医生，也只得用担架送出老林。在这里，住着三个瞭望哨，三个青年人：肖明、于海、许志成。

我是在天梯林场结识肖明的，也许是多年瞭望哨生活养成的习惯吧，虽然十分精灵，但话语不多，常常微眯着眼睛沉思着。谈久了，他有些坐不住，走到窗口，望望那漫山苍翠的老林，才能放下心来跟我唠。看来，他一刻也离不开林子了。

听说我要到他们瞭望哨去，他十分高兴："道，不大好走，那里，也寂寞。"

我笑道："我奔的就是这些去的。"

他背了食盐，纸烟和报纸、信件，我也替他带上些火柴、牙膏、肥皂之类的小东西。走进了抬头不见天的大林子，人立刻显得小了，小得像一片绿叶。林间倒是有一条小路的，弯弯曲曲，松松软软，是他们那三双脚板踩出来的。这路选得也真好，不知当时踩路时费了多少心思呢！路在林子间，可走一阵总能登上一座山头或是石壁，站在顶上能放眼望望林子，看看树冠，听听林涛。每隔十里八里路，路边总要有眼泉子，走山路出汗多，有水当然是很重要的了。

转过一个头，顺着一条登山道，进入了针叶林带，清一色儿是大松树，十几二十米高，对搂粗细，直苗苗的，像一支支巨大的笔，立在那儿，在空中划出了一朵又一朵绿色的云。

望见瞭望台了！这座山岭，是这一带的制高点。瞭望台雄赳赳地站在岭顶，挺直了腰板，一动不动，真像个哨兵呢！

瞭望台是利用风倒的红松原木搭成的，有些原始建筑的风味儿。这是座木楼，共有八节，每节高四五米，搭着之字形的木梯，梯两旁装着结实的木栏杆。一级级往上爬，踏得木梯咚咚响，那沉厚的声音有点像大鼓。

登木楼时，我看过表的，该是落日时分了，林间已经洒下了暮霭，显得暗了。几经盘旋，上到楼顶，天地顿然开阔起来，明亮起来。原来大森林是这么美呀！碧绿碧绿的针叶林带，无边无际，跟遥远的长天连在一起。爽爽的风儿吹来，树冠便涌起一层一层的波纹儿，沙沙地向前涌着，涌着，一直涌到天边去，给那璀璨的晚霞润上了一层绿意。

无怪人们称之为"林海"。我想，一个人钻在海底，固然知道海是很大很深的，但总还看不到海的辽阔、雄浑。在林子里也是一样，只能知道林子很大，很富，可只有这时，俯瞰林子时，才见到它的气势，它的面目，眼目顿爽，似能看到千里之外；胸襟陡开，仿佛能装下千丘万壑。那种壮美的气质，是很难用笔描绘出来的。

红日在清淡的暮霭中滚动着，滚动着。我突然发现，看日落并不比看日出差，它又自有一番情韵。把它比作铁水吧，开头是刚出炉的，火红火红，渐渐变成了晴红、淡红，后来透出青色来，再变成纯青，最后沉进暮霭里去了。这般光景怎不叫人遐思悠悠，诗情绵绵……

闹表的响声，打破了这诗一般的谧静。活泼的于海像得到了命令似的，站起来，整整衣襟，走到窗口，郑重地说："于海接哨。"

值哨的是身材魁伟的许志成，他把枪支、望远镜交过，又交代了图纸、电话。

于海站到哨位上，望着被暮色罩住了林子，问："有什么情况？"

小许把手伸出窗口，指指点点地说："杉松坡绿中掺黄，今年松子能丰收。南四区山火地，去秋新栽的树抽芽了。北二区，五公里处，三号点北一百米左右，风刮倒两棵站干树，很可能都是黄花松……"

他怎么会有这么好的眼力啊！小许下了哨，笑呵呵地跟我握手，说："真没想到，会有人到我们这里来做客！"

我还是想着刚才的事儿："你的眼睛怎么看得那么远，那么细，那么准？"

他笑着摇了摇头："差火候，照肖明还欠几成功夫。我们的工作，说起来十分简单，哪儿起了山火，赶快发出警报，就完成任务了。可这也够复杂的，不是看见浓烟烈火才发警报的，那得烧掉多少林木？青烟刚刚一起，警报就得传到四处，联防大军马上出动，不让它造成更大的损失。走，下去吧，你也该歇歇了。"

从楼上下来，进了他们的宿舍兼办公室。三大间木楞垛的房子，倒也宽宽敞敞，房后有一块菜地，新翻起了垄头儿，也许种下了种子的，那发芽葱一拃来高了，韭菜、菠菜也绿了地皮。房前，有个小院子，在一棵站干树上钉了几块松木板，板上有个大铁圈儿。看了半天才明白，这不是个篮球架吗？休息时，这里也许有一场激战呢！院外的松树下，有一眼泉子，清清凉凉的，泉边用石砌了，样子有点像梅花。

夜幕罩住了山林，林海更显得幽深莫测，这三间大房儿，也就像海中的一粒细沙。本来有山风声，树枝声，间或有一二声鸟鸣，不知怎么反倒显越发寂静了。

肖明做好了晚饭，白面馒头，萝卜丝汤，还特意为我炒了一盘元蘑粉条。我也是饿了，吃得香香的。边吃边问他们："生活很艰苦吧？"

小许把眉毛一扬："还可以吧，就说这吃的全是细粮呢！"

"那么菜呢，困难些吧？"

"自己种呗！种的菜没下来时，还有山菜。过几天就有吃的了，什么大叶芹、铧子尖、老牛错、黑瞎子芹、刺嫩芽、猴子腿还有蕨菜，是炒、是做汤，还是炸了蘸大酱，样样地道，风味别致，还明神爽目，治个小病呢！"

我笑道："照你说，日子过得蛮不错了？"

"难处也不少呢。就拿工作来说，雨天、雾天、黑夜，瞭望就困难了，怎么办？学知识、练本领，慢慢也能对付得了了。再说生活，有时候吃水难哪！前边那眼泉子，冬天水倒是足，还冒着白白的热气儿，一到夏天泉水就从地下走了，我们得到二里地外的一个石砬子缝儿去接水。水一滴一滴地跌落着，半头晌才能滴一桶。这也没什么，送去个桶，过两个小时去拿回来，再留下个空桶，只不过多走几步道儿。看不见戏和电影，报纸也是'堆报'，想个办法呗，装台半导体收音机，听啥有啥，又长知识又解闷儿。难处，那还能少了，就看怎么对付它了。"

我望着小许，问："对付这些要靠点什么精神吧？不然是对付不了的。"

他点点头，没作声，从抽屉里找出张旧报纸，送到我的面前，指着一张漫画给我看。上边画着一棵刚刚栽下的什么树，只抽出三两片小叶儿，铁锨还放在一边，栽树人提水来浇时，却发现树下已经坐着个等待乘凉的人了。

小许说："你瞧！一心想等着乘凉的人，多没意思！有点志气的，就要做那栽树浇水人。"

我不由得称赞道："怪不得你们是全省的先进单位，原来在你们的心里有着个朴实而又美好的意愿啊！它像一片流霞，像一支歌儿，不，像一首诗，一首朴实而又深沉的诗。"

肖明笑了："诗？小许真的会作诗呢！"

"是吗？念一首我听听。"

小许红着脸儿，摇着头："那叫什么诗，连顺口溜还溜不上呢！"

"小许，不管是什么吧，总是反映你们瞭望哨的，该让我知道。"

肖明也说："像不像怕什么，咱们也不是拿去登刊见报。再说，这位同志懂诗呢！"

小许拿出个笔记本儿，有些腼腆地送到我的面前："那可得教教我怎么写诗呢！"

我翻开了，见到这样一首诗：

岭上的岭，
山上的山；
森林瞭望台，
悬在白云间。

千顷松涛捧，

万片白云缠。

海中岛，

船上帆，

挂在碧云天。

八节木楼，

四孔窗眼；

三个年轻人，

云中把家安。

春冬雪纷纷，

夏秋雨绵绵。

听八方，

察万峦，

何处有火烟。

米背百里，

水挑半山；

自补凭手巧，

自炊野味鲜。

楼下种蔬菜，

楼上读书篇。

站得高，

看得远，

满眼好河山。

月复一月，
年复一年；
三个瞭望哨，
常在木楼间。
　云中仨哨兵，
　林海万只眼。
用青春，
写诗篇，
　诗行更灿烂。

我顾不得去挑诗中的毛病，被它的内容感动了："小许，诗就该把自己的感情写出来！写得不错！"

肖明说："人家是中专毕业生，本来是学采伐的，见我们这儿缺人，就来了。"

小许说："刚来时，差点儿没把闷坏了，工作枯燥、单调，生活艰苦、寂寞，要是这么年复一年地干下去，怕是连个对象也找不到！"

肖明笑笑："这回不用担心了吧？"

我听又有新内容，一个劲儿地追问。小许自然是再三地阻拦，可肖明还是给我介绍了大概。

那是一九六一年秋天，肖明到林业局党校学习，于海在值哨，忽然发现一棵鲜树倒了，砸断了电话线。小许背枪去抢修，这时于海又发现了火情。

小许跑到那儿，原来是只黑熊在作怪，弄倒了一棵杨树，它正在把电话线往爪子上缠呢。小许火了，连放三枪，把黑熊打个"窝老"。可电话线让黑熊弄得接不上，少了一段。小许看山上起烟，忙把线头拴在熊爪上，可另一头还差一米多才能碰到熊。他头上冒汗了，电话要通迟了，山火就会蔓延开来，造成损失。他跨上一步，一手握着电线，一手扯住熊腿。他浑身猛然一震，险些震落手中的电线。他紧蹙双眉，咬定牙关，叉开双腿，像钉子钉在那儿。好小许，坚持了一分钟。多么宝贵的一分钟！警报传至四处，联防大军闻讯而动，很快就把山火扑灭了。以后召开奖励灭火模范会议，小许遇上了个俊秀的姑娘，是位电话员。那天她在机上值班，知道小许以身体接通线路，感动得差点掉下泪来。会上特地找小许，问起这件事。就这么越说越对劲儿，后来通了几回信，一年多的工夫，妥了……

我打趣地说："这回不怕了吧？"

小许正经地说："人，不是木头，该得到的都应得到。但是，不把人民交给你的任务完成好，那还会得到什么呢？"

小许的话让我深深地思索起来。

肖明说："小许正在搞发明创造呢！"

"怎么是我自己呢？不是咱们在吗？再说，刚刚有个半拉架儿，不知啥时才能弄成呢。"

他们搞的是个山火火情遥测的仪器，比人眼要准、快、远。不过，他们遇到了许多困难。可是我相信，有一天会搞成的。我说："一定会成功！那样，你们这双大森林的眼睛就会睁得更大、更亮，也会更有光彩的。"

肖明站起来，去接于海的班儿。我想了想，也跟着肖明登上了木楼。

夜深了，大森林静静的，风不吹，枝不摇，一切都睡着了，睡得那么甜蜜。只有瞭望台上那双眼睛，睁得圆圆的，像两颗亮晶晶的星。

这时，我听到了芽苞撑裂，蓓蕾初绽的声音……

（1963 年 8 月）

出　嫁

——青春的报告之一

日头落下去了，东流西淌的桃花水不再哗哗地淌了。小风变得冷飕飕的，挟着泥土的芳香，吹得倚在门框上的杨大姑娘那心上的一汪泉水动荡起来。她顺手理了理被风吹乱了的一绺青发，不自然地笑了。笑容里带着多少激动，眼神里又流露出多少眷恋之情。……

是啊，她怎么能不激动和眷恋呢！她明天就要出嫁了，嫁到江那沿儿山根下那个只有五十一户的小村子里去了。

是啊，杨大姑娘也该出嫁了！她今年满满的二十五岁了，的的确确是个大姑娘了。

其实，叫她杨大姑娘，那还是十好几年前的事儿。她的本名儿，也挺好听，叫杨俊英。她十岁那年，妈妈抛下她和弟弟去世了。那时爹爹刚刚分得了土地，忙得没有一点儿工夫。十岁的俊英带着四岁的弟弟在家做饭，看管房后的小菜园，还喂了五只鸡，一头胖胖的猪。老杨家的灶火门儿，天天都是暖烘烘的。

杨大爹见人就说：

"俺那嫚儿是个大姑娘了，懂事理，能干活儿……"

杨大爹叨咕长了，乡亲们也叫她大姑娘了。可是她，一天不声不语，放下水桶拿起瓢，也不到东邻西舍去走走。大街上孩子们的嬉闹声，只能引去她那平静的眼光。

杨大爹见了人，又感叹地说：

"俺那嫚儿，倒也灵通，就是太蔫了。"

好心好意的乡亲们，半是安慰半是真话地告诉杨大爹：

"难得啊！这么点儿就有大姑娘样儿啦。别看她不吱声儿，心里可有数呢。"

杨大爹狠下心，再忙再累，也要让孩子念几天书，识几个字儿，懂点事理。

杨大姑娘背上了小书包儿，蹦蹦跳跳地上学了，人们第一次听到她那开心的笑声，她笑得那么好听，像鸣琴，像响铃儿……

杨大姑娘念了六年书，下田了，还是把好手呢！她还当着众人的面儿张开嘴唱歌了，她唱得是那么好听，那么甜，那么脆……

杨大爹喜欢得摸着胡子，对人说：

"俺那嫚儿，长了翅膀，学会哨哩！"

在杨大姑娘身上打主意的小伙子可不算少。不光是她模样儿好，那性情也好，心地还好。她的针线活儿谁比得了？她的庄稼活儿谁能赶得上？

小伙子们也都出挑健壮，也是劳动能手，也给她示过意、透过心、写过信。可谁也没想到，她的对象竟然跑到江那边山根下去了。

那是一九五九年冬天，她在县农业技术训练班学习时，认识了个小伙子，叫郭太。郭太，五尺多的个儿，宽肩膀，方脸盘儿，有股子虎虎实实的劲儿。相爱不知是怎么开始的，反正两个人就是对劲儿，说话一个道儿，想事一个路儿。

郭太常说："我们江北队，土地少，非得下苦功叫它变个样儿不可。"

杨大姑娘听在耳里，喜在心里。

杨俊英也常说："我们队地多地好，得搞科学种田，推广新技术，高产再高产。"

郭太听了，乐在心里，笑在面上。

结业了，两个人特地去看了场电影，完了沿着大街走了好几个来回趟儿，可谁也没把真情吐露出来，但两颗心却连在一块了。

没多久，郭太光荣应征服役，这才把事儿挑明了。乡亲们知道了，都很高兴，有几个聪明的老年人还说：

"嘿！郭太是个好小伙子，这回咱们队能添根柱子。"

"那还用说，杨大姑娘还不把郭太给娶过来呀！咱队娶姑爷的也不是一个了。"

"也就得这么办，要不扔下老杨头一个人咋办？他那小儿子到边疆打石油去了"。

杨大姑娘听了这些，不点头不摇头，只是抿嘴笑笑，不知她心里怎么想。

杨大爹听了这些，不声也不语，面上带着笑，心里却在嘀咕："人家肯吗？"

郭太在部队上进步很快，入了党。去年六月服役期满，回乡后被选为副队长了。那些聪明的老年人失望了：

"这回倒踏门儿可不易了。"

"是呢，就是咱们的大姑娘也怕留不住了。"

果然应了言，五天前杨大姑娘到江北去看望郭太回来，就提出要结婚。前天，两个人去登了记。明天就要离开这个门槛，迈到新的家门去了。人们猜不透她的心。那些聪明的老年人又讲话了：

"唉，到岁数了。"

倚在门框上的杨大姑娘，转身回屋，刚刚点上灯，那些姑娘媳妇们，就说着笑着来了。这个送条毛巾，那个送个笔记本儿，还有的送张照片儿。不知是谁悄悄地搁在那一把红亮亮的化学梳子。还有个大嫂送来个大红的小孩兜肚，闹得杨大姑娘满脸赤红。

大嫂子急忙解释："杨家大妹子你可别见怪，谁知道你闹得这么急促，啥也没买，只有这件东西是新的，反正也用得着。今儿个我又在上边绣了幸福两个字儿，就是这么点心思吧。"

大伙儿直门说杨大姑娘不该不吱声儿。杨大爹也接上话茬了：

"别说你们，连我也瞒着。眼下，虽说不讲陪送，当爹的怎忍心你空手走出房门。"

杨大姑娘笑了笑："爹，别的我不要，把那三十八个大鸡蛋给我带着。"

大伙儿听说姑娘要带几十个鸡蛋，谁也悟不透。

姑娘们这个扯手，那个拽衣袋，说：

"姐，你可常回来看我们啊！"

杨大姑娘说："回来趟不容易，总得落雪以后吧。"

"那我们去看你，反正不过十里地，就是隔道江呗。"

杨大姑娘摇摇头："不，我们住在神仙坡。今年先搭棚子，后盖房子。最好是明年去，那时我们就像个样子啦！这三十来个蛋，孵出的鸡来也该下蛋了，足够待客的。"

这时，大伙儿才明白过来，这姑娘的心胸大啊！没有一个不点头的。

从江北队翻一道长长的大岭，再下一段山路，就是神仙坡了。这儿原是片老林子，抗日战争时期是红军的密营。那年鬼子和讨伐大队三千多人，把杨靖宇司令的一个团严严实实地围在里面。围了三天三夜，没见动静，就往里面攻，叫红军一顿枪打倒一二百。敌人不敢动了，就放起一把大火，烧了二三百垧地的林子，可红军竟然飞走了。有个伪军说："那是神仙把他们救出去了。"从此，那儿就叫神仙坡了。这一百多垧地是个建屯开荒的好地方。可前些年，因为交通不便，谁也去不了。后来，山里发现了矿，一条大公路从神仙坡下通过去了。这时江北队动了心，想把队迁到神仙坡去。但那不是件容易的事。

说来也巧，在大江的下游要建个电站，一测，江北队正在淹没区里，在两年内得搬迁，国家拨给损失补助费，在生产上、生活上给予照顾。就这么，经过批准，江北队要往神仙坡搬迁了。

大伙儿所知道的只有这些，所以非叫杨大姑娘往细里讲讲不可。她见推不过，就以主人的身份讲起来：

"我们生产队今年先去二十个劳力，开四十垧荒地，到秋能拿一把好粮食。挂锄时盖房子，上了秋村里人就能搬来一半儿，明年秋我们就能都搬去了。"

"哟，还没出门槛儿，就你们我们的了，臊不臊？"

大伙儿一阵哄笑。

有人问："姐，你过年去多好，新村盖起来了。"

"我想，还是创业时去好。那天……"

杨大姑娘讲了那天突然决定结婚的事儿。

那天江北队正在开会，合计上坡的人选。人本来不算少，可两下一分，就不够用了。二十个人中，只能抽出一个人做饭，还要喂两口猪，兼着记账、记分儿，又舍不得抽出个男劳力来。村里的媳妇都有孩有崽，有几个姑娘，不是饭做不好，就是账弄不明白，一时憋住了。杨大姑娘听说了，就对郭太说：

"郭太，那些活儿我都做得来，还能弄些鸡。"

郭太连连点头："你们队能放你吗？你在那里还算个角色呢！"

"我们队不那么自私，我走了也没什么影响。"

"那……你还没过来，现在就要定人了。"

"先报名。"

"不是江北队的，怎么报名呢？"

"那……"杨大姑娘脸儿一红，"咱们去登个记，不就行了吗？"

就这么，杨大姑娘来到了会场，报了名，乐得江北队的社员直拍巴掌。共青团员们，还选她当了团小组长。

满屋人听了这些，都称赞、支持，连杨大爹也嘿嘿地笑了。

杨大姑娘说："姐妹们，我走了，剩爹一个人，有些事儿少不了麻烦你们，因为我脱不开身回来。"

"你放心，缝缝补补啥的，都行。"

杨大爹也说："我上了点年纪，身板还结实，用不着挂记着。"

"爹，等新村建成了，我开着拖拉机到江边接你。"

"什么？拖拉机？"姐妹们惊叫起来。

"明年秋上，就能买回台拖拉机。神仙坡土地又多又肥，光靠人手不行，得使机器。县里给做到计划里去了，款项到明年秋也能凑足。"

她们说着，乐着，不觉夜深了。

第二天早晨，杨大姑娘穿上一身新衣裳，姐妹们又来送行。不知是谁，还悄悄地往杨大姑娘的兜里塞了一包丰产的南瓜子儿。

（1962 年 4 月）

冰上桃花

——青春的报告之二

春分刚过，天气暖和得连棉袄都穿不住了。田野里的积雪融化了，桃花水顺着山坡滚了下来，挤在小河沟里，又欢腾跳跃着涌向平川，流进了江河。

大江已经散了边儿，江面的冰层被"雁翎水"冲得像雨后的晴空一样蔚蓝、洁净。江边上搭着一座宽宽的木板桥，一直通向江心的三间木板房儿。这就是沿江大队的水磨厂。

磨坊前是一道砸开的"冰流"，江水滚着尺多高的浪花，推着水磨轮子的桨板，发出"啪——啪——啪"有节奏的响声。高大的水轮子，不慌不忙地转动着，而屋里的两盘石磨却旋转得飞快。粉碎了的玉米，通过输送道、自动罗、分隔器，面子、碴子和糠皮，分别流进三个大木槽子里去。

一个头上包着彩格毛巾，腰间扎着水蓝色围裙的姑娘，正在磨坊里忙碌着。她那一双大眼睛，像秋天的江水一样明亮、清澈，墨黑的短发衬托着红润的圆脸，显得娴静而又丰满。她就是这水磨坊的主人，叫桃花。桃花虽然娴静，可很有心计，办事爽快利索，还有把力气头儿，装着粮食的大麻袋，她一个人搬上搬下，长了，心也不跳，气也不喘，连小伙子们也暗暗敬服。

桃花的父亲叫江守信，是这沿江村大粮户王积善的长工。王家有盘水磨，守信夫妻不分春夏秋冬，成年累月地苦劳在水磨坊里。头顶的，脚踩的，手使的，没有一丁点儿是自己说了算的。只有那三块木板支起的"床"，一床烂絮的麻花被子、一个泥做的火盆，是他们的家当。就这样,还得给王积善纳"房租"。

那年三月的一个早晨，一个小女孩出生在江上的木板房里。那正是桃花盛开的季节，一夜春风吹落了一江花瓣儿，漂浮在浪峰谷底，江守信一出磨坊门儿，看着满江的桃花片片，飘飘悠悠，红红点点，心里禁不住一阵好乐，自语道：

"这苦命的孩子就叫桃花吧！也许将来能有个好结果呢！"

桃花就在这座木板房里长大了，又在这条江上学会了抓鱼、游水，也学会了推水磨的本领。新中国成立那年，这座水磨坊分给了江守信。后来，江守信在岸上盖了三间房儿，桃花也进了学校。

桃花中学毕业后，回到沿江村。那时，这江上的木板房儿已经是农社的粮米加工厂了。一个男社员在那里干活,缺乏经验，又不善管理，不但不出活儿，还糟蹋了不少粮食，社员们很有意见。桃花进了水磨坊儿，没多久就变了样儿，活儿做得有条有理，加工出的米面干干净净。后来又大闹技术改革，也不知熬了多少个通宵，请教了多少人，到底实现了自动化。那个男社员上了岸参加田间劳动去了，从此水磨坊儿就桃花一个人主持着了。有人叫她厂长，有人叫她技术员，也有的叫她农社的工人。

眼下的事情都挤到一块儿去了。江快要开了，往年这个时候都要停十几天磨，等那满江的冰排跑净了才能开工。水磨坊也要在这个时候收拾收拾房儿、轮子，錾錾磨。可今春春耕任务重，春脖子太短，气温升得快，要趁浆下种，不然就会受到春旱的威胁。桃花提出了开江不停磨的想法，大伙儿还能不高兴！可是磨有些钝了，拉出的碴子不大匀溜。桃花给錾磨的老石匠石大爷捎了几回信，还是不见人。桃花恨自己平常不细心，没跟石大爷学会錾磨，若是自己也会，那有多好。

太阳已经落山了，水磨坊里投下了黑影，桃花仍然不住地忙活着。一个小伙子持着饭盒，笑吟吟地走进来。也不打招呼，打开饭盒儿，把碴子粥、炒白菜片儿，辣椒酱、小咸菜，摆满了小桌子。

"王发，你这是……"桃花温和地看了小伙子一眼。

"是大婶让我捎给你的。"王发一边解释着，一边起身去看水磨，让桃花吃点饭。

王发偷眼看看桃花，见她眯着眼睛盯着石磨，半天咽不下一口饭，就知道她是为磨着急呢。便说：

"石大爷来啦。"

"真的？"

桃花惊喜地扔下碗筷，又说：

"我去接石大爷！"

"俺这石匠不用接！"

好说好笑的石大爷进了磨坊儿，打眼看看，笑道：

"俺琢磨着该喝喜酒了吧？"

王发张张嘴没说出话来，把头一低，红着脸儿忙活着停磨。

桃花顾不得别的，一心都在磨上。一边接过石大爷的家什究子，一边问道：

"都捎了三回信了，你要是再不来，我就背着磨去找你了。"

"是呀，俺就是怕把桃花累坏了，才急急忙忙跑来。"

"王发，抬磨！"桃花说着，把外边的水轮儿绞离水面。王发熟练地把石磨卸下来。

"王发，去弄点木炭，下晚要冷，给石大爷生个炭火盆儿。"

王发一声不响地走出水磨坊儿。

"喂，王发，捎点好黄烟来。"

王发回回头，表示记下。

"王发，我妈的小柜里还有包蛋糕，也捎来，那叫夜餐吧。"

王发站住，转身问道："还有什么？一遭说完吧。"

"你不乐意干啊？我要是不收拾粮食，稀罕用你？你再告诉队长，派人把加工好的粮搬回去，我今晚跟石大爷錾磨，没工夫搬了。好了，这回没事了……喂，得了得了，别让队长派人了，你来搬搬得了，算是我派的，行不行？"

桃花说着咯咯地笑起来。

石大爷戴上银腿老花镜，眯缝着眼睛，看着这一对热热乎乎的年轻人，自语道："有意思。"随后，拿起家什，磨坊里立时响起"嘭嘭嚓嚓"的錾磨声。

下弦月像把银弓，挂在布满星辰的夜空；江风带着寒气，顺着江面呼呼刮着,木板房里也冷多了。可是两个人谁也没觉得。石大爷举着小锤,有节奏地錾着,鼻子尖上渗出了细细的汗珠;桃花在一旁紧忙活,一会儿递水,一会儿拿烟,两眼不离石大爷的一双手,看到高兴处,忍不住地用手比量起来,学着石大爷的样儿,"空手錾空磨"。有些看不明白的地方,只好问了:

"划齿怎么办?"

"掏沟,怎么才能掏匀?"

"怎么才能不崩齿儿?"

石大爷从老花镜底下看了桃花一眼,问:

"怎么,你也想学这个?"

桃花不好意思地笑了。

"大爷,几天能学会?"

"几天?"石大爷又瞅瞅桃花,把声音放得重重的,"俺学了三年!"

"三年?"桃花吃了一惊。

"嗯,整三年。"石大爷说,"不过,头两年半连家什也没摸着。"

"怪不得!"桃花爽朗地笑起来。

"轰隆隆,咔嚓嚓,哇——"

外边一声巨响,压住了桃花的笑声,三间木板房剧烈地抖颤着。

桃花腾地跳起来,叫道:

"开江啦!"

石大爷也一震,他知道这是"武开江",说声开,江上一阵滚雷似的巨响，冰排哗哗啦啦崩开了，挤到江岸，叠成小山也似的冰岭，就连几十斤重的大鱼，也常常被冰排切断。这座江上的木板房，要是让那冰排一挤一撞，就得变成碎柴片儿。

桃花操起手电，推开门儿，朝岸上晃了几晃，发出了紧急信号。然后，扶着石大爷，带着錾磨的家什，上了岸。石大爷怕村里见不到信号，急忙回村报信儿。桃花返回木板房儿，操起一把一丈多长的大刨钩，站在木板房外，准备拨开突然袭来的冰块，等待着来人把整个磨坊拉到岸上去。

可是，就在这一刹那间，巨大的水轮儿一侧身子，跟着一块冰排漂走了。桃花也跟着忽悠了一下子，但马上镇定下来，朝四周望了一眼，见村里灯火晃动，听得见叫人声，知道他们马上就会到江边来，把小磨坊拉到安全的地方去。可这水轮儿损失了，等做上新的，可就要误了大事呀！她凭十来年水上生活的经验，把身子一弓，像只燕子似的，腾空跳起；那刨钩当作个支棍儿，她飞身跳上一块抖动着，呼叫着的大冰排。随着水流波势，左右开弓地支点着刨钩。冰排颤颤悠悠，忽上忽下，就像狂风巨浪中一只颠簸不定的小船儿，顺流而下，追赶那水轮去了。

队长领人来到江边，指挥大伙儿绞动铁索，自己却和王发踩着冰排，跳上木板房搭板儿，支开冲过来的冰排，保护船底的安全。

社员们一二一二地喊着号儿，使出了牵龙伏虎的气力，渐渐地把水磨拽拢了岸，拉到了安全地带。

王发一下子挤到前面，喊道：

“桃花！桃花！”

没有应声。大伙儿的眼睛也在四处寻找。

队长一把抓住石大爷的手，问：

“桃花，她……”

“刚才还在呀。”石大爷讷讷道。

队长放眼江面，不由得浑身一震：

“啊？水轮子没有了，快！”

队长说完，撒腿顺着江沿儿往下游跑去。大伙儿也飞步跟在后面。王发抓过来一根大绳，跑到最前面。

借着清淡的月光，看见江面的冰排上，跳动着一个黑影，一会儿大，一会儿小，一会儿离江边近了，一会儿又向江心跳去。

“是桃花！”

王发的叫声中，有惊喜，也有担心。

“是她！”队长断定了，她准是追水轮子去了。

“桃——花——”

人们齐声地喊起来。

“唉——”

黑影渐渐近了，大了。忽然，冲过来一大块冰排，把桃花脚下那块冰排撞得粉碎，她身子向后一闪……

“哎呀！”大伙儿失声叫起来。

王发一甩棉袄，就要向江中跳，可是一眼发现桃花站在另一块冰排上了。这回都看明白了，她紧紧握住刨钩，刨钩上拖着那个大大的水轮子。由于冰排地冲挤，水轮子向江边靠了一靠。

“王发，抛绳子！”队长严肃地喊道。

王发把手里的大绳，狠劲向桃花扔去：

"桃花，抓住！"

绳子扔歪了，桃花闪身一跳，还是没接住。王发急忙把绳子拉回来盘好。这回，绳子湿了，沉了，扔出去有准头了，正好打在桃花的怀里。

桃花拽住了绳子，跳上另一块冰排，把绳子拴在刨住水轮的刨钩上，大声喊道：

"好啦！拽吧！"

岸上的人呼着号子，一齐猛拽……

开江后的第二天，江面上还跑着零星的冰块，可沿江村的水磨厂又开工了，高大的水轮子，仍然不紧不慢地、有节奏地转着、响着，水花随着桨板飞溅，迎着粉红色的朝霞，闪闪发光，那情景恰似满江飞舞着的片片桃花……

（1961 年 3 月）

弯弯的山路
——青春的报告之三

　　一场春雨，浇得小苗绿生生的，树叶也封门了。远山，新绿泛着鹅黄，柔软的风带着树芽的清香款款吹来，这正是车老板们最惬意的时候。

　　清早儿，哗啷哗啷的铃铛声，从那铺花叠翠的山路上传来。一辆胶轮大车，来到小河边上停下了。车老板是个二十多岁的小伙子，稳稳当当地坐在车上，怀里抱个大鞭杆儿，泰然自若地打着口哨。几匹滚瓜溜圆的大马伸长了脖子，贪婪地喝着河水。喝了一阵子，老板一晃鞭子："驾！"接着叭的一个响鞭儿，红辕马长鬃一抖，蓦地抬起头来，双耳抖了抖，身子颤了颤。大车咕噜噜顺着弯来绕去的山路走去。

　　这个兴致勃勃的车老板，叫何杏元，过了第二十二个生日，他初中毕业后回乡参加农业生产，已经有三个年头了。这三年，他赶了两年牛车，又在马车上见习了半年多，今个儿是头一天独自抱上鞭杆儿出远门儿。

　　照何杏元的看法，赶马车并不比赶牛车难，也就是夜间起来喂喂牲口呗。走在路上要多加些小心，牲口不舒服别使唤，半道上牲口出了毛病赶快上兽医站，没什么大不了的。这不是，到县城拉豆饼，安安稳稳地回来了，刚是过半晌儿，到家也黑不了天。

何杏元正在兴头儿上，大车从十里岗上下来，一转弯儿，到了大陡坎儿。何杏元立刻跳下车来，肩膀贴着红辕马，手抓紧了刀背闸，把套马叫正，开始放坡。

到了陡厥子坎儿，红辕马打了前蹄，慌得何杏元一搂手闸，肩膀扛住辕子，吓了一头汗，总算是顺利地下了岗，舒舒坦坦地出了口气。

日头挂在西岗顶的大松树梢上，整个山林都是金闪闪的。

迎面走来个须发花白的老汉。这般天气，还披个小棉袄。老人和车打了个照面儿，不由得连声称赞道：

"是后岔队的吧？好膘实的牲口。"

何杏元从心眼里往外美，点点头说：

"是哩。牲口吗，全在一把草料上。"

"不光这个。"老人说，"还得精心使唤。像你这样的年轻人，独自出远门儿，可不易哩。"

"精点心呗。"何杏元嘴是这么说，心里却寻思，你也把我小瞧了。

老人说："是庄户人的话。"说着，举起手拍了拍红辕马厚墩墩的屁股，红辕马受惊地一颤，头一夺拉，尾巴又往裆里夹，肩胛抽搐着，呼哧呼哧地喷着闷鼻子。

老人惊叫一声："坏了！你的红辕马病了。"

何杏元只当老人开玩笑，说声："放心吧，壮着哩！"一扭脖儿，叭地一鞭，赶起车走了。

老人呆呆地站在那儿，望着红辕马，心里热辣辣的。他想到，这匹红辕马，是后岔队二三百号人的眼珠子，怎么能轻慢对待？要是有个好歹，队上受多大的损失，那小老板也得后悔一辈子。想到这儿，气得嘴唇都哆嗦了。这个小伙子，功夫不到家，又不听话，怎么能赶好车？

他瞅瞅大车，拐过山角不见影儿啦，那哗啷哗啷的串铃声也越来越远了，可是却一声声叩在他心上。他一跺脚，甩开大步，追了上去。

何杏元坐在车上，看着绿葱葱的田地、山野，心也像山坡上的花儿似的，喜滋滋地开放了，不由得把口哨吹成的曲调变成了词儿，唱了出来："大鞭子一甩嘎嘎地响哎，一辆大车下了岗哎……"

"站住！站住！"

从一个小岗梁上传来威严的喊声。

何杏元抬头一看，还是那位老人，抄了个小山道，走了点近路，把他这大马车追上了。

老人几步从小岗上跑下来，追上大车，没容分说，一把就把何杏元从大车上拽下来了。

何杏元不知是怎么回事儿，忙问：

"你这是干啥？"

"干啥？虎小子，你说，道上牲口喝水来？"

"那不是常事儿吗？"

"喝水时，是不是惊着了？你说！"

何杏元一看老人这副抓贼的架势，只好照实说：

"我就打了个响鞭儿。"

"红辕马一惊，立时不喝了，是不是？"

"是。它准是喝饱了。"

老人狠狠地一甩手，心疼地说：

"坏了，你的辕马叫水串着了。"

何杏元愣愣地站在那儿，他想起跟马车练习时，老板说过水串，他没怎么在意。现在听老人说红辕马得了水串，又害怕又不信。

老人把车支梯儿放下，解开辕马的肚带，把大挑一擎，后兜一压，左脚把车梯儿一踢，一掀辕子，就把红辕马牵出来了。

红辕马站在道旁，浑身打着哆嗦，两眼没了神采，耳朵耷拉着，身子也往一块弓。

何杏元一看，红辕马真是病了，心里一阵难过，不知怎么办才好。一下子扑上去，抱住马脖子：

"红辕马啊……"

那眼泪噼里啪啦掉在马脖子上。那红辕马用嘴拱拱何杏元的胳膊……

老人从车上拿过拔筲子，问道：

"有破布条吗？"

何杏元说："没有。怎么办哪，老人家。"

老人把小棉袄从肩头上拽下来，几把就扯开了，掏出一堆棉花，放在拔筲子里点着了，拎到红辕马嘴巴底下。

红辕马耷拉着头，乖乖地叫辣烟熏着，尾巴左右摇晃着。

老人坐在地下，点了锅子烟，一声不响地抽着，两眼直盯着马鼻子。

何杏元心里直扑腾，能不能治好呢？离兽医站那么远，到家还有小三十里。老人这个办法行吗？不打针，不灌药。想帮着干点什么吧，又插不上手。连话儿也不敢说了，站在哪儿，好不是滋味儿。

就这么过了一袋烟的工夫，马鼻孔眼里吧嗒吧嗒直掉水珠，越掉越快，越掉越快，后来就成流了。淌了好一气，才又变成一滴一滴的。

老人脸上的阴云散了，何杏元心上的石头也落地了。老人把红辕马放到草棵里，马低头慢慢地啃着青青嫩嫩的草，尾巴来回地甩动着，还打了几声响鼻儿。

"保住了。"老人转身对何杏元说："这水串可厉害，要是不熏，用不到点灯，就完了。得这个病屈死的骡马，扒开皮一看，皮里肉外全是黄水。"

何杏元往前凑了凑："你怎么看出来的？"

"下十里岗，辕马坐坡吗？"

何杏元想起来了，下岗时辕马四蹄往一块儿收，呼吐呼吐地喷鼻子，屁股直往上颠，还打过个前蹄。便说："是不怎么坐坡。"

"嗯，我见了这牲口，拍了一巴掌，那个样儿，就是水串的症候。"

"你真有两下子。"

"赶车的都会。你带着锥子、刀子、大弯针、鱼钩了吗？"

"带那些干啥？我也不钓鱼。"

"看来你是没赶过马车呀！这都是车老板的常用之物。我问你，马要是得了结症、瞽眼怎么办？要是得了猪卵子瞽眼，用不上半个时辰，吃肉吧！等你去找来兽医还赶趟儿？车老板就得是半拉兽医。"

何杏元听了，真心实意地说：

"你快给我说说，这些病的症状，怎么个治法，越详细越好。"

老人语重心长："这一时半晌也说不全可，你回去问问何老全吧，他比我精深着哩！"

何杏元叫道："何老全是我二叔啊！"

"是你二叔？我不信！"老人盯着何杏元，"龙王爷的儿子会凫水，何老全的侄子不懂牲口？"

"是我不上心，老觉得赶个车呗，有啥好学的，能分开里外，会使辕、套，就行了。二叔一讲起牲口来就没完没了，我听得不耐烦就走了。有时候听几句也不往心里去。这回我算知道了，干什么都是学问，要干好就得下苦心把学问学到手。一知半解不行，皮皮毛毛不行，大面过得去也不行，得有深功夫、真本领。"

"这就对了！"老人乐得抓起棉袄往肩上一搭，才发现，成了夹袄了："嘿嘿，更轻快了。"

老人转身就走，何杏元上前叫住：

"老人家，你是谁？住在哪儿？"

"我是饲养员，住在饲养所的热炕头上。"

何杏元说："大爷，我回去交鞭了。"

老人转身站住："咋的？不想干了？"

"干！我现在对骡马一窍不通，赶不好车。先跟二叔学几个月，再拿鞭杆儿。半年以后，要当不上个地道老板儿，我就不是何老全的侄子！不，那就算不上个新青年！"

"对了！对了！"老人蹶得蹶得一溜风儿走了。

暮霭照了下来，清脆的串铃声儿，又是那么有节奏地响在弯弯的山路上。

（1962 年 6 月）

金星灿灿

夜深了，我独自翻动着几个月来的笔记。

突然，几片金黄金黄的花瓣，跳进我的眼帘。这花瓣仿佛又化作一个个红彤彤的笑脸。他们是张录、王才、小吴……这帮风华正茂的年轻人。

我是在长白山里结识他们的。那是个冰雪初解的小阳春，我乘着森林小火车，驶进了"白云深处"的原始森林，在一个诞生还不到两年，号称"六公里"的小车站下了车。车站上显得十分繁忙、活跃，七八列列车在这里会合，信号旗在空中舞动，装卸工人紧张地工作。山间不时地传来咔嚓嚓的倒树声，运木工人豪壮有力的号子，加上拖拉机、汽车、推土机的操作声和娃娃们的嬉闹声，汇成了一支巨大的交响曲，在歌颂林区日新月异的变化……

车站四周，是一堆堆归了楞的原木，一座座绿色的帐篷，一座座散发着松脂的芳香的木板房。它们之间的空地上，开遍了金黄金黄的冰凌花。

冰凌花，在冰雪里发芽，在冰雪里长大，又在冰雪里开花。天气给了它许多困难，也许下场封山大雪，也许上场裂地大冻，可是它依然从从容容、落落大方地绽开了在严冬里孕育成的蓓蕾，顺着森林工人的脚窝，把春天送到每一座帐篷里去，送到每一个工人的心坎里去。所以，我敬重它。顺手掐了一朵，夹在耳丫子上，春风扑扑，花瓣拂着我的面颊，心里充满了春意和阳光。我低低地吟道："不耐严冬寒彻骨，如何迎得好春来……"

我的向导张录——一个敦实憨厚的小伙子，便笑着问我：

"喜欢它？"

"我喜欢它的刚强劲儿。"

张录的眼睛发亮："我们更喜欢它！"

我想了想，便说："我们怀着一个理想，自然喜爱也是共同的。"

他不说话了，好半天才意味深长地自语道："对。不过，我总觉得我们林业工人爱得更深、更切。"

他的神情，兴奋里含着自豪，自豪里带着缅怀，那缅怀里又有多少向往！我问："为什么这样说呢？"这一问，倒引出他一大段话来：

"你站住，回头看看，我们又爬上二百来公尺（指海拔）了。东边那片红砖瓦房，就是我们二伐区的队部。队部左边那座小红楼前面，是森铁工程队，工程队最前边那一片，便是林业局了……如今，房子成片，电灯成串，有了上千户的工人家属，有了子弟小学，隔三岔五地还能看场电影……你说，像样子了吧？可是你知道不，四年前，这里是没有人烟的树泊子啊！冬天风雪怒吼，夏天洪水翻滚，春天野兽咆哮，只有秋天才有公社的副业队进来。四年前，我们带着三座帐篷，七十双手，一台电话机，十六匹大马，几千斤高粱米，一袋子咸盐，还有两大麻袋咸菜干儿，就在这儿安营扎寨了。"

"这与你们爱冰凌花有什么关系呢？"

"你听我说呀！这一冬，我们伐下了上万米木材，运输却成了一道关口。木材运不下来，就会影响第二年的营建，整个建设就要拖一年。我们砍开一条雪道，拉不上两天，不要说下大雪，只消一阵大风，根本就不知道道儿跑到哪儿去了。雪没过膝盖，就是空爬犁也难拉，一不小心就折了辕子。有时马腿陷进雪壳里，一动弹，'噗'一声，只剩个马头了。有一次，我赶个空爬犁，过一个倒木，马蹚开四蹄，那爬犁纹丝儿不动，我四下看看，没坎儿，也没雪壳，道儿又好；往爬犁后一看，发现一对黑乎乎的大爪子。我抡起大板斧走过去，你猜是什么，一只大黑熊躺在倒木底下，爪子拽住爬犁棚，好像在和马拔河。"

"你没害怕？"

"怕？恨都恨不过来。我想天作怪，雪捣乱，你黑熊也来凑热乎！我抡起大斧子照黑熊头接二连三就是一顿斧子，它噢噢叫唤没几声，就让我用斧子劈死了。"

"当年景阳冈武松打虎，如今长白山张录劈熊！一对英雄。"

"这算啥，我们都当笑话说。要紧的是'冒烟泡'。大风一叫，天昏地暗，把雪撮起来，在空中扬几个圈儿，'沙沙'地劈头盖脸打下来。我们只有闭上眼睛，叉开双腿，站得像棵松树才成。"

"这么厉害！"

"这算啥，厉害的是'旋烟泡'。你听，老远老远的地方吱吱直叫，不一会，树梢直扭，树身乱晃，'旋烟泡'来了。那风紧紧地把你裹住，手脚就不由自主了。一会儿要把你拔起来，一会儿要把你掀倒，一会儿又要把你压进雪里。"

"那可咋办？"

"这算啥，我们死死地抱住大树，等它消消气儿，抖抖身上的雪，不就完了。有时候风把草兔旋起来，摔在大树上；还有时把狍子掀到大树上，我们不仅能'守株待兔'，还能'抱树得狍'呢！所以呀，'旋烟泡'一来，老队长把眼睛一眯：'嘿！大风又给咱送菜来了！'"

"真是乐观！"我顺口赞道。

"这算啥，咱革命者为啥不乐观？在这大风雪的后面，不就是你刚才看见的那些，还有好些没见的呢！有时候大风雪能刮上一整天。连堆火都没有，我们大伙儿就紧紧地靠在一起，听老队长给我们讲杨靖宇率领抗联军队转战长白山打鬼子的故事，嘿，比《林海雪原》还惊险。后来才知道，他就是杨靖宇司令手下的一个排长。难怪他这么熟悉地形和气候呢！"

"这一讲，大伙儿的劲头一定更高了。"

"那当然！前人用鲜血把这片山河从敌人的血爪子里夺回来，我们不能用汗水把它浇得开满红花，那还算什么社会主义中国的工人呢！"

"你们的生活可真够艰苦的呀！"

"这算啥，创业嘛！老队长常常这么说：'我们的帐篷就是绿叶，我们每个人就是开在林海雪原的冰凌花啊！'于是，我们时时在问自己：'你够不够一朵冰凌花呢？'"

原来，他们与冰凌花的感情是这样建立起来的呀！我还从这个开口"这算啥"的小伙子口中，得知他们曾在这种困难条件下，运出来两千多米木材。春天，雪花粘了，下一点活儿，浑身湿个透，可风还是尖溜溜的，不多时，衣服就成盔甲了。有时跪在地上，一起来，棉裤就叫冰雪给咬去一大块。可是"这算啥！"他们想出了办法，浇冰道。

八九里地的路，得多少担水啊！何况一天得浇两遍呢！我们的工人，"心里想着社会主义，眼睛看着这里的明天！"那劲儿就来了，什么困难还能比这种劲儿硬呢！张录说："知道自己在做多么有意义的事业，也就愿意多吃一点苦了。"支援边疆建设的青年王才，是个魁梧粗憨的山东小伙子，话不多说，只知闷头干活，每天总比别人多挑几十担水。叫他介绍经验，憋了足有二十分钟，好歹叫老队长撬开了口，可也只说出八个字来："创点家业，奔个前程。"这不正是我们工人无穷的力源嘛！于是，冰道靠我们工人的肩膀搭起来了，好几千米木材从冰道运下来。

我们边走边谈，快近中午时，到了第三伐区。我又结识了林专毕业生小吴，他在搞业余研究。我忘不了他那些形形色色的虫鸟和他那一本厚厚的标本，我更忘不了他那些记录和试验档案。他对我说："我们要培育森林，就要消灭树木的敌人。比如，一棵树上长了个大疤，看起来没什么，一到加工厂，就少出几块料，本来够个大材料的，也不得不变成小材料，多可惜。本来能造船，也不得不作门框窗楣，多可惜。许许多多有疤的木材加在一起，少造多少船，少建几座桥，那有多可惜！我们林业工人恨透了它，恨它就要消灭它，治住它。"这几个可惜，不正表白了我们林业工人的心理吗？他还领我去看了他的试验苗圃："光彩不育简直是杀鸡取蛋，边采边育就能源源不断。可是怎么才能把苗育得好，成活率高，生长快，抗病力强，这就是个课题了。"我一看那小苗，长得绿绿葱葱的，生机盎然。这春天是他用汗水、用心血、用青春赢得来的。秋天该有多么可观的收获啊！

谈到明天，一个生气虎虎的汉子，先是对我笑笑，又顺手指给我看：

"那是制药厂，那是胶合板厂、造纸厂、子弟中学、百货大楼、工人住宅区、电影院，那是联合加工厂，那是……反正俺说不周全，制材厂有多么大俺说不清，反正哪里造船盖楼，筑路架桥，哪里就会有我们送去的木材！你信不信？"

我有什么理由不信呢？我问："多咱建成？"

"俺说不太准，事情在于办事的人，只要尽心尽力就能快上加快，你信不信？"

说着，他摊开了满是厚茧的双手。

"信，快就快在你们这一双双大手上。"

我们互相瞅瞅，都自豪地笑了。

他们笑得那么美，那么自信，那么豪迈！多么像美丽而又朴实，坚强而又敢于斗争，乐观而又充满自信，不知沮丧，不知气馁，只知斗争，只知前进的冰凌花啊！对呀，他们才是长白山林海春天的信使呢!

　　我凝视着眼前这几片金黄金黄的冰凌花……慢慢地把本子合上，推开楼窗，只见一天星斗灿烂，于是我想到，在这六亿神州，处处不是正不断涌现着冰凌花似的坚强豪迈、生气勃勃的笑脸吗?

（1964 年 7 月）

故乡的珍珠

　　刚从国外归来。离开祖国已二年了，感到国内一切都新鲜。又得到了相当可观的假期，让我去观看、拜访或是去寻觅。师傅们告诉我，该先去看看那个商品展览会，说那儿像个偌大的磁场，吸引着数不清的中外观众。还说其中的珍宝馆数日来大有"水泄不通"之势。我兴冲冲地来到珍宝馆前，站到长长的排后去。从馆里走出来的人，都带着赞羡的神情，频频回首。有的还对等候参观的人（尽管他们素不相识）嘱咐一句："别忘了看那白牡丹。"珍宝馆里怎么出了白牡丹呢？

　　我们这条人流缓缓地流进了展览大厅。金银珠玉的制品，琳琅满目，精工绝艺，无可伦比，令人目不暇接，只觉得上下左右，一片珠光宝气。

　　有一列玉雕是很吸引人的：小巧玲珑，最大的也不过十厘米。有"天女散花""嫦娥奔月""神龙腾云""百鸽鸣春"等十几种。人物栩栩如生，鸟雀展翅欲飞，花草似有香气，云霞近乎升腾。不仅功夫精巧细腻，那玉的质地也好，全是半透明的，乳白中透着莹莹淡绿，闪着柔和而又舒爽的清辉。那有口皆碑的白牡丹就摆在这里。它高七八厘米，四朵小花儿，富丽中藏着纤巧，舒展中含着严谨，洁白晶莹，"冰肌玉骨"，仿佛是春天的早上，晨雾刚刚消散，朝晖洒照，花瓣上还留着颤颤欲滚的露珠。我不仅看见了它的姣容丽姿，理会了它的灵神爽韵，还似乎嗅到了那淡淡的幽香。说它是玉石雕的，又光滑剔透；说它是蜡制的，又外明内润。它到底是用什么制作的呢？

在这"白牡丹"下面，与其他展品一样，有一块精巧的方牌：

象形珍珠

白 牡 丹

产　　地：长白山区　珠子河

育珠手：徐银珠　女　25岁

我一读这展标，瞠目结舌了。

我所以又是惊喜又是疑惑，原因有三：其一，怎么会有七八厘米大的珍珠呢？当年南海出了颗荔枝大小的南珠，轰动了千百年；其二，长白山的珠子河是我的故里，在那条河里捞得一颗黄豆粒大的东珠，也就是瑰宝了；其三，徐银珠是我二姨的小叔子的妻侄女，我们俩一块儿长大，她不愿在山沟里趴一辈子，离开了生她养她的珠子河，怎么会育出这样硕大，这样奇绝的珍珠呢？我只好带着谜团去问解说员。

"货真价实！"解说员指着展标说，"这是人工、河蚌、大自然三者共同塑造的，叫象形珍珠。它同样是在珍珠蚌里育出来的，打开蚌壳，取出来就是这样。"

故乡的珍珠是很有名的，河叫珠子河，山叫珍珠岭，村子叫珠宝屯，就连姑娘的名字也常常带上个珠字儿。因为在旧社会珠子是"贡品"，珠捐又重，乡亲们只好满河打珠，河蚌越来越少，珠子愈打愈稀，后来珠子河便徒有其名了。新中国成立后才一年年养起来，还是产不了多少珠子。几年前我离开故乡时，刚刚搞成人工育珠，怎么会育出神女、娣娥、飞龙舞凤和白牡丹这些象形珍珠呢？而我日思夜念的银珠，怎么又成了育珠手呢？

一个村里的孩子，男也罢女也罢，打也罢骂也罢，还像一家里的兄弟姐妹。就是大了，上学了，也是亲亲近近的。等我们迈进了青春的门槛儿，才把表面的亲热收进心底。随着年龄的增长，收进心底的情感萌发出一种充满憧憬、饱含甜蜜的心思来。银珠爱画工笔画儿，会剪纸、会木刻，我则爱看惊险小说。有一个星期天，我看小说入了迷，她来了也不知道。等我看完了，她竟然把我的一块白生生的化石，用小刀刻成了一只大雁，这是她送给我的第一件礼物。毕业了，回乡了，我们的心思也更长了，连在一块儿，搭成了座"小桥"。爱情，就在这座"小桥"上走来走去。真的，是走来走去，那时我们太年轻，因为缺少坚实的基础，那座桥还不牢固。

看到"白牡丹"，我决定利用假期回故里去看看。

交通是方便的，只两天工夫，火车就把我送进了长白山的怀抱。

　　下了火车换上汽车，听人叫银珠，赶紧回头一看，原来是个十五六岁的女学生。重名偏偏在这个时候出现。不过这女学生有一点像徐银珠，眼睛水汪汪的，让我想起她那亮亮的泪水。她舌尖嘴快，说笑就笑，说哭就哭。她笑，能笑出泪；她气，也能气出泪来；泪珠又大又亮，一见那泪，我的心就软了。不过，有一次我是硬下去了。那天，她让我上县去找爸爸的一位老友，他是县委书记，求他给我们安排个工作。她挑起眉毛硬逼，垂下眼帘软磨，后来就抽着鼻子掉眼泪，我总是没答应。她说："怎么？咱就在山沟子里趴一辈子啦？种地当然也有贡献，毕竟太小。如果有了工作，我们一定会干得出色，贡献就会又大又多。"我当面揭穿了她说的"贡献"的内涵，她生气地哭着，跑开了，好些天不跟我说话。

　　几天后，我毛神了，银珠妈求人在城里给她介绍了"工作的"，我急忙去找银珠。一进她家的小院儿，就听银珠跟她妈吵呢："妈呀，这事咋不先跟我说一声呢？我早把一只大雁送人了。妈，大雁，一生只有一个伴儿呀！"我急忙跑回家去，找出那化石刻的大雁来……

　　这时，要招一批出国援建的工人，我被选中了。她疯一般地跑来了，眉毛挑得老高，眼睛喷着火星，嘴角抽动着，不知是气，是恨，还是屈，"哇"的一声哭了。我急忙劝慰，她抹了抹眼泪说："好啊！你说不走'后门'，原来早就安排好了！"她不听我解释，把头摇得像个"拨浪鼓"，"你走吧！不管我了，让我死在山沟里得了！你个黑心人！我不认得你，不认得你……"她哭着跑了。一连三天，怎么也没找到她，原来她到外村一个亲戚家去了。我只好留下一封信，让热闹嫂转给她，急忙去省城集训。到了省里就给她写信，一封接一封，还买了画儿、剪纸什么的寄给她，总也没见个回音。后来，我只好给热闹嫂写信，她倒是回了，说银珠进县城了，说是找不到工作，也要找个对象，反正是不回山沟了。我的心凉了。接着，我出国了。

我在珍珠岭下了车，打眼就望见了掩映在绿树丛中的珠宝屯。屯子似乎大了，新房也多了，树也更高更绿了。村后那条珠子河变得又宽又稳，许是下游修了电站或是水库。宽宽的河旁，有几个利用地势造成的小湖，准是育珠场。那个月牙儿似的小湖上，有一条柳叶儿似的小船，坐着个穿花衫的女人，该不会是银珠吧？

一溜小跑下了岗，到了湖前，原来是热闹嫂。热闹嫂嫂，自然要热闹一番。她笑眯眯地说："总算把你盼回来了，两年多，也不打个信儿，把家忘了？叫人家银珠……"她把话顿住，笑眯眯地望着我。我只得问她："她、她好吧？""怎么会不好，育出了那么好的珍珠，都出口呢！光是这项，就给队里添了台铁牛！可就是她的对象不咋的。"我的心乱了："对象，谁？"热闹嫂眨眨眼睛："吴有仁！"说完还挤眉弄眼，不知道人家心里是啥滋味儿。她用手一指："去吧，银珠在下面小湖里'插模'呢，有话跟她说。"

我的脚步有些发沉。拐过一个小山嘴子，见到个亚腰葫芦似的小湖。明澄澄的，像面大镜子。湖上也有条柳叶船，坐着个姑娘，低着头，上身俯向水面，两手忙活着什么。

我没惊动她，两眼也没离开她，只是没看到秀气的面孔。不，面孔在湖里，还是那个俊模样，育"白牡丹"的人是朵红牡丹。她捞起一根尼龙绳，绳上有一根根长长的小绳，下面吊着铁丝拧出花眼儿的笼笼，里边有几个大河蚌。她拿起河蚌来，摆弄了好一气，才又放回去。小船动了动，荡开一层波纹，把水中的"牡丹"搅乱了，我的心也跟着乱了……

她是放完河蚌，许是累了要直直腰，抬起头来，小船一横，正好面对着我。她一点也没吃惊，也看不出是喜还是忧，也许把复杂的心情抑制在心头上了吧？她把小船划到旁边，瞪了我一眼："还知回来！黑心人，上来吧！"

我轻轻一跳，便上了小船。这是故乡的柳叶船啊！几年前，我们常常划上这种小船，在河里捞珍珠。有时顶着星光月色，带上一片小网，说着笑着，轻轻地唱着，还能网到一些白亮亮的麻口鱼。今天，还是她在船尾，我在船头，面对面地坐着。

"银珠，"我打破缄默，"你知我到了多久？"

"我正往水里放河蚌，哎哟！"她做出吃惊的样子，继续说："水中出了一个人，一个黑心的人。"

她还是个顽皮的小妹妹，不过不能再提那些了，就岔开话头说："在展览会上，看到了你育的白牡丹。"

"是吗？"她眼里唰地闪出一股热亮亮的光彩，"你不相信，是吧？"

我点点头："怎么会有那么大的珠子？怎么会成了人，成了花？"

她停住桨，让小船在湖面缓缓漂游，从船中拿出个大盒儿，打开后递给我。原来是些模型，小巧、逼真，有"鹤立岩头""狮子滚球""文成公主""明月梨花"。我轻轻地捏起个"鹤立岩头"，细一看，是塑料制的。我问她："它怎么会变成珍珠呢？"

"我做给你看。"她举桨把船划到湖心，挑起尼龙绳，拉出铁丝笼，取出个河蚌，用小竹片小心地把蚌壳撬开，用小镊子夹住我手中的白鹤，在湖水中涮了涮，放进蚌壳，轻轻地摆弄了一阵子，找好位置，让蚌壳合好，送回水中，说："行了，这叫'插模'。河蚌内能分泌出一种叫作珍珠质的黏液，把模儿一点一点地包围起来，经过一年多的时间，就形成了珍珠层，成了象形工艺珍珠。"

"原来是这样。你怎么想出这个招法呢？"

"哪里是我想到的，是我们的祖先。早在南宋时期就有了。那时佛教很兴盛，珠民们育出了体积很小、造型简单的佛像珍珠，后来年久失传了。"

"你怎么想到用塑料制模呢？"

"有一次打到个手指肚大的扁扁的龙头珠，只是没长成。我查了半个月才弄明白，头年伏里打珠，有个孩子上了船，见大人割蚌取珠，也拿过一个大蚌，没有东西撬，从兜里掏出个雪白的塑料汤匙，匙把是个张着嘴的小龙头。他用匙把来撬，一下子把龙头断在里面，手一哆嗦，蚌也掉进河里了。从此知道塑料可以作模，后来还用蜡。"

"这些模，是你设计制作的吗？"

"哪能是我自己，水产研究所、工艺美术社、塑料制品厂，好几个单位呢！研究人员、画家、雕塑家、工艺师，都帮过忙。有他们设计制作的，有我们设计他们制的，也有我自己做的。

那白牡丹是蜡模，弄了好几回呢。"

"一定遇到不少困难吧？"

"一帆风顺的事儿少啊！现在虽说成功了，还要育出更好地来。"银珠把眼光投向湖面，仿佛透过深蓝的水层，看见了满湖珠宝。

"银珠，你常说要做出大贡献，现在真的做了出来，祝贺你！"

她拿眼扫扫我，笑道："又揭我的短！那时，到底什么是贡献，我也说不清楚。你是对的，我那时无非是想自己怎么样。后来才知道，如果离开了我们的事业去寻求个人的什么，那是很难得到的。假如，一个人对事业、对大家做出点什么，哪管是极小的，那个人的生活才是光明的、多彩的。"

啊，我何须去问那些曲折甚至是动人的故事呢？美好的东西，都是用美好的心灵创造出来的。

小船在湖上漂游，她偶尔划上几桨，我们望着夕阳照射的湖水，都不作声。突然有条大鱼打了个"漂儿"，弄出层层波澜，多像我的心绪——感情的涟漪荡走了一层又涌来一层。

"银珠，你不是跑城里去了吗？"

"还不许回来吗？"

"那……我能见见他吗？"

"谁？"她柔和地望着我。

"吴有仁呗。"怎么，我的语气有些冷呢。

"吴有仁是谁？"

"不要瞒我了。"

"这是怎么回事儿？"

"嘻嘻……哈哈……"热闹嫂的小船儿，不知什么时候划过来，"你个傻瓜！'吴有仁'就是无有人！……"小船飞走了，笑声洒了一湖。

我瞅着她，她也望着我，一霎时都明白过来。我憨憨地笑着，偷偷地掏出那个化石刻的大雁。银珠又怨又羞，眼里闪着泪花，委屈地数落着我："怎么向热闹嫂问这个！心上塞了驴草了？我能吗？""热闹嫂的信说你到城里找……""那是俺妈！等热闹嫂弄明白，想给你写信，你走了，往哪儿邮？"

我往前凑了凑，把大雁递过去："对不起，我在外面已经……"我想逗逗她。可她咯咯地笑着，摇着头，弄得小船乱晃："不会的，我知道你，知道你！你不是说过什么'小桥'吗？我想共同的理想、相互信任，就是桥基吧？它一旦坚实起来，任凭怎样，也不会塌的。"

我又往前凑了凑，船头翘起来。她让我快回船头，别弄翻了船：我却让她到船心。她无奈挪到船心，小船平稳了，我们脸对脸地坐着，心贴心地笑着。

她背过身去，从怀中掏出个袋袋，拿出个有四五厘米大的象形珍珠——一双翱翔的大雁："给！"

我接过来，两眼望着她："我看到了，看到了！"

她挑眉闪眼："你看到了什么？"

"珍珠，故乡的珍珠，一颗亮晶晶的珍珠！"

柳叶船儿，在湖面上摇动起来……

（1981 年 3 月）